Nicole de Vert
Provenzalisches Blut

Nicole de Vert

Provenzalisches Blut

Frankreich-Krimi

PIPER

Mehr über unsere Autoren und Bücher:
www.piper.de

ISBN 978-3-492-50253-3

Redaktion: Julia Feldbaum
Rezeptberatung: Marcus Schneider
Covergestaltung: Favoritbüro, München
Covermotiv: Larissa Grün
Printed in Germany

Prolog

Doch beherrsche dich und genieße kein Blut;
denn Blut ist Lebenskraft und du sollst nicht zusammen
mit dem Fleisch die Lebenskraft verzehren.
Du sollst es nicht genießen, sondern wie Wasser
auf die Erde schütten.

5. Mose 12,23–24

Mit dem Schächten soll das möglichst rückstandslose Ausbluten des Lebewesens gewährleistet werden. Das Schächten wird ohne Betäubung durchgeführt.

Im Nirgendwo

Sie erwachte und spürte den Traum noch in seiner ganzen Kraft. Es war ihr immer wiederkehrender Albtraum. Dunkelheit umgab sie, und sie war in einem engen Raum gefangen. Es war still und stickig. Immer wenn sie nach Hilfe rufen wollte, versagte ihre Stimme, und sie bekam keine Luft mehr. Ihr Herz begann, wie wild zu rasen, und kurz bevor sie japsend zu ersticken drohte, wurde sie regelmäßig wach. Dann spürte sie die Hände ihres Liebsten auf ihrem Körper, beruhigend und warm. Er nahm sie in den Arm, und sie konnte wieder einschlafen.

Ob sie das Trauma wohl jemals überwinden und ein normales Leben führen konnte? Sie wünschte es sich so sehr. Mit diesem wunderbaren und feinfühligen Mann an ihrer Seite wollte sie eine Familie gründen und alt werden. Und das beruhte auf Gegenseitigkeit. Auch sie gab ihm Halt. Sein aufreibendes Leben brachte so viel Stress mit sich, und ihre zurückhaltende Art schenkte ihm den Ausgleich, den er brauchte.

Heute wurde sie nur langsam wach, und der Traum war noch realistischer und greifbarer als sonst. Sie wollte hochfahren, doch ihr Körper reagierte nicht auf den Impuls. Was war nur los? Sie wollte sich das Haar aus dem Gesicht streichen, das an ihrer Stirn klebte, doch ihre Hand wurde jäh gestoppt.

Jetzt drang es langsam in ihr Bewusstsein ein: Die Hand war festgebunden. Sie versuchte, die andere Hand zu heben, doch auch sie war fixiert. Sie kam ein paar Millimeter nach oben und wurde dann gestoppt. Das gehörte nicht zum Traum. Das wusste sie. Auch ihre Füße waren gefesselt. Sie öffnete die Augen und sah nichts. Völlige Dunkelheit umgab sie und Stille. Die Luft war dumpf und roch modrig. Sie fühlte sich schwach und kraftlos, und ein stechender Schmerz kam aus ihrem linken Oberschenkel.

Sie spürte Panik aufkommen und rang nach Luft. Ihr Herz raste. Was war hier los? Wo war sie? Wo war ihr Freund? Was war geschehen? Anders als im Traum funktionierte ihre Stimme, und sie begann, wimmernd zu rufen. Doch ihre Schreie prallten gegen eine Wand und erzeugten keinen Widerhall.

Nichts geschah. Sie war allein im Dunkeln und gefesselt. Schmerzen flammten auf. Dies war schlimmer als jeder Albtraum, den sie je gehabt hatte. Es war wie damals. Dies war die Wirklichkeit. Sie begann zu weinen.

Provence – Sonntag, 13. Juli

Die Glocken der Abtei Saint-Michel-de-Frigolet, die zur Morgenmesse riefen, klangen an diesem Sonntag gerade so, als läuteten sie direkt in Margeaux Surfins Schlafzimmer. Prompt hörte sie auch, wie Michels Wagen ansprang und der drahtige Nachbar in seinen Wagen stieg, um dem Ruf zur frühmorgendlichen Messe zu folgen. Margeaux presste ihr Kopfkissen an sich und wagte mit leicht geöffneten Augen einen Blick in Richtung Fenster. Dabei begegnete sie Willis leuchtend braunen Augen. Er schien zu lächeln, wohl wissend, dass er nichts unter ihrer Decke zu suchen hatte.

Es war wieder einmal spät geworden, während sie in die Kapitel eines Fachbuches über das spannende Konzept der Mimikresonanz vertieft gewesen war. Ihre intuitive Fähigkeit, Emotionen im Gesicht ihres Gegenübers zu entschlüsseln, war ihr schon oft zugutegekommen und hatte ihr häufig einen nicht zu unterschätzenden Wissensvorsprung verschafft. Dies nun noch um eine weitere Komponente auszubauen, erschien ihr als nächster Entwicklungsschritt schlüssig. Die Methode befasste sich unter anderem damit, die Beobachtungen auch mit den wirklich richtigen Worten zu verbalisieren, also die Emotion, die sie treffsicher erkannt hatte, auch mit dem richtigen Gefühlsbegriff zu benennen. Unbewusst hatte sie diese Vorgehensweise schon häufig angewendet, aber sie mochte es, wenn etwas auch wissenschaftlich fundiert war. Und es war wirklich spannend, sich selbst zu überprüfen: Passten die gewählten Worte tatsächlich zur Emotion, oder lag man einfach manchmal daneben, weil die Begriffe schwer abzugrenzen waren.

Gern hätte sie heute etwas länger geschlafen, aber nun war es bereits neun Uhr, und Willi forderte energisch seine Rechte ein.

Mittlerweile war er mit einem elastischen Satz vom Bett gesprungen und kratzte erwartungsvoll an der Tür.

Margeaux kapitulierte vor der geballten Macht des willensstarken Vierbeiners und der frühen provenzalischen Sonne. Langsam schälte sie sich aus ihrem Laken und stolperte ins Bad. Der Dackel fiepte derweil in aufgeregter Vorfreude an der Tür.

Mit geputzten Zähnen und Kontaktlinsen in den Augen schlüpfte Margeaux in ihre Laufsachen, band die wuschelige Lockenpracht auf ihrem Kopf zu einem schnellen Zopf zusammen und war nun fast bereit, es mit dem Tag aufzunehmen. Es fehlte nur noch das lebensnotwendige morgendliche Koffein.

Am Fenster ihres im ersten Stock liegenden Schlafzimmers blieb sie kurz stehen und nahm die geliebte Natur in sich auf: den Glanz, den die Sonne auf die Felsen zauberte, und das diesige Licht, das die Fernsicht irgendwie klarer werden und die Türme des Klosters Saint-Michel-de-Frigolet aus dem Panorama hervorstechen ließ. Der spärliche Bewuchs der Landschaft, der sich noch lange nicht von dem Feuer erholt hatte, das nun mehr als ein Vierteljahrhundert zurücklag, gab der Umgebung ein karges Aussehen.

Als sie im Januar hier angekommen war, hatte sie sich einfach nur verkriechen wollen, ihre Wunden lecken oder, noch besser, sich ihrer Traurigkeit ergeben.

Willi sprang an ihr hoch, eine Unart, die sie dem jungen Dackel unbedingt noch abgewöhnen wollte, und holte sie zurück in die Realität. Unten hörte sie schon Geklapper in der Küche, und der Duft von frischem Kaffee zog durchs Haus. Was würde sie nur ohne Hilde machen? Sie konnte sich keine bessere Haushälterin vorstellen als ihre französische Ersatzmutter. Schon seit Mitte der Siebzigerjahre waren Hilde und ihr Mann Aimé – der örtliche Polizist – Freunde der Familie und nicht mehr aus ihrem Leben wegzudenken. Ein heißer Sommer und viel Mut hatten zu dieser Freundschaft auf Lebenszeit geführt.

Hilde war Margeaux lieb und teuer, was aber nicht bedeutete, dass ihre eigene Mutter ihr weniger wert war. Ganz im Gegenteil: Die häufige Abwesenheit von Marie-Louise während Margeau' Kindheit hatte zu einer tiefen Liebe, zusätzlich angefüllt von großer Sehnsucht, geführt. Margeaux' Mutter war alles gewesen, nur nicht normal – also nicht der üblichen Mutternorm entsprechend, die man in den Siebzigern und Achtzigern gehabt hatte.

Margeaux war sich bewusst, dass sie ohne Hilde und Aimé im Moment den Boden unter den Füßen verlieren würde, und daher pflegte sie die Beziehung mit tiefer Liebe und Verbundenheit.

Sie ging die steile Treppe rasch hinab, und Willi hüpfte vorsichtig hinterher. Die hohen und ungleichmäßigen Stufen des alten Bauernhauses machten es ihm nicht ganz so leicht wie seinen Menschen, von oben nach unten zu gelangen. Noch dazu hatte man es bei der Sanierung für gut empfunden, den Sandstein der Stufen mit Holz einzuschalen. So blieben sie zwar stabil, waren aber für kleine Hundepfoten recht glatt.

Unten angekommen musterte sich Margeaux kurz in dem Spiegel, der an der Stirnwand des Flurs über dem altmodischen Telefontisch hing. Ja, man hatte hier noch ganz klassisch ein Festnetztelefon, denn auf dem Weiler konnte es bei Gewittern und Mistral schon einmal vorkommen, dass die Mobilnetzverbindung irgendwo im Nirwana verschwand, und dann war es gut, ein Telefon mit Kabel zu haben. Zudem war Hilde von dem ganzen modernen Firlefanz sowieso nicht begeistert.

Margeaux ging durch den Flur mit den Sandsteinwänden und dem Fachwerkgebälk zur Küche. Ihre Großmutter Annabelle hatte beim Aufbau des Hauses penibel darauf geachtet, die alten Materialien wertzuschätzen, denn schließlich tauchte das Haus in den Annalen der Ortschaft 1522 zum ersten Mal auf. So hatte sie Modernes mit Altem verbunden, und es war wahrhaftig ein Schmuckstück daraus geworden. Selbst eine bekannte französische Wohnzeitschrift war da gewesen, und man hatte Aufnahmen gemacht. Küche und Wohn-Esszimmer waren ein Raum. Hier war früher einmal der Stall gewesen, in dem Kühe und Schafe ihren Platz gehabt hatten. Dies zeigte die steinerne Tränke, die zu einer Bar umfunktioniert worden war. Der Raum war hoch, und die Wände bestanden aus hellem Stubensandstein – weich und bröselig. Wenn man mit der Hand dagegenklopfte, rieselte es leicht. Die Fachwerkbalken der Decke waren mühselig freigelegt und mehrfach gegen Holzwurm und Erkrankungen aller Art fachmännisch behandelt worden. Eine Theke aus Sandstein neueren Datums, deren Abstellfläche mit typischen provenzalischen Fliesen belegt war, trennte den Arbeitsbereich der offenen Küche vom Essplatz ab.

Hilde stand mit dem Rücken zur Tür an der Kaffeemaschine – in ihrem obligatorischen bunten Arbeitskittel, heute roter Mohn auf weißem Grund, und Espadrilles. Sie brühte den Kaffee täglich von Hand auf. Darauf schwor sie, und man schmeckte die Zeit, die das Wasser hatte, um sich mit dem frisch gemahlenen braunen Pulver zu verbinden. Der Kaffee war nicht nur aromatisch und köstlich, sondern auch sofort trinkbar. Denn laut Hilde durfte man ihn keinesfalls zu heiß überbrühen.

Für manch einen mochte es sonderbar anmuten, dass eine erwachsene Frau wie sie eine Haushälterin ihr Eigen nannte. Doch es war eine für beide Seiten dankbare Vereinbarung. Margeaux hatte jemanden um sich, der sich liebevoll um sie kümmerte, und Hilde, die Französin mit oberschlesischen Wurzeln, gestattete sich ihre finanzielle Unabhängigkeit durch ein eigenes Einkommen, und zudem war Margeaux wie eine Tochter für sie, und Hilde genoss deren Gesellschaft.

Hilde hörte Margeaux offensichtlich kommen, denn sie drehte sich um und gab ihr einen Kuss auf die Wange: »Guten Morgen, Chérie …«, und an den Dackel gewandt: »Ja, und du bist auch mein Schatz.« Das Tier hüpfte vor ihren Füßen wie ein Gummiball auf und ab.

Die ältere Dame drehte sich wieder zur Arbeitsfläche, nahm eine Tasse vom Regal und goss Margeaux großzügig ein.

Noch im Gehen nahm Margeaux den ersten großen Schluck und bildete sich ein zu spüren, wie ihre Lebensgeister einen freudigen Tanz aufzuführen begannen. Sie nahm auf einem Hocker an der Theke Platz, sah zu, wie Hilde mit geübten Handgriffen in der Küche werkelte, und ließ ihren Blick durch den großen Raum schweifen. Ihr Vater Julien hatte sich mit einem großen modernen Herd durchsetzen können, ohne dass Hilde auf ihr geliebtes Gas verzichten musste.

Wärme machte sich in Margeaux' Körper breit, während sie wartete. Alles passte so gut zusammen. Der Esstisch war extra angefertigt worden, und eine Horde Freunde von Aimé und Julien hatte ihn aus dem Lkw in den Wohnraum geschleppt und erst dort auf die Beine montiert. Die behandelten Naturbretter ließen die Maserung des Baumes erkennen, und der Tisch ergab einen absoluten Einklang mit den offenen Sichtbalken des Fachwerks. Auf dem modernen Sofa war es gemütlich, Margeaux war die kleinen provenzalischen Holzdinger mit den ewig rutschenden Kissen leid gewesen und hatte die rote Bretz-Monstercouch angeschafft, die dem Raum einen leicht verruchten Touch gab. Die geschwungenen Löwenfüße sahen beinahe ein bisschen aus wie bei Louis XIV., und der Brokatstoff fühlte sich kuschelig an. Die paar Decken mit dem unverkennbaren Muster von Olivades fügten dem Landhausstil keinen Bruch zu, und Margeaux freute sich immer auf die gemütlichen Sofaabende mit Willi, der dort seinen angestammten Kuschelplatz hatte.

Margeaux trank ihren Kaffee mit großen genießerischen Schlucken und glitt von ihrem Stuhl. »Ich laufe dann meine übliche Runde«, verabschiedete sie sich in Richtung Hilde.

»Mon dieu, Chérie, es ist doch viel zu warm«, gab Hilde zu bedenken. Für sie war das Joggen eine sonderbare Erfindung der Neuzeit. Wenn man zwei Haushalte versorgte, dann lief man auch so schon genug, und das Gartengrundstück, das sie und Aimé besaßen, musste auch bewirtschaftet werden. Joggen kam ihr also wirklich nicht den Sinn.

Margeaux schnappte sich ihre Laufschuhe vom Bord im Flur, setzte sich auf die Treppe und schnürte sie fest, während sie lachend den Dackel abwehrte, der ihr über die Hände lecken wollte.

Hilde lehnte ihren Kopf an einen der Oberschränke. Sie nahm das Lachen wahr. Gleich würde sie den entstandenen Fettfleck dort wieder wegputzen, aber die Freude, die sie dabei empfand, Margeaux' unbeschwerte Leichtigkeit zu hören, ließ ihr die Tränen in die Augen schießen. Im Januar hatte es ganz danach ausgesehen, als würde Margeaux sich nicht so rasch erholen, und die Sorge, dass sie in eine tiefe Depression fallen könnte, hatte nicht nur Hilde umgetrieben, sondern auch Aimé.

Margeaux öffnete die Tür und Willi schoss auf den Innenhof. Die Sonne erwärmte die steinernen Mauern des Hauses, und die Mimose und die Glyzinie, die beide in voller Pracht blühten, strömten ihren Duft aus. Trotz der frühen Stunde waren schon einige Grillen fleißig am Werk und erfüllten die Luft mit ihrem Gezirpe. Margeaux pfiff nach dem jungen Hund, der wild zum Tor tollte, er gehorchte sofort und kam zu ihr. Sie legte ihm das Halsband an, das sie vom Haken am Mauervorsprung neben der lavendelblauen Tür genommen hatte. Die Leine band sie sich um. Zwar lief Willi gern frei umher, aber sicher war sicher. Sollte ihnen jemand begegnen, war es besser, ihn anzuleinen. Er hatte ein sonderbares Verständnis seiner eigenen Größe und stürzte sich gern, sicher um Margeaux zu beschützen, auf alles, was ihnen zu nahe kam und ihm unbekannt war.

Margeaux öffnete das große Tor in der Mauer und trat auf den Weg. Hier gab es keine befestigten Straßen, sondern nur einen in den steinigen Felsboden gehauenen und durch jahrzehntelange Befahrung gefestigten Weg. Mit dem Auto rangierte sie hier immer sehr vorsichtig, um nicht aufzusetzen. Zügigen Schrittes begab sie sich auf die gewohnte Strecke, und Willi rannte ein paar Meter voraus.

Die lange Sandsteinmauer, die fleißige Hände vor Hunderten von Jahren aufgetürmt hatten, strahlte Wärme ab, und es roch nach Sommer.

Schon bald hatte sie ihren Rhythmus gefunden und lief flott durch die Felder. Vorwiegend Wein wurde hier angebaut, aber auch ein paar Obstbaumfelder und viele knorrige Olivenbäume säumten die Strecke. In der Ferne sah sie das silberne Band der Rhone glitzern. Je weiter sie sich vom Haus entfernte, desto dichter und grüner wurde die Vegetation, denn hier war der Wald vom Feuer verschont geblieben, und hohe Pinien und Zypressen hielten die Sonne ein wenig von ihrer Laufstrecke ab.

Schweiß bedeckte Margeaux' Haut mit einem feinen Film, und sie genoss das Gefühl der Anstrengung. Dem Laufen und dem Kampfsport galt ihre Leidenschaft, und sie war in beiden Bereichen richtig gut und nun auch wieder topfit.

Anfang des Jahres war das anders gewesen. Da hatte sie sich zu jedem Schritt zwingen müssen, und wäre der kleine Dackel nicht gewesen, so wäre sie manches Mal sicher erst gar nicht aufgestanden, geschweige denn nach draußen gegangen. Die Zeit schien wohl doch manche Wunden zu heilen.

Sie beendete ihre Runde im gewohnten Tempo und kam angenehm ausgepowert zurück nach Hause. Sie atmete bewusst ein und aus, um den Puls runterkommen zu lassen, und freute sich auf das Frühstück. Sie war ein Gewohnheitsmensch – obwohl sie wusste, dass das auf viele spießig und langweilig wirkte. Aber gerade weil ihr Leben nie langweilig gewesen war, brauchte sie diese festen Eckpunkte umso mehr. Sie zog Schuhe und Strümpfe aus und ließ diese vor der Tür ausdampfen. Der Dackel schleppte sich neben ihr in die Küche, schlabberte rasch den Wassernapf leer und sank dann ermattet auf den kühlen Fliesen nieder.

Margeaux setzte sich wieder auf den Hocker an der Theke, und Hilde tischte ihr Lieblingsfrühstück auf: Croissant aux amandes von Thierry, dem wohl begnadetsten Bäcker und Patissier auf Gottes Erdboden, dazu einen großen Milchkaffee und frisches Obst.

»Ich bereite dir noch dein Spiegelei zu.« Hilde lächelte sie an.

Sie würde es Margeaux wie immer mit zwei mit Butter bestrichenen Scheiben Baguette hinstellen. Lange Zeit hatte Margeaux versucht, Hilde davon abzuhalten, ihr das Brot zu schmieren, schließlich war sie kein kleines Kind mehr. Aber die Französin hatte sie dann immer nur liebevoll angesehen und gesagt: »Du bist doch mein Mädchen!« Und das hatte sie auch genau so gemeint. Margeaux war mehr für sie als nur Arbeitgeberin und Kind einer befreundeten Familie.

Die kleine Margeaux war meist zwischen Deutschland und Frankreich hin- und hergependelt und hatte schon früh beide Sprachen fehlerlos beherrscht. Oft war sie in der Provence von Hilde beaufsichtigt worden, und Aimé hatte sie mit zu Stierkämpfen und aufs Feld genommen. Nicht selten war auch der sechseinhalb Jahre ältere Pierre mit von der Partie gewesen, Hildes und Aimés Sohn. Er hatte Margeaux beigebracht, wie man auf knorrige Olivenbäume kletterte und wie man die besten Trauben an den Reben fand. Es war eine wilde Zeit gewesen.

Aus den Erzählungen ihrer Mutter wusste Margeaux um die Geschichte der Familien. Auch Aimé und Hilde erzählten sie gern immer wieder. Sie war zu einer Art Anekdote geworden: Der Sommer 1975 war noch trockener und heißer als die Sommer zuvor in der Provence, und der Mistral tat sein Übriges – er blies jede Wolke davon, die auch nur einen winzigen Tropfen Regen hätte bringen können. Das Haus, das Margeaux' Großeltern, Karl und Annabelle Winter, auf dem abgelegenen Weiler Hameau les Bouisses erworben hatten, hatte keine eigene Wasserzufuhr. Es gab eine Zisterne und ein Brunnenrecht. Für eine Anbindung an das Wassersystem der Gemeinde Boulbon, zu der der Weiler gehörte, fehlte das Geld. Die Winters steckten viel Zeit und Energie in die Renovierung des alten Bauernhauses und nannten es ihr *Feriendomizil*. Die knorrigen Südfranzosen hatten für solchen Firlefanz nur wenig Verständnis, aber der Eifer und der Einsatz, den die beiden Deutschen an den Tag legten, nötigte ihnen Respekt ab. Zudem verwandelten sie die brache Ruine in ein Schmuckstück, und das wertete den gesamten Weiler auf.

In diesem Sommer war das Leben auf dem Weiler nicht so gemütlich, denn ohne Wasser gab es keine Abkühlung, keine erfrischende Dusche und auch keine Toilettenspülung! Die junge Marie-Louise, Tochter des Hauses, war für vieles zu haben, aber ohne eine Dusche würde sie nach kurzer Zeit schier unerträglich. Also musste Wasser her. Am einfachsten erschien es ihr, wenn die örtliche Feuerwehr die Zisterne füllen würde. So machte sie sich zur Gemeindeverwaltung nach Boulbon auf, um ihr Anliegen vorzutragen. Ihr Französisch war gut, und sie war sich sicher, dass man ihr helfen würde. Aber weit gefehlt. Der Unglaube, der sich im Gesicht des Ortsvorstehers abzeichnete, als sie ihren Wunsch nach Wasser vorbrachte, machte ihr sofort klar, dass man ihr nicht helfen würde. Frustriert und verzweifelt kehrte sie zum Weiler zurück und hätte am liebsten gleich ihre Sachen gepackt, um nach Deutschland zurückzufahren. Doch so einfach gab eine Winter nicht auf. Dann kam ihr der Gedanke, es in der angrenzenden Gemeinde Barbentane zu versuchen – mehr als Nein sagen konnte man auch dort nicht. Sie fuhr also erneut los und stand kurze Zeit später in der Verwaltungsstelle des Ortes. Eine blonde Frau in Kittelschürze putzte gerade die Treppe. Ansonsten herrschte Stille in dem Gebäude. Marie-Louise sprach die Frau, die in einem ähnlichen Alter wie sie war, mutig an und fragte sie nach dem Ortsvorsteher oder dem Chef der Feuerwehr. Die Frau fragte zurück, warum sie nach den Herren suchen würde, und Marie-Louise schilderte ihr Anliegen. Wieder erntete sie ungläubiges Staunen und erneut die Aussage, dass man ihr da sicher nicht helfen könne. Die junge Deutsche drehte sich um und fluchte aus vollem Herzen. Hinter ihr entstand Aufruhr.

»Was hast du da gerade gesagt?« – »Ich … ähm … Es tut mir leid«, stotterte Marie-Louise und bemerkte vor lauter Aufregung erst einmal gar nicht, dass die blonde Frau Deutsch mit ihr sprach. Die Frau kam auf sie zugeeilt und fasste sie am Arm: »Bist du Deutsche?« Marie-Louise nickte beklommen. Bisher hatten die Südfranzosen nicht gerade mit Begeisterung auf die Deutschen reagiert. Sie konnten all das Böse, das der Zweite Weltkrieg über sie gebracht hatte, nicht so leicht vergessen und verzeihen. »Oh mein Gott«, rief die Frau leicht stotternd aus, »ich habe seit fünf Jahren kein deutsches Wort mehr gesprochen! Ich bin Hilde.« Die Worte kamen ihr holprig über die Lippen, aber ihrem Gesicht war die Freude anzusehen, die sie dabei empfand. Sie reichte Marie-Louise die Hand. Diese ergriff sie freudig und stellte sich ebenfalls vor. Hilde drehte sich um und rief laut: »Pierre! PIERRE!« Ein kleiner blonder, braun gebrannter Junge kam die Treppe heruntergehüpft.

Marie-Louise verfolgte, wie Hilde dem Jungen auftrug, die Deutsche zu seinem Vater zu bringen, damit er den Wunsch nach Wasser erfüllte. Verdutzt blickte der Junge sowohl seine Mutter als auch Marie-Louise an. Hilde wandte sich an die junge Deutsche: »Mein Junge bringt dich hin, und du wirst Wasser bekommen, aber bitte besuch mich wieder!« – »Selbstverständlich werde ich das tun!«, versicherte Marie-Louise erfreut und folgte dem kleinen Pierre. Sie musste sich beeilen, um dem wilden Jungen zu folgen. Ein paar Straßen weiter bog er in einen Weg ab, und bald schon war ein großes Feld voller Aprikosenbäume zu sehen. Einige Männer waren dabei, die Früchte zu ernten. Pierre rannte auf einen drahtigen, schmalen Mann zu und zupfte ihn am Arm. Der Mann drehte sich um, sah erstaunt erst auf den Jungen und dann auf die fremde Frau. Marie-Louise stellte sich vor und schilderte ihre Situation und ihren Wunsch. Die Stille, die sich auf dem Feld ausbreitete, war greifbar, und sie wäre gern einfach weggerannt. Aber sie hatte ein wichtiges Anliegen. Auf dem Gesicht des Franzosen zeichnete sich Unglauben ab. Man konnte ihm ansehen, was er über das Ansinnen der Frau dachte. Gerade wollte er sich wieder umdrehen und Marie-Louise ignorieren, als sie die glockenhelle Stimme des Jungen hörte: »Mutter hat gesagt, du musst der Deutschen Wasser bringen!« Die anderen Männer wandten sich abrupt wieder den Früchten zu und taten so, als sei es völlig normal, dass der Kamerad die Hand des Jungen nahm und der Frau verdeutlichte, dass sie ihm folgen sollte.

So war das Wasser in die Zisterne der Familie Winter gekommen, und der Grundstein der Freundschaft war gelegt worden. Auch wenn es noch eine ganze Zeit gebraucht hatte, bis auch Aimé ebenso angetan von der deutschen Familie gewesen war wie seine Frau.

Margeaux streckte sich wohlig, nachdem sie ihr ausgiebiges Frühstück beendet hatte, und wandte sich ihrem PC zu. Vor einigen Wochen hatte sie wieder begonnen, private Ermittlungsaufträge anzunehmen. Sie hatte eine Beschäftigung gebraucht, und so manche Observierung konnte recht amüsant sein. Nachdem sie sich im letzten Jahr, nach einem Eklat mit ihrem aufdringlichen Chef, freiwillig von der Kripo verabschiedet hatte, hatte sie nicht lange gezögert und die nötigen Schritte eingeleitet, um in Deutschland und Frankreich als Privatermittlerin arbeiten zu können. Bereits in Deutschland hatte sie einige Aufträge in den Bereichen Untreue und Lohnfortzahlung im Krankheitsfall angenommen. Das war nicht so spannend gewesen wie ihr Leben als Polizistin, aber unspektakuläre Einsätze waren genau das, was sie gebraucht hatte. Sie hatte etwas zu tun gehabt, sich dabei so gut wie gar nicht in Gefahr begeben und sich einreden können, dass das, was sie da vollbrachte, durchaus sinnvoll war. Margeaux sah nachdenklich auf ihren Bildschirm und erinnerte sich weiter zurück.

Ende des letzten Jahres war es ihr immer schwerer gefallen, so zu tun, als ginge es ihr gut, verlässlich zu sein und die sogenannte gute Miene zum bösen Spiel zu machen. Der Tod hatte in ihr Leben eingegriffen, und sogar das sozial motivierte Lächeln, das die Augen nicht erreichte, war ihr zusehends entglitten.

Echte Freude empfand sie da schon lange nicht mehr. Ihr Körper war kraftlos, und jede Zelle tat ihr weh. So blieb sie eines Morgens einfach im Bett liegen. Ihr Körper fühlte sich schmerzempfindlich an, und jede Bewegung war zu viel. Auf das Telefon, das immer wieder klingelte, reagierte sie nicht, und Mails und Nachrichten konnte und wollte sie ebenfalls nicht beantworten.

Irgendwann stand dann ihr Vater wortlos in der Tür. Die Trauer über den Verlust seiner Frau war ihm tief ins Gesicht geschrieben, als würden die dafür typischen Falten auf der Stirn nicht mehr weggehen wollen. Margeaux' Schweigen hatte ihn offensichtlich so sehr irritiert, dass er sich in Avignon in den TGV gesetzt und, so schnell es ging, nach Stuttgart gereist war.

Nur selten ließ er das »Chez Louise« allein. Das Bistrorant im Herzen von Avignon war sein Augapfel und er die Seele des Ladens. Die Gäste kamen zu *ihm*, nicht einfach nur in ein Lokal. Weit über die Grenzen der Stadt hinaus war das Restaurant bekannt für seine herausragende und kreative Küche und den innovativen und charmanten Inhaber Julien Surfin. Daher konnte er sich immer nur kurze Auszeiten nehmen, aber so hatte er es gewollt. Das moderne Bistrorant war sein Lebenstraum, und er hatte sich diesen trotz vieler Widerstände erfüllt. Seine Schwiegermutter Annabelle und sein Großvater Gustave hatten ihn dabei unterstützt. Auch Marie-Louise war Feuer und Flamme gewesen, als sie die Räumlichkeiten gemeinsam besichtigt hatten.

Den Schlüssel zu Margeaux' Wohnung hatte er, seit Marie-Louise erkrankt war, und er konnte seine Tochter in dem Wust von Decken und Kissen durch die Dunkelheit im Raum nur anhand ihrer dunkelblonden Locken erkennen. Sie bewegte sich kaum – als wäre ihr die Störung völlig egal.

Julien trat auf das Bett zu und legte sich einfach an ihre Seite. Er zog sie in seinen Arm, sie ließ es geschehen, und so lagen sie schweigend mehrere Stunden nebeneinander. Das laute Knurren von Margeaux' Magen riss ihn aus der Lethargie, die sich in ihnen beiden breitgemacht hatte. Er strich ihr sanft über das Haar und sagte die für ihn magischen Worte: »Ich koche jetzt etwas!« Für ihn war ein leckeres Essen hilfreich – auch bei Trauer.

Julien schälte sich aus dem Bett und ging zielstrebig in die Küche. Der Kühlschrank versetzte ihm einen kleinen Schock, denn außer einer Zitrone, einer Flasche Champagner, einem leicht trockenen Stück Parmesan und einem angefangenen Päckchen gesalzene Butter war er leer. Er öffnete nach und nach Schränke und zum Schluss das Tiefkühlfach. Immerhin hatte er eine Tüte Risottoreis und ein paar Garnelen gefunden. Er gruselte sich ein wenig, als er eine Zwiebel in der untersten Schublade fand, die so aussah, als suche sie schon seit Wochen das Tageslicht, aber alles in allem konnte er mit seiner Ausbeute leben.

So krempelte er die Ärmel hoch und begann mit der Arbeit. Das Messer hob und senkte sich in rascher Folge, während er versiert schnitt, was von der Zwiebel übrig war. Die feinen Würfel schmälzte er im Topf in Butter leicht an. Als sie etwas Farbe bekommen hatte, gab er den Reis hinzu und rührte, bis ein minimaler Bräunungsgrad zu sehen war. Zwischenzeitlich hatte er den Champagner geöffnet und löschte den Reis nun mit einem großzügigen Schluck ab. In Ermangelung eines Fonds wollte er den Risotto mit Zitrone aromatisieren. Dazu hatte er Wasser gekocht, einige Zesten von der Zitrone abgerissen und beiseitegelegt, den Saft der Zitrone ausgepresst und mit den ausgepressten Hälften ins Wasser gegeben. Er hoffte, dass dies reichen würde, um ein passables Zitronenwasser zu erstellen. Gott sei Dank hatte er darauf geachtet, dass Margeaux' Küche mit hervorragender Hardware ausgestattet war.

Kurz prüfte er die Konsistenz des Reises, als er ein Geräusch hinter sich hörte: Seine Tochter war aufgestanden. Julien nahm zwei Gläser aus dem Schrank und goss ihnen einen Schluck Champagner ein, drehte sich um und drückte Margeaux ein Glas in die Hand. In ihren Augen erblickte er seinen Schmerz.

»Auf Maman!«, sagte er und stieß mit ihr an. Ein Schauer glitt über seinen Rücken, und einen Moment lang dachte er, Margeaux würde wieder gehen, aber sie trank einen Schluck mit ihm und lehnte sich an ihn.

Mit einer vom vielen Schweigen und Weinen rauen Stimme sagte sie: »Papa … du hast tatsächlich auch diesmal etwas gefunden. Ich war seit Wochen nicht mehr einkaufen. Es war irgendwie nicht wichtig.«

Julien drehte sich wieder zum Herd und sagte: »Mit einem vollen Kühlschrank kann jeder gut kochen!« Dann holte er Teller aus dem Schrank, gab auf jeden eine Portion des sämigen Zitronenrisottos und garnierte diesen mit gebratenen Garnelen und Zitronenzesten. Er bedeutete Margeaux, die Champagnergläser zu nehmen, und ging mit den Tellern und der Flasche in der Hand zum Esstisch.

Der Blick, den man vom Killesberg auf die Stadt hatte, gefiel ihm jedes Mal wieder. Der Esstisch war einfach perfekt platziert, und seine Tochter hatte ein gutes Händchen für eine edle und doch gemütliche Einrichtung – wenn man davon absah, dass seit einigen Wochen nicht mehr Staub gewischt worden war und sich Bücher und Zeitschriften wild stapelten. Sie aßen in stillschweigender Übereinkunft. Tranken den Champagner und hingen ihren Gedanken nach. Der Risotto war trotz der wenigen Zutaten sehr lecker geworden, und beide leerten ihren Teller.

»Margeaux«, hob Julien an, »dich hier so einzuigeln ist nicht gut, und das weißt du auch. Du kommst jetzt mit nach Bouisses. Hilde wird sich um dich kümmern. Sie fragt täglich nach dir.«

Margeaux kratzte nachdenklich mit der Gabel über den Teller und hob langsam den Kopf. Sie murmelte: »Du hast recht, Papa, so kann ich wirklich nicht weitermachen. Eigentlich passt es ja auch gar nicht zu mir, so zu kapitulieren! Ich packe und komme mit dir. Hier hält mich sowieso nichts!« Sie sprang hektisch auf.

Julien tat es ihr gleich. Er hielt sie am Arm fest und zog sie in eine Umarmung: »Ich bin so froh, dass du Ja gesagt hast. Wir schaffen das, Chérie!«

Bereits am nächsten Morgen befanden sie sich im TGV auf dem Weg nach Paris. Margeaux hatte ein paar wichtige Dinge gepackt, sich geduscht und sogar leicht geschminkt. Da sie auch in der Provence über einen gut gefüllten Kleiderschrank verfügte, hatte ein kleiner Koffer ausgereicht. In Stuttgart hatte der Winter die Stadt noch fest im Griff, doch in Südfrankreich würde die Sonne schon mit zarter Kraft scheinen.

Ein gutes Zeichen waren ebenfalls die High Heels an ihren Füßen und die obligatorische Sonnenbrille, die sie im Haar trug. Ihre verrückte Leidenschaft für hohe Schuhe hatte sich seit dem Teenageralter gehalten. Damals hatte sie einfach nicht wachsen wollen und war sich neben den Freundinnen irgendwie klein, schmächtig und bubenhaft vorgekommen. Die ersten Pumps, die sie in einem Einkaufszentrum vor den Toren Avignons ergattert hatte, waren daher beinahe wie eine Offenbarung für sie gewesen. Sie hatte sich plötzlich weiblich gefühlt und war nicht mehr die Kleinste gewesen. Die Begeisterung für hohes Schuhwerk war ab diesem Tag ein Teil von ihr geworden, und irgendwann waren die schicken High Heels aller Art zu einer Art Markenzeichen avanciert, auch wenn sie dann doch noch gewachsen war und ihre Figur sich sehr weiblich entwickelt hatte. Die Sonnenbrille im Haar war einige Jahre später hinzugekommen, und man hatte Margeaux ab da nur noch im beruflichen Kontext in Sneakers erleben können.

In Paris mussten sie umsteigen, und als der TGV in Richtung Avignon losfuhr, lehnte sich Julien in seinem Sitz zurück, und sein Atem floss so rasch aus ihm heraus, dass es ihm beinahe nicht gelungen wäre, den Seufzer der Erleichterung aufzuhalten, der auf seinen Lippen lag. Der erste Schritt war gemacht. Den zweiten würde er nun in die Wege leiten. Margeaux brauchte eine Aufgabe, und er hatte da schon eine gute Idee.

Als der TGV am frühen Abend in den Bahnhof von Avignon einfuhr, hatte er etwas geschlafen, und auch Margeaux sah ein wenig ausgeruhter aus. Sein Wagen parkte in der Nähe. Das Gepäck war rasch verstaut, und er steuerte das Auto in Richtung Barbentane.

Als sie das Ortseingangsschild passiert hatten, überkam Margeaux das typische vertraute Heimatgefühl, und sie fragte sich, warum sie nicht von allein auf die Idee gekommen war, nach Frankreich zu fahren. Allerdings erinnerte sie sich sofort wieder an die allumfassende Müdigkeit, die sich überall in ihr breitgemacht und somit auch ihr Denken beeinträchtigt hatte.

Julien nahm den Weg durch den Ortskern, weil er scheinbar wusste, dass sie diesen Blick auf das Dorf liebte, auch wenn er seinem Fahrzeug nur ungern die Schwellen, die die jungen Raser der Gegend zum Langsam-Fahren zwingen sollten, antat.

Margeaux ließ ihren Blick schweifen und nahm all die vertrauten Bilder wahr: die Platanen, die die Straße säumten und mit ihren Wurzeln an vielen Stellen die Bürgersteige hochdrückten, die blauen und lavendelfarbenen Fensterläden an den Sandsteinfassaden der eng aneinanderstehenden Häuser, den kleinen Papierladen, die Apotheke, die Bar, das Restaurant im Hotel »St. Jacques« … Sie sah die Straßenecken, an denen sie mit Pierre und den anderen Kindern des Dorfes fangen gespielt hatte, und ließ einfach alle Erinnerungen zu – an das »Fête votive«, das jährliche Dorffest, die Verabredungen mit Freunden in der Bar, seltene Momente mit ihrer Mutter, wie sie lachend Tüten mit Leckereien aus dem Käseladen schleppten.

Das Auto kreuzte den Dorfplatz, und sie kamen an der Bäckerei von Thierry vorbei. Margeaux erinnerte sich noch sehr genau an seinen letzten Kuss. Das schien Lichtjahre her zu sein. Ob er mittlerweile eine Freundin hatte, eine, die sich nicht so wie sie permanent irgendwelchen Gefahren hingab und sich mit dem Bösen einließ? Sie gönnte es ihm, konnte aber den Stich, den der Gedanke ihrem Herzen versetzte, nicht komplett ignorieren. Auf der anderen Seite war diese sonderbare On-Off-Beziehung, die sie immer geführt hatten, für keinen von ihnen wirklich befriedigend gewesen.

Das Auto schraubte sich mittlerweile über die schmale Straße aus dem Ort hinaus den Berg hinauf. Bald schon lag Barbentane hinter ihnen. Sieben Kilometer waren es bis zum Weiler, der zwischen Barbentane und Boulbon lag. Nicht weit entfernt lagt die Abtei Saint-Michel-de-Frigolet. Bis nach Avignon waren es knapp zwanzig Kilometer, daher hatte Julien auch eine Wohnung in der Stadt. Oft wurde es abends sehr spät bei ihm, und morgens musste er bereits in aller Herrgottsfrühe zum Großmarkt, um frische Köstlichkeiten für seine Küche zu ergattern. Das hatte sich alles so eingespielt.

Ihre Eltern hatten sowieso nie eine konventionelle Ehe geführt, denn das war mit ihrer Mutter gar nicht möglich gewesen. Als Tochter des erfolgreichen Unternehmers Karl Winter hatte Marie-Louise eine sichere Kindheit erlebt.

Sie besuchte die besten Schulen, durfte bei den besten Lehrern das Klavierspielen lernen, und ihr Abitur war so gut, dass sie sofort einen Platz für das Medizinstudium bekam. Ihre Mutter Annabelle brachte mit ihrer unkonventionellen Art Lockerheit und Fröhlichkeit in das Haus der Winters. Das hätten Marie-Louise und Karl sonst sicher manchmal vor lauter Ernsthaftigkeit vergessen. Marie-Louise hatte schon als Kind davon geträumt, Ärztin zu werden und überall Gutes auf der Welt zu tun. Die Nachwehen des Zweiten Weltkrieges waren in ihrer Kindheit noch stark spürbar. Karl wünschte sich, dass sie das Unternehmen übernahm, aber er wollte dem Glück seiner Tochter nicht im Wege stehen. Nach dem Abitur unternahmen Mutter und Tochter eine Europareise, und so verliebten sie sich in die Provence. Annabelle ergatterte den verlassenen Bauernhof auf dem abgelegenen Weiler, den die Familie mit leidenschaftlichem Einsatz renovierte. Marie-Louise studierte dann sogar eine Zeit lang in Montpellier und lernte so Julien kennen, der mit Aimé befreundet war. Der zielstrebige, gut aussehende und sehr wohlerzogene Mann eroberte sie im Handumdrehen, und sie verbrachten innige Wochen zusammen. Er war der erste Mann, den sie ihren Eltern vorstellte, und somit war klar, dass es sich bei dieser Beziehung um mehr als eine kleine Liebelei handelte. Der junge Franzose strebte nach mehr und wollte seine Fähigkeiten erweitern, sicher spielte Marie-Louises Rückkehr an die Uni Tübingen dabei auch eine Rolle. Also bewarb er sich in Stuttgart bei dem renommierten Koch Friedrich Nagel. So würde er in Marie-Louises Nähe sein. Die beiden konnten ihr Glück kaum fassen, als die Zusage aus Stuttgart kam. Marie-Louise war in ihrem praktischen Jahr und wusste vor lauter Arbeit und Lernen manchmal nicht mehr, wo ihr der Kopf stand. Umso mehr freute sie sich, wenn Julien zu ihr nach Tübingen kam, für sie kochte, sie manches Glas guten Weines aus der Provence tranken und die Zeit miteinander genossen. Jeder hatte seine Arbeit, die er liebte und mit Leidenschaft erledigte. So waren sie ausgefüllt.

Marie-Louise machte ihren Abschluss mit summa cum laude, auch ihre Promotion hatte sie früh in der Tasche, da sie damit schon im vierten Semester begonnen hatte. Sie schmiedete gerade Pläne für den Facharzt, als sie feststellte, dass sie schwanger war. Nicht dass sie nicht gern ein Kind gehabt und mit Julien eine Familie gegründet hätte, aber der Zeitpunkt war gänzlich unpassend. Sie träumte doch von so vielen Hilfsprojekten, die sie begleiten wollte.

Im Frühjahr 1977 wurde Margeaux geboren, und wie so oft lagen Leben und Tod nah beisammen. Im Sommer bekam Karl einen schweren Herzinfarkt. Er erholte sich nicht mehr und starb im September. Auf dem Totenbett rang er Marie-Louise das Versprechen ab, sein Lebenswerk nicht untergehen zu lassen. Die junge Frau versprach ihrem sterbenden Vater, das Unternehmen weiterzuführen. Wohl wissend, dass das keinesfalls das war, wovon sie in ihrem Leben geträumt hatte. Sie stellte sich also der Aufgabe, das optoelektronische Unternehmen zu leiten und dabei ein Kleinkind zu versorgen. Annabelle stand Monate quasi unter Schock und war nicht wirklich zu etwas zu gebrauchen. Julien arbeitete zu dieser Zeit in München. Sie sahen sich daher nur selten, und wenn er da war, galt seine ganze Aufmerksamkeit dem Kind. Marie-Louise drohte in dieser Zeit innerlich zu zerbrechen: Sie hatte dem Vater versprochen, die Firma weiterzuführen, und kniete sich nun mit ganzer Kraft in die Materie.

Um Margeaux' ersten Geburtstag herum ging es Annabelle wieder besser. Sie hatte sich auf ihre Art mit dem plötzlichen Tod ihres geliebten Mannes auseinandergesetzt und war beinahe wieder die Alte. Ein leichter melancholischer Schatten umgab ihr Antlitz, aber er passte irgendwie zu ihrem exaltierten Wesen. Sie half Marie-Louise und nahm Margeaux öfter mit nach Frankreich. Hier traten Hilde und Aimé aufs Tapet, und Hilde wurde zu Margeaux' geliebter Ersatzmutter. Sie kümmerte sich mit ganzer Kraft um das Würmchen. Marie-Louise reiste derweil um die Welt, saß in drögen Besprechungsräumen und behauptete sich in den männerdominierten Führungsspitzen der internationalen Konzerne.

Als Julien im Herbst 1978 einen Job als Sous Chef bei Paul

Bocuse in Lyon angeboten bekam, war klar, dass er nach Frankreich gehen würde. Unterm Strich war es auch gleichgültig, ob er in Deutschland oder in Frankreich seiner Profession nachging, sie mussten sowieso reisen, um einander zu sehen.

Für Margeaux war das Leben in der Provence angenehm, denn Hilde und Annabelle achteten gut auf das Mädchen, und es wuchs zweisprachig auf. Marie-Louise kam, so oft es ging, aber wenn sie da war, brauchte sie Ruhe, denn die Unternehmensleitung und der nagende Verzicht auf ihren Beruf als Ärztin kosteten sie viel Kraft. Für eine knapp 28 Jahre alte Frau war diese Verantwortung oft nur schwer zu schultern, vor allem da ihr Ehrgeiz es nicht zuließ, die Aufgabe nur halb zu erledigen. Man sah ihr die langen Arbeitstage an und vor allem, dass diese Arbeit sie nicht wirklich glücklich machte. Auch Julien nahm dies wahr, wenn er in das Haus auf dem Weiler reiste, um Zeit mit Frau und Kind zu verbringen. Seine Frau stand unter starkem Stress, der sie innerlich aufzufressen schien.

In den Achtzigerjahren besuchte Margeaux Schulen in Deutschland und Frankreich und bereiste mit ihrer Großmutter die Metropolen der Welt. Annabelle sah keinen Unterschied, ob Kind oder Erwachsener, wenn es um Kultur ging. So war es für sie selbstverständlich, dass die sechsjährige Margeaux neben ihr in der Opernloge saß und Premieren lauschte und im Anschluss in feinen Restaurants speiste oder in schicken Lounges an ihrem Apfelsaft nuckelte.

Julien eröffnete in den späten Achtzigern sein Restaurant in Avignon. Annabelle unterstütze ihn dabei, denn sie wusste um das große Talent ihres Schwiegersohns und war froh, dass wenigstens er sich nun einen festen Standort in der Nähe gesucht hatte. Marie-Louise hatte das Unternehmen beständig nach vorn getrieben und eine gute Führungscrew herangezogen. Die ließ ihr endlich wieder etwas Spielraum, den sie aber nicht für die Familie nutzte. Zwar half sie Julien, das »Chez Louise« zu einem besonderen Ort zu machen, und war sich auch durchaus bewusst, dass das Lokal ihren Namen trug, aber trotz allem war es ihr wichtiger, einige Monate im Jahr für Ärzte ohne Grenzen im Einsatz zu sein. Die Presse überschlug sich beinahe mit lobenden Worten über die erfolgreiche Unternehmerin mit dem Herz am rechten Fleck.

Man entschied, Margeaux in Avignon zur Schule gehen zu lassen, und später besuchte sie dann ein Internat in der Nähe von Frankfurt und machte dort 1996 das Abitur. Als sie sich für die Polizeischule anmeldete, trat Marie-Louise zum ersten Mal vehement auf und wollte in das Leben ihrer Tochter eingreifen, besann sich dann aber eines Besseren und lies die junge Frau gewähren. Margeaux war in ihren prägenden Jahren in der Provence mit Aimé als Vorbild aufgewachsen. Der pfiffige Flic hatte eine gradlinige Vorstellung von Recht und Unrecht und übte seinen Beruf mit einer leidenschaftlichen Begeisterung und großem Stolz aus.

Diese Haltung und das, was sie aus seinem täglichen Tun mitbekam, hatten es Margeaux schon als kleines Mädchen angetan und wenn sie eine Polizeikappe hatte aufsetzen dürfen, hatte sie automatisch den Kopf hochgenommen und das Rückgrat durchgedrückt. Diese Stärke blieb ihr auch im Laufe ihrer Tätigkeit bei der Kripo in Deutschland – neben ihrem untrüglichen Sinn für Gerechtigkeit. Margeaux wurde eine hervorragende Kriminalbeamtin mit einer hohen Aufklärungsquote, und Marie-Louise war stolz auf sie. Mutter und Tochter verbrachten nun auch endlich regelmäßig Zeit miteinander. Auch wenn sich die fehlenden Jahre der Kindheit nicht zurückbringen ließen, so war die Vertrautheit und Liebe zwischen ihnen doch tief und die Verbundenheit gefestigt. Das Schicksal gönnte ihnen die gemeinsame Zeit jedoch nicht.

Bei Marie-Louise wurde Darmkrebs diagnostiziert. Es folgte eine vielversprechende Chemotherapie in Heidelberg, und Margeaux war, so oft es ging, an der Seite ihrer Mutter. Auch Julien reiste herbei, um seine Frau zu unterstützen. Er konnte nie lange bleiben. Das Restaurant lief zu gut, und die Menschen kamen zu ihm und wollten von ihm bekocht werden. Das war ihm wichtig. Annabelle war inzwischen eine alte Dame, und die Krankheit ihrer Tochter schockierte sie dermaßen, dass sie als Unterstützung nicht wirklich zu gebrauchen war. Es war wie damals nach Karls Tod: Sie umgab sich mit einem Schutzkokon, den nun das Alter noch zusätzlich verstärkte.

Im darauffolgenden Sommer war die Chemotherapie abgeschlossen und Marie-Louise lebensfroh und guter Dinge. Sie sah hervorragend aus, und es war kaum zu glauben, dass sie eine Operation und eine sechsmonatige Chemo hinter sich gebracht hatte. Im Oktober kam dann die Ernüchterung: Der Krebs hatte in die Lunge und auch ins Hirn gestreut. Ein trauriges und kräftezehrendes Auf und Ab nahm seinen Lauf, und im darauffolgenden August starb Marie-Louise in den Armen ihrer Tochter.

Zu dieser Zeit war Margeaux neben der aufopfernden Sorge um ihre Mutter stark in den wichtigsten Fall ihres Lebens eingebunden und froh, dass sie in einem wunderschönen Hospiz einen Platz für ihre Mutter bekommen hatte. So konnte sie sich zwischen den zeitraubenden Besuchen auf ihre Arbeit konzentrieren.

Der Schmerz über den Verlust der geliebten und so oft vermissten Mutter saß bis heute tief und hatte Margeaux nach der Lösung des Falls in eine alles verzehrende Traurigkeit gerissen, aus der Julien sie nun zu befreien versuchte.

Er fuhr den Wagen vors Haus und half Margeaux noch, das bisschen Gepäck hineinzutragen. »Hilde wird morgen früh hier sein, Chérie«, versicherte Julien ihr und verließ dann bald den Weiler.

Hilde ließ bereits am folgenden Morgen nicht zu, dass Margeaux im Bett blieb und sich unter der Decke verkroch. Sie kannte den Schmerz des Verlustes. Sie trug ihn in sich, seitdem sie vor vielen Jahren ihr zweites Kind tot geboren und darüber damals ihre Freude am Leben verloren hatte. Sie hatte sich zu jener Zeit nur schwer von diesem Verlust, sowohl körperlich als auch seelisch, erholt, und manchmal hatte nur viel Wein geholfen, um den Schmerz erträglich zu gestalten. Sie hatte es in ihrem Leben nie leicht gehabt.

Hilde war Aimé in einem kalten Winter unerwartet in ihrer

Heimat begegnet, als sie auf der Straße zusammengestoßen waren und sich trotz aller gesellschaftlicher Widrigkeiten ineinander verliebt hatten. Die Gruppe junger Franzosen hatten das Gefallenendenkmal besucht, da der Vater eines der jungen Männer 1943 von den Deutschen zur Zwangsarbeit deportiert worden und dabei ums Leben gekommen war. Hilde war bereits verlobt gewesen, ihre Verlobung mit Irek hatte jedoch eher einer Zweckgemeinschaft geglichen, die die Eltern arrangiert hatten.

Als Hilde nach Aimés Abreise bemerkt hatte, dass sie schwanger war, hatte sie beschlossen, das Land zu verlassen. Sie war dem jungen Franzosen, der ihr zum Abschied seine Adresse zugesteckt hatte, gefolgt, dabei hatte sie sich ihrem Bruder anvertraut. Er hatte ihr bei der Planung der Flucht aus dem Land hinter dem Eisernen Vorhang geholfen. Die Reise nach Frankreich war beschwerlich und Hilde mehr als drei Wochen unterwegs gewesen. Sie war völlig erschöpft in Barbentane angekommen. Anfang Oktober hatten Aimé und sie geheiratet, und Mitte November war der kleine Pierre zur Welt gekommen.

Es war keine leichte Zeit für Hilde gewesen. Sie hatte die fremde Sprache lernen müssen, denn das verhasste Deutsch hatte niemand hören wollen. Sie hatte sich mit ihrer Schwiegermutter arrangieren müssen – einer verbitterten alten Frau, die ihren Mann in den letzten Kriegstagen verloren hatte und alles, was nur einen deutschen Hauch versprühte, voller Inbrunst verachtet hatte. So auch ihre Schwiegertochter. Aber sie hatte ihren Sohn und Enkel abgöttisch geliebt, und so hatte sie es geschehen lassen, dass das oberschlesische Mädchen Teil der Familie geworden war.

Hilde hatte sich nach und nach in das Leben in dem kleinen französischen Ort eingelebt und hatte Gefallen an der Lebensart der Provenzalen gefunden. Ihre Eltern waren nicht in der Lage gewesen, ihr die heimliche Flucht zu verzeihen, und ihr Bruder hatte sein eigenes Leben in Warschau gelebt. Der Kontakt war über die Jahre und durch die Entfernung vollkommen eingeschlafen. Und dann war ihr zweites Kind tot geboren worden. Das hatte die kleine Familie sehr gebeutelt.

Als im Sommer 1975 Marie-Louise das Verwaltungsgebäude betreten hatte, war mit einem Mal alles anders geworden. Margeaux hatte 1977 das Licht der Welt erblickt, und Hilde und Aimé waren Taufpaten geworden. Die Helligkeit war zurückgekehrt in das Leben der beiden. Hilde hatte zu trinken aufgehört und war zum guten Geist im Haus der Familie Winter geworden. Margeaux hatte die Stelle der verlorenen Tochter eingenommen.

Sie war Hildes Mädchen – heute mehr denn je! Und Hilde würde darauf achtgeben, dass ihre Margeaux sich der Trauer nicht vollkommen hingab.

Für Margeaux war dieses Wissen und die Art, wie Hilde und Aimé mit ihr umgingen, sehr heilsam. Ihr Vater war einfach ein emotional kluger Mann und hatte richtig entschieden, sie in die Provence zurückzuholen und in die liebende Obhut des gestandenen Paares zu geben. Julien hatte kurze Zeit später seinen Plan erfüllt und war mit einem winzigen Dackel vor der Tür gestanden. Er hatte Margeaux die Verantwortung für dieses kleine Wesen übergeben, und ab diesem Moment hatte Willi das Haus mit Leben und Liebe erfüllt. Bald darauf hatte Margeaux wieder zu joggen und auch zu arbeiten begonnen.

Provence – Sonntag, 13. Juli

Während Margeaux ihre E-Mails überprüfte, werkelte Hilde munter im Haus herum. Aimé hörte man, wenn er da war, immerzu pfeifen. Nicht immer war es eine Melodie, sondern oft nur eine lose Aneinanderreihung von Tönen. Das hatte den Dackel anfangs sehr irritiert, ständig hatte er die Ohren gespitzt und war dem pfeifenden Mann hinterhergerannt. Langsam hatte er dann begriffen, dass er gar nicht gemeint war, und so waren die beiden Freunde geworden.

Ein E-Mail ploppte auf und weckte Margeaux' Interesse: Ein bekannter englischer Schriftsteller erbat ihre Dienste. Er hatte ein Haus in einem kleinen malerischen Ort nahe Aix-en-Provence gekauft und verbrachte die Sommermonate hier. Die Presse mochte ihn, und er war häufig für amüsante Nachrichten gut. Nun befürchtete er, dass die holde Gattin auf Abwegen war. Margeaux sollte herausfinden, ob deren plötzliches Interesse an Kirchen und Bauwerken aller Art real war, oder ob sie dies nur vorschob, um sich mit ihrem Liebhaber zu treffen. Der Schriftsteller war bisher frei von Skandalen gewesen, und das war auch das Image, mit dem er seine Bücher vermarktete – und so sollte also auch bleiben.

Margeaux schrieb zurück und schickte ihm die Adresse des »Chez Louise« und einen Terminvorschlag für den Abend. Eine Observierung einer eventuell untreuen Gattin war sicher nicht die spannendste Aufgabe, aber auch nicht die schlechteste. Sie war gespannt, was sich ergeben würde, und googelte den Schriftsteller und seine Frau, um sich bereits ein erstes Bild zu machen. Die Presse bejubelte das Paar in den höchsten Tönen, und immer wieder wurde erwähnt, wie lange die beiden schon verheiratet waren und wie wunderbar sie einander ergänzten.

Nachdem Margeaux noch einige Mails bearbeitet hatte, hatte sie ausgeschwitzt und war bereit, sich für den Tag herzurichten. Willi blickte träge auf, als sie vom Hocker rutschte und in Richtung Flur davonging.

»Bleib nur liegen!«, sagte sie in seine Richtung.

Er legte sich wieder ab, und sie begab sich in das Obergeschoss, um sich zu duschen und anzuziehen. Einen Moment betrachtete sie ihren durchtrainierten Körper wohlwollend im Spiegel. Das tägliche Joggen und das regelmäßige Krav-Maga-Training zeigten Wirkung. Von der Antriebslosigkeit, die sie Anfang des Jahres im Griff gehabt hatte, war nichts mehr zu spüren. Flink schlüpfte sie in ein leichtes Sommerkleid. Der zarte Stoff umspielte ihren Körper und gab ihre gebräunten Schultern und Beine preis. Für den Ausflug in die Stadt wählte sie ein Paar nudefarbene Sandaletten mit kleinen goldenen Nieten, einem Riemchen um die Fesseln und Zehnzentimeterabsätzen. Die passende Tasche war auch schnell gefunden, und sie warf einen Lippenstift, das Portemonnaie, ihr Notizbuch und das Handy hinein. Sie hatte beschlossen, schon etwas früher aufzubrechen und Thierry einen Besuch abzustatten. Sie fasste sich in das lockige Haar und schlang es rasch zu einem lockeren Dutt am Oberkopf, so kamen die goldenen Kreolen in ihren Ohren besser zur Geltung. Die goldverspiegelte Sonnenbrille passte ebenfalls zum Schmuck. Ihre Schuhe in der Hand ging sie nach unten.

Hilde war wieder in der Küche zugange und bereitete einen leichten Salat zu. Heute würden sie früher Mittagessen, da Hilde noch mit Freunden zum Boule verabredet war. Margeaux liebte das spezielle Salatdressing, da Hilde immer einen Löffel Senf in das Olivenöl rührte. Den Salat brachte sie morgens frisch mit, und die Tomaten pflückte sie im Garten. Man konnte die Sonne in ihnen riechen und schmecken.

»Ich fahre nach Avignon und treffe mich mit einem Klienten bei Papa«, erklärte Margeaux. »Wenn ich den Auftrag bekomme, kannst du dich dann bitte um Willi kümmern?«

Hilde nickte: »Selbstverständlich! Aimé freut sich jedes Mal, wenn der kleine Kerl zu uns kommt.«

Heute würde Margeaux ihn mitnehmen. Ein paar Stunden konnte er auch schon allein bleiben, aber es war nicht klar, wann sie heute Abend zurückkehren würde. Das war dann definitiv zu lange für den jungen Hund, daher durfte er sie begleiten.

Die Frauen aßen den Salat, räumten ihre Teller noch in die Spülmaschine und verließen dann gemeinsam das Haus. Die Autos standen vor dem Tor unter einer Pergola, sodass sie sich nicht zu sehr aufheizten. Hilde klettere stolz in ihren neuen fahrbaren Untersatz. Aimé hatte nur den Kopf geschüttelt, als seine Frau sich diesen auffälligen Wagen ausgesucht hatte. Er fuhr die meiste Zeit des Tages seinen Dienstwagen der Police municipale, und wenn er sein Gartengrundstück bewirtschaftete, benutze er einen alten Camion. Ein schickes Auto für Ausflüge zu haben war also völlig in Ordnung, auch wenn die Farbkombination Weiß-Rot in seinen Augen sehr gewagt war.

Margeaux stieg in ihren weißen SUV. Das Hybridfahrzeug war zuverlässig, sah gut aus, war aber auch nicht zu auffällig. Das war für Observierungen durchaus wichtig, denn ein auffälliges Auto lenkte schnell die Aufmerksamkeit auf sich, und dann war es mit der Anonymität dahin. Willi kletterte in seine Transportbox und war zufrieden, dass er mitfahren durfte.

Bis Barbentane fuhren sie hintereinander her, Hilde bog dann an der alten Mühle in Richtung ihres Hauses ab, und Margeaux fuhr in den Ortskern, parkte den Wagen und schlenderte in die Bäckerei. Die junge Verkäuferin hinter dem Tresen kannte sie bereits und wusste, dass die schöne Deutschfranzösin mit den wundervollen Schuhen und dem wuselnden Dackel an der Leine zu ihrem Chef wollte. Margeaux konnte Thierry ansehen, dass er nicht mit ihrem Besuch gerechnet hatte, aber die Freude, die sich sodann in seinem Gesicht zeigte, war echt und steckte auch sie an.

Das schwarze Haar fiel ihm vorwitzig in die bernsteinfarbenen Augen. Sein schmal geschnittenes Gesicht mit der markanten Nase ließ ihn wie ein Baldessarini-Werbemodell aussehen. Seine schlanke Figur strafte seinen Beruf Lügen, aber sie wusste, dass er hart trainierte, um nicht kugelrund zu sein. Bei all den Leckereien, die er fabrizierte, war ein sportlicher Ausgleich dringend nötig.

Er begrüßte sie mit den typisch französischen drei Küsschen und zog sie an der Hand nach hinten in sein Büro. Willi kannte den Weg bereits und lief voraus.

»Möchtest du einen Kaffee?«, fragte Thierry.

Margeaux nickte, worauf Thierry kurz verschwand, um mit zwei Tassen duftendem Kaffee wiederzukommen. Auf jeder Untertasse lag ein Macaron.

»Wir teilen«, erklärte er grinsend. »Meins ist mit weißer Schokolade und frischem Himbeermark und deins mit Champagnertrüffelcreme!«

Er wusste, wie sehr sie diese kleinen Süßigkeiten liebte, und seine Kreationen waren nicht nur vielfältig, sondern auch immer köstlich und verführerisch. Wie der ganze Kerl. In den letzten Monaten waren sie einander wieder nähergekommen, und irgendwie waren sie so etwas wie ein Paar geworden: Sie schliefen nicht nur miteinander, sondern gingen auch aus, schauten einfach nur fern oder drehten eine gemütliche Runde mit Willi. Da Thierry vorwiegend nachts arbeitete, waren die gemeinsamen Abende und Nächte etwas Besonderes. Seine Bäckerei lief gut, und er hatte einen weiteren Bäcker eingestellt, sodass er auch mal fehlen konnte, ohne den Betrieb lahmzulegen.

Sie tranken ihren Kaffee, teilten die Macarons und plauderten ein wenig. Margeaux genoss die Leichtigkeit, mit der sie mittlerweile miteinander umgingen.

»Ich werde einen Klienten in Avignon bei Papa treffen«, erklärte sie ihm auf dem Weg zur Tür.

»Oh bitte, nimm Julien eine Auswahl Macarons mit, du weißt, wie sehr ich sein Urteil schätze!« Thierry packte begeistert eine bunte Vielfalt in einen Karton und verabschiedete sie zärtlich mit einem innigen Kuss.

Margeaux transportierte die Leckereien vorsichtig nach Avignon und schlenderte noch ein wenig mit dem Hund durch die

Stadt, sah den Menschen auf dem Place d'Horloge zu und genoss das lebendige Treiben. Dann machte sie sich auf zum »Chez Louise«. Man mochte es kaum glauben, wie verzaubernd die Stadt war, wenn man ein Stück weit in sie vordrang. Hinter vielen der massiven Mauern versteckten sich Gärten mit herrlichem altem Baumbestand – wahre Kleinode.

Das »Chez Louise« zierte im Innenhof eine alte hohe Platane, die dem Lokal zusätzlichen Charme verlieh. Der glatte, dicke Stamm mit den knorrigen Ästen und dem im Sommer saftig grünen Blätterschutz war mehrere Hundert Jahre alt und wirkte majestätisch. Geschwungene Metallstühle mit weichen cremefarbenen Kissen standen um die hell lasierten Holztische. Ausladende Kronleuchter verzauberten die Außenplätze abends mit Kerzenlicht, und im Inneren waren sie mit Birnen, die an Kerzenlicht erinnerten, bestückt. Die Barhocker, die an der einladenden Theke standen, waren mit unterschiedlichen Kunstfellen bezogen, somit war jeder Hocker ein Unikat. Margeaux liebte den unprätentiösen, gemütlich schicken Stil. Man hatte von der Theke aus einen freien Blick in die chromglänzende Küche. Julien war einer der Ersten gewesen, der dem Gast so Einblick in die Küche gewährt hatte. Die Wände waren über und über mit Bildern von Gästen und lustigen Sprüchetafeln wie »Kiss the cook!« oder »Die besten Partys enden immer in der Küche!« geschmückt. Das »Chez Louise« war ein wunderbarer Ort, und wer hier einmal zu Gast gewesen war, der kam immer wieder.

Anfang des Jahres hatte Margeaux nur selten in das Restaurant kommen können. Zu präsent war der Schmerz gewesen, denn die Einrichtung des Lokals trug die Handschrift ihrer Mutter.

Im Nirgendwo

Die Dunkelheit war erdrückend und die Luft zäh. Sie versuchte, den Kopf zu heben, aber ihr fehlte die Kraft dazu. Ihre Zunge fühlte sich pelzig und geschwollen an und lag schwer in ihrem Mund. Ihre Augenlider ließen sich nicht anheben, es war, als wären sie festgeklebt. Sie stöhnte und wollte um Hilfe rufen.

Ein Krächzen kroch über ihre trockenen Lippen. Das Stechen in ihrem Bein flackerte auf, und plötzlich schmerzte ihr ganzer Körper unerträglich. Tränen tropften aus ihren Augen, und eine Panikwelle überrollte sie. Erde! Sie war sich sicher, dass sie Erde in ihrem Mund und ihrer Nase spürte – wie damals. Sie konnte nicht atmen, und ihr Herz begann zu rasen. Je schneller ihr Herz schlug, desto mehr schmerzte ihr Bein.

Wo war sie? Wieder unter der Erde? Würde sie auch diesmal gerettet? Drei Tage war sie damals verschüttet gewesen, als das Erdbeben die halbe Stadt zerstört hatte. Ihr Kindergarten war in dem am stärksten betroffenen Bereich gelegen, daher hatten die Rettungskräfte lange gebraucht, um sich durch die Massen an Steinen und Erde zu arbeiten. Anfangs waren die Schmerzensschreie der anderen Kinder noch zu hören gewesen, doch nach und nach war es stiller geworden. Bis schließlich alle verstummt waren. Sie hatte nicht mehr rufen und weinen können. Überall waren Erde und Staub gewesen. Ihre kleinen Hände hatten einen Stein umfasst, und in den kurzen Momenten, in denen sie noch Kraft gehabt hatte, hatte sie damit gegen die anderen Steine geklopft – und dann war das Wunder geschehen: Starke Hände hatten sie aus dem Trümmergrab gehoben.

So viele waren damals gestorben. Auch ihre Eltern waren unter den Opfern gewesen. Das Fernsehen hatte über die einem Wunder gleichende Rettung des kleinen Mädchens berichtet. So waren ihre neuen Eltern auf sie aufmerksam geworden, und sie war nach Deutschland gekommen. Ihre Adoptiveltern waren liebevolle Menschen, und sie hatten ihr ein fröhliches Zuhause und fundierte Bildung geschenkt.

Langsam hatte sich ihre Seele erholt, nur der Traum kehrte immer wieder. Keine Therapie hatte es bisher geschafft, ihn auszumerzen. Ihr Freund half ihr dabei, mit dem Traum klarzukommen. Er gab ihr Halt, und so lernte sie damit umzugehen, dass der Traum für immer ein Teil von ihr bleiben würde. Zu lange war sie allein in der stillen Dunkelheit unter der Erde gewesen. Nun war sie wieder dort. Unbeweglich.

Die Angst tobte in ihrem Körper. Warum war er nicht bei ihr? Wo war sie? Sie war sich sicher, dass sie diesmal sterben würde. Der Tod ließ sich sicher nicht ein zweites Mal überlisten. Eine erneute Ohnmacht befreite sie von ihren panischen Gedanken.

Damals

Er saß in seinem Sessel und las.

»Liebe Mama, lieber Papa!
Ich bitte euch, mir nicht böse zu sein. Die Traurigkeit hat einen dicken Mantel um mich gelegt und lässt mich kaum noch atmen. Ich kann morgens kaum aufstehen, und das Zähneputzen ist bereits eine unlösbare Aufgabe für mich geworden. Tränen habe ich keine mehr. Die habe ich alle in den letzten Monaten aus mir herausgeweint. Jetzt habe ich noch nicht einmal mehr die Kraft zum Weinen. Ich kann das alles nicht mehr und träume davon, nicht mehr aufzuwachen. Ich finde keinen Sinn mehr in meinem Dasein. Bitte verzeiht mir, wenn ich euch Kummer gebracht habe und jetzt noch mehr Kummer bringen werde. Aber ich kann wirklich nicht mehr. Ich halte es nicht mehr aus und bitte euch, mich freizugeben und euch keine Schuld zu geben. Ihr wart die besten Eltern der Welt. In Liebe, Andrea.«

Er hob den Blick und sah die schreckgeweiteten Augen der Frau ihm gegenüber. »Ein schöner Brief«, sagte er mit leicht süffisantem Unterton, »ich unterstütze dich wirklich gern dabei!« Er spürte, dass sie ihm widersprechen wollte, aber sie war bereits zu schwach, und ihre Sinne gehorchten ihr nicht mehr. Zwei Liter Blut waren schon in den großen Messbecher getropft. Das führte zu Schwindel und Verwirrung, hinzu kamen die allgemeine Schwäche, der Durst und die Angst. Er kannte jedes Stadium genau und führte es mit großer Sorgfalt herbei. Er hatte die Verletzung der Oberschenkelarterie perfektioniert, sodass das Blut langsam und dosiert aus ihr heraustrat, nachdem das erste Ausspritzen vonstattengegangen war. Das Blut, das er auffing, um die Stadien genau bemessen, sehen und spüren zu können – wie der Tod über die Sterbenswilligen kam, die plötzlich gar nicht mehr so gern sterben wollten –, verteilte er im Anschluss geschickt um die verstorbene Person. Den letzten Tropfen, bevor die jeweilige Person das Leben aushauchte, konservierte er und behandelte ihn auf eine spezielle Art. Dann entfernte er seine Utensilien und lies nur das skalpellartige Messer und den Abschiedsbrief zurück, der freiwillig und handgeschrieben war. Das war eines der wichtigsten Kriterien bei der Auswahl seiner Opfer. Er hatte vor Jahren in einem Buch gelesen, dass die Seele ein spezifisches Gewicht habe und man sehen könne, wann sie gehe. Er war sich sicher, dass dies der Wahrheit entsprach, denn er sah sie schwinden und konservierte sie – jedes Mal.

Er liebte diesen Moment!

Provence – Sonntag, 13. Juli

Margeaux aß mit dem Schriftsteller zu Abend, und der gebildete und genusserprobte Mann vergaß zwischenzeitlich fast, warum er da war, so entzückt war er vom »Chez Louise« und dem grandiosen Menü, das Julien auftischte. Das aus der Not in Margeaux' Stuttgarter Wohnung geborene Zitronenrisotto hatte er verfeinert und die karamellisierten Garnelen durch Langusten ersetzt. Unbehandelte provenzalische Zitronen wurden für das Gericht verwendet, und man schmeckte die Sonne, die den Zitronen eine saftige Art von Süße verlieh. Seinen »Salade de chèvre chaud« – ein sehr ursprüngliches Gericht der Region – hatte er in eine besondere Köstlichkeit verwandelt. Der Käse war in eine Sphäre verwandelt und war außen fest und innen flüssig, der Kern leicht erwärmt, mit bestem Olivenöl geschmeidig gemacht und mit Fleur de Sel aus der Camargue gewürzt. Das Dressing der feinen Babyleaf-Salate hatte er als eine Hommage an Hildes Salatdressing mit Moutarde de Dijon zubereitet und die Blätter mit der flüssigen Köstlichkeit zart benetzt. Einen wirklich guten Salat zu machen war eine Kunst, und Julien beherrschte diese.

Hauptgang und Dessert waren bis auf den letzten Krümel verschlungen, als Julien den Café noir mit den Macarons von Thierry servierte. Der Klient hatte sich dann doch besonnen, was der Grund seines Treffens mit Margeaux war, und hatte Bilder und Notizen gezückt und sie genauestens instruiert. Sie würde bereits morgen mit der Observierung beginnen, denn Madame hatte einen Ausflug nach Les Beaux de Provence geplant. Der illustre Ort war wie gemacht für ein Schäferstündchen. Eine Unterschrift unter dem Vertrag besiegelte den Auftrag und Margeaux' Konditionen. Eine Aufgabe würde ihr guttun.

Nachdem sie ihren Auftraggeber verabschiedet hatte, blieb sie noch einen Moment bei ihrem Vater sitzen und trank einen letzten Schluck des großartigen Chateauneuf-du-Pape blanc, bevor sie nach Hause aufbrach.

Das Haus in der Provence war immer ihr Zuhause gewesen, schließlich hatte sie die meiste Zeit ihrer Kindheit und Jugend hier verbracht. Die Wohnung in Stuttgart war ihr oft eher als Feriendomizil erschienen.

Willi stand auf und rekelte sich, als er merkte, dass sein Frauchen bereit war, den Heimweg anzutreten. Er hatte sein eigenes Körbchen im »Chez Louise«. Da Julien den kleinen Racker besorgt hatte, hatte er sich auch auf ihn eingestellt. Frau und Hund verabschiedeten sich und gingen in Richtung Parkhaus davon.

Die Strecke war rasch geschafft.

Willi beglückte noch einige Lavendelbüsche mit seinem Geschäft, und dann gingen sie ins Bett.

Skrupellos

Er warf die schlampig gepackte Tasche auf den Rücksitz seines Autos und sprang auf den Fahrersitz. Der Rückwärtsgang machte ein scharrendes Geräusch, als er ihn ungeduldig einlegte. Mit quietschenden Reifen stob er aus der Hofeinfahrt in der beschaulichen Wohngegend.

Eine Nachbarin, die im Bademantel auf ihrem Balkon stand und eine Zigarette rauchte, schüttelte missbilligend den Kopf über den verstrubbelten Mann, der so viel Lärm am frühen Morgen machte.

Er fuhr sich rasch glättend durch das Haar, das ihm in alle Richtungen vom Kopf abstand. Er wollte ja nicht bereits auf den ersten Kilometern seiner langen Fahrt von der Polizei aufgehalten werden, nur weil er den äußeren Eindruck eines Verrückten machte. Es blieb ihm sowieso nicht viel Zeit, er wusste, dass er voll konzentriert und zügig fahren musste. Wenn er zu spät kam, dann würden sein ganzer schöner Plan ins Wanken geraten und seine Zukunft den Bach runtergehen. Er hatte schon so oft wichtige Dinge vergeigt.

Nun ging es um mehr! Um sehr viel mehr. Er hätte Skrupel verspüren müssen – das war ihm klar. Aber er verspürte nur den Druck, diesmal mit der gebotenen Aufmerksamkeit bei der Sache zu sein, um nichts zu übersehen oder zu versäumen. Irgendwie kam es ihm vor wie ein Spiel. Aber es war kein Spiel, es war bitterer Ernst.

Provence – Montag, 14. Juli

Der nächste Morgen wurde mit dem Schrillen des Weckers eingeläutet. Margeaux gestaltete ihren üblichen Start in den Tag und machte sich sodann für den »Ausflug« nach Les Beaux zurecht. Da es aus der Richtung, in welcher der Schriftsteller wohnte, nur eine Zufahrtsstraße gab, würde sie dort warten und sehen, wie sich der Tag entwickelte.

»Bitte verwöhn' Willi nicht zu sehr, und setze ihm auch mal Grenzen.« Sie gab Hilde einen Kuss und brach auf.

Sie musste nicht lange am Ortseingang warten, bevor der Wagen der Autorengattin erschien. Unauffällig folgte sie dem Fahrzeug bis zu seinem Zielort, parkte unweit der Dame, packte Handtasche und Minikamera und stöckelte hinter ihrem »Opfer« her.

Der Tag war geprägt von all dem, was eine Dame von Welt in einer Schickimicki-Ortschaft tat: vom Museumsbesuch über die Kirchenbesichtigung bis zum Shopping und dem anschließenden Häppchenessen.

Es tat sich nichts Großartiges. Auffällig war nur, dass ein gut aussehender junger Mann immer zur selben Zeit am selben Ort war wie Madame. Sie berührten einander eher zufällig, sprachen aber kaum miteinander.

Margeaux kam zu dem Schluss, dass die Dame ihren Mann nicht betrog.

Noch nicht!

Zu viel Blut

Er hielt den Brief in seiner zitternden Hand und entfaltete ihn. Dann begann er, ihn mit staubtrockener Stimme vorzulesen.

»Ich kann nicht mehr! Mein Leben ist ein Trümmerhaufen, seitdem Carla tot ist.«

Er musste sich räuspern und zusammenreißen, um weiterzulesen.

»Ich weiß, dass ich eine Chance gehabt hätte, aber der Alkohol hat mir geholfen zu vergessen, und nun hat er mich vollends zerstört. Ich kann nicht mehr. Vergebt mir bitte!«

Er blickte von dem handgeschriebenen Brief auf und hin zu dem Mann, der ihm gegenübersaß. Der Mann war blass, und sein Kopf hing schwach zur Seite. Hände und Füße waren an den Stuhl fixiert. Hierzu hatte er das latexfreie Tourniquet verwendet, das er auch benutzte, um den Blutabfluss der Arterie zu kontrollieren. Dies hatte er so oft geübt, dass er es im Schlaf konnte. Das Band hinterließ keine Spuren auf der Haut, und so war die Fixierung später nicht zu erkennen.

Da die Inszenierung einen Selbstmord darstellte, suchte auch niemand nach solchen Spuren. Heute hatten seine Hände gezittert, als er das Band mit den typischen Schlaufen festgezurrt hatte, und die angstgeweiteten Augen seines Opfers hatten es nicht leichter gemacht.

Die Wirkung des Ketamins ließ nach, und so sollte es sein. Es gehörte dazu, dass die angeblich Sterbewilligen ihr Sterben auch mitbekamen, denn schließlich hatten sie sich lange genug damit befasst und öffentlich verdeutlicht, dass sie tot sein wollten. In der Realität sah es dann doch scheinbar anders aus. Plötzlich war die Angst vor dem Tod da. Er hatte sich jedoch trotz des Zitterns seiner Hände an den Ablauf gehalten und nach der Fixierung die Oberschenkelarterie abgebunden, bevor er sie perforiert hatte. Er wusste genau, was zu tun war. Jedes Stadium war detailliert dokumentiert, und er musste sich nur an die einzelnen Schritte halten.

Ihm war schlecht. Nicht wegen des Blutes. Das hatte ihm noch nie etwas ausgemacht. Die fast greifbare Angst verursachte ihm Übelkeit, denn es war nicht nur die Angst des Sterbenden – es war auch die seine.

Provence – Mittwoch, 16. Juli

Als Margeaux nach dem dritten Tag der mehr oder weniger ergebnislosen Observierung verschwitzt nach Hause kam und den Bericht für ihren Auftraggeber schreiben wollte, wartete Aimé schon aufgeregt in der Küche. Es gab etwas aus Polizeikreisen zu berichten: In dem nicht weit entfernten Städtchen Tarascon hatte sich ein Selbstmord ereignet, bei dem viel Blut geflossen war.

Margeaux stellten sich sofort alle Haare zu Berge. Selbstmorde, bei denen viel Blut floss, hatten ihr Leben im vergangenen Jahr dominiert. Die Zeit, in der sie damit beschäftigt gewesen war, den hochgefährlichen Martin Angerer zu jagen, den die Presse reißerisch den »Schächter« genannt hatte, war die belastendste ihrer Karriere als Kripobeamtin gewesen.

Angerer hatte sie – Margeaux Surfin – zu seiner ganz persönlichen Vertrauten auserkoren, und so war sie permanent dem Druck ausgesetzt gewesen, ihn nicht nur aufzuhalten, sondern auch öffentlichkeitswirksam deutlich zu machen, wie hart man an seiner Festsetzung arbeitete. Dass es in dieser Zeit ihrer Mutter besonders schlecht gegangen war, hatte es für Margeaux nicht einfacher gemacht, und ihre Nerven waren ständig bis zum Zerreißen gespannt gewesen.

Die ersten Todesfälle wurden als Suizide verzeichnet. Die Toten lagen in ihrem eigenen Blut, hatten sich die Oberschenkelarterie durchtrennt, was einen schnellen Tod gewährleistete. Sie hinterließen handgeschriebene, sehr persönliche Abschiedsbriefe, die bei niemandem das Gefühl erweckten, dass es sich hierbei nicht um einen Selbstmord handelte. Zudem fanden sie im ganzen Land verstreut statt, und da man von Suiziden ausging, gab es auch keine ermittlungswirksame Erfassung der Tatbestände. Bei den Tatorten handelte es sich immer um Zimmer in Mittelklassehotels, die auf den Namen des Opfers angemietet und in bar bezahlt worden waren. Angerer arbeitete geschickt. Er fand seine Opfer in Chatrooms für Menschen mit Depressionen und Todessehnsucht, gab sich selbst als einer von ihnen aus und baute so Vertrauen auf. Er hatte ein gutes Händchen dafür, genau die Personen, die am labilsten und am beeinflussbarsten waren, herauszufinden. Dann schlug er ein persönliches Treffen vor. Man hatte sich so intensiv und »offen« ausgetauscht, dass man sowieso schon dachte, einander zu kennen. Insofern war es nicht schwer, die Anonymität des Internets zu verlassen und sich in der wirklichen Welt zu begegnen. Angerer traf sich immer genau dreimal mit seinen Opfern und nur mit denen, die bereits mehrere Abschiedsbriefe handschriftlich verfasst hatten, um ihrem Schmerz Ausdruck zu verleihen. Das dritte Date war auch in Liebesbeziehungen ein besonderes, denn dann konnte man von der Ernsthaftigkeit der sich treffenden Personen ausgehen.

So deutete auch Angerer das dritte Treffen, denn dafür schlug er vor, in seinem Hotel seine Briefe zu sichten und sich gegenseitig Trost zuzusprechen. Es war ein ausgeklügeltes und durchtriebenes Spiel, das er mit den kranken Seelen spielte. Die Menschen vertrauten ihm, glaubten ihm, dass er genauso litt wie sie. Den letzten Schritt zu gehen, fanden sie aber schwer, denn sie hatten Familie oder Freunde, denen sie den Schmerz des Verlustes nicht zufügen wollten. Er empfand sie als wankelmütig, aber er sah sich nicht als reinen Helfer. Er hatte Freude daran zu sehen, wie sie starben. Wie ihre Seele sich verflüchtigte, wie das Blut langsam aus ihnen herausrann. Er tötete einfach zu gern. Sein Prinzip war perfekt. Und anfangs war ihm niemand auf die Schliche gekommen.

Margeaux lauschte Aimés Ausführungen bis ins Detail. Viel wusste er nicht. Die Kollegen hatten lediglich berichtet, dass es eine richtige Sauerei gewesen sei. Aber Familie und Freunde hatten wohl bestätigt, dass der Mann lebensmüde gewesen sei, und somit ging man von einem Selbstmord aus. Sie war trotz allem in Alarmbereitschaft und konnte die feinen Härchen, die sich an ihrem Arm aufstellten, während Aimé sprach, nicht ignorieren. »Ich muss kurz in Deutschland anrufen«, gab sie ihrer Unruhe Ausdruck und zückte ihr Handy. Franks Nummer war immer noch unter ihren Favoriten abgespeichert, und so hatte sie die Verbindung schnell hergestellt. Sicher hatte ihr ehemaliger Partner schon Feierabend, und wenn er nicht beim Kickboxen war, dann sollte er rasch erreichbar sein. Trotzdem war sie erstaunt, als er nach dem ersten Läuten das Gespräch annahm.

»Margeaux!«, hörte sie ihn ausrufen.

Frank Kaiser und Margeaux Surfin waren das erfolgreiche Dream-Team der Stuttgarter Kriminalpolizei im Bereich Tötungsdelikte mit Vorsatz gewesen. Sie hatten sich wortlos verstanden und hatten zielsicher und Hand in Hand gearbeitet. Das Vertrauen, das sie zueinander gehabt hatten, war außergewöhnlich gewesen, und so hatten sie eine sehr hohe Quote bei der Verbrechensaufklärung ihr Eigen nennen können.

»Hey, Frank! Wie geht's dir?«, leitete Margeaux das wichtige Telefonat ein. Sie hatte Frank immer sehr gemocht und geschätzt. Nicht viele Teams konnten sich rühmen, so reibungslos miteinander zu arbeiten wie sie beide.

»Ich habe gerade Feierabend gemacht«, erläuterte der ehemalige Kollege, »und bin nun auf dem Weg ins Studio. Ich muss mich noch ein wenig auspowern, hatte heute nur Scheißpapierkram an der Backe!«

Margeaux lächelte vor sich hin, Frank hatte sich nicht verändert. Er war der Alte geblieben. »Das dachte ich mir schon«, gab sie ihm zu verstehen und verdeutlichte damit, wie gut sie ihn doch kannte.

»Margeaux!«, sagte er und ließ einen kurzen Moment verstreichen. »Du rufst mich doch nicht nur an, um Hallo zu sagen?« Auch Frank kannte sie sehr gut, und er wusste, dass sie ihn nicht nach so vielen Monaten plötzlich anrufen würde, um mit ihm über seinen Tagesablauf zu plauschen.

»Du triffst es auf den Punkt«, gab Margeaux sofort zu. »Ich

muss wissen, ob Angerer nach wie vor in Haft ist?«, fragte sie dann sogleich.

»Warum sollte er nicht?«, antwortete Frank mit einer Gegenfrage.

»Es gab einen Suizid ein paar Kilometer von hier entfernt.«

»Hörst du jetzt das Gras wachsen? Er ist rechtskräftig verurteilt und inhaftiert! Nicht jeder Selbstmord ist jetzt gleich ein Mord. Menschen begehen Suizid, das weißt du!«

»Ja, du hast recht!«, gab Margeaux kleinlaut zu »Aber es fühlt sich irgendwie komisch an«, erklärte sie ihre Gedanken.

»Du gibst ihm nach wie vor zu viel Macht über dich!«, warnte Frank. Dann hörte sie eine Tür ins Schloss fallen und seine Stimme hallte: »Ich bin im Studio, und du weißt, wie schlecht die Verbindung hier ist. Melde dich mal wieder. Es war schön, deine Stimme zu hören!«

»Salut, Frank«, rief Margeaux ins Telefon. »Ich melde mich, Ehrenwort!«

Sie legte das Handy nachdenklich beiseite. Frank hatte sicher recht, sie war einfach paranoid, wenn es um Angerer ging. Er hatte ihr Leben beherrscht, und sie musste aufpassen, dass er nicht wieder Macht darüber bekam, und das auch noch aus der Gefängniszelle heraus. Aimé hatte das Telefonat schweigsam mit angehört und blickte nun fragend in ihre Richtung.

»Frank meint, er sei noch inhaftiert«, erklärte sie, »und dass ich wohl das Gras wachsen höre!«

Der drahtige Flic wiegte den Kopf bedächtig hin und her: »Vorsicht ist die Mutter der Porzellankiste! Und es war wichtig für dich, das abzuklären. Jetzt können wir beruhigt sein.«

Hilde kam herein, den Dackel im Schlepptau, und stellte eine Schüssel mit frisch geernteten Tomaten auf die Arbeitsfläche. Mit geübten Handgriffen zauberte sie rasch einen Tomatensalat, dazu gab es noch warmes Baguette. Aimé öffnete eine Flasche gekühlten Listel. Der Rosé passte einfach hervorragend zu Tomaten und frischem Brot. Das in seiner Einfachheit bezaubernde Gericht schmeckte ihnen allen hervorragend. Willi hatte sich auf seinen Platz zurückgezogen und knabberte wie wild an einer Ecke seiner Kuscheldecke. Sie genossen in schweigsamer Vertrautheit das Abendessen, und Margeaux erschrak, als ihr einfiel, was sie eigentlich hatte machen wollen, bevor Aimé mit seinem Bericht begonnen hatte: Sie musste dem Schriftsteller das Ergebnis ihrer Observation mitteilen.

Schnell aß sie die letzten Tomatenscheiben und tunkte mit etwas Brot den Rest Öl, der sich mit dem Tomatensaft und dem Salz vermischt hatte, genüsslich auf. Entschuldigend blickte sie die beiden an: »Ich muss noch meinen Tagesbericht schreiben, das hätte ich fast vergessen!«

»Kein Problem, Chérie, wir sind eh gleich weg!«, sagten die beiden im Chor, und Margeaux setzte sich an ihren PC.

Sie empfahl ihrem Auftraggeber, das Gespräch mit seiner Frau zu suchen. Nur so konnte er herausfinden, ob die Ehe noch zu retten war, denn eines war glasklar: Die Gattin war bereit, sich auf Abwege zu begeben. Aus Margeaux' Sicht gab es aber noch Hoffnung, denn außer ein paar zufälligen Berührungen, die die Dame mit einem jungen Mann getauscht hatte, der immer wieder in ihrer Nähe aufgetaucht war, und einigen eilig gewechselten Worten war nichts geschehen.

»Soll ich Willi morgen wieder mitnehmen?«, fragte Hilde, nachdem sie die Küche aufgeräumt hatte. »Musst du noch mal los?«

Margeaux zuckte mit den Schultern: »Ich weiß es noch nicht, das sehen wir dann morgen. Ist das in Ordnung?«

Beide drückten Margeaux noch einmal an sich, und dann gingen sie davon. Aimé pfiff wie immer vor sich hin, und Hilde hatte sich bei ihm untergehakt. Es war schön zu sehen, wie sie miteinander umgingen.

Dunkle Seele

Er kam zurück in das schäbige Zimmer, das er zurzeit bewohnte. Es war unauffällig, und genau so sollte es auch sein. Das entsprach dem Plan. Und er hielt sich akribisch an den Plan. Er würde nichts tun, um ihn zu gefährden, denn er wusste, was das bedeutete. Seine Hände zitterten noch immer, und sein Magen beruhigte sich auch noch nicht richtig. Seine Atmung ging rasch und flach. Den Tod zu erleben, hatte ihn aufgewühlt. Er hatte geahnt, dass das so kommen würde, und trotzdem hatte er alle Punkte abgearbeitet und sich nicht aus dem Konzept bringen lassen. Das Ketamin zu verabreichen beinhaltete immer ein Risiko, aber es war gut gegangen, und alles hatte geklappt. Seine Utensilien lagen ordentlich in seinem Rucksack. Wer weiß, wann er sie wieder benötigen würde. Das war noch nicht klar. Klar war nur, dass es wieder so kommen würde. Einmal begonnen gab es kein Zurück mehr.

Er legte sich mit voller Bekleidung aufs Bett und starrte die rissige Decke an. Der altersschwache Ventilator drehte sich nur langsam, und er hatte das Gefühl, dass die Luft dadurch nur schwerer wurde und nicht kälter. Aber vielleicht lag es auch an seinem Zustand, dass sich seine Lungen nur schwer mit frischem Sauerstoff füllte. Das Leben war aus dem Mann herausgetropft, er hatte es gesehen.

Er schloss verzweifelt die Augen.

Provence – Donnerstag, 17. Juli

Die Nacht war rasch vorüber, und Margeaux hatte einige Male erschrocken im Bett gesessen, so realistisch war Angerer durch ihre Träume gegeistert. Sie schalt sich selbst eine Närrin und schüttelte die Erinnerungen ab. Sie sprang aus dem Bett und gab sich dem Tag und seinem Ablauf hin. Es tat so gut, Routine in ihrem Leben zu wissen. Das gab ihr Halt.

In ihren Mails fand sie die Bitte des Autors, noch ein paar Tage an der Ehefrau dranzubleiben. Er hatte zwar das Gespräch mit ihr gesucht, aber es war wohl ziemlich schiefgelaufen und hatte in einem emotionalen Disput geendet. Er musste nun zwei Tage zu seinem Verlag nach England und hielt es für eine gute Idee, wenn Margeaux so lange nach seiner Frau sah. Er war sich ihrer nicht wirklich sicher, und die Detektivin als Quasi-Babysitterin erschien ihm eine gute Idee.

So vergingen die nächsten Tage im Gleichklang der Observierung, bei der nichts Weltbewegendes geschah. Margeaux verfasste abends pflichtbewusst ihren Bericht und genoss ansonsten den Sommer in der Provence.

Am Samstag besuchte sie mit Thierry eine Oper in der Arena von Orange. Die Karten waren schon lange gekauft, und Margeaux erfreute sich an der Inszenierung von Puccinis »Turandot« unter freiem Himmel. Der Tenor wurde allenthalben sehr gelobt. Durch die vielen Reisen mit ihrer Großmutter Annabelle wusste Margeaux diese kulturellen Ereignisse sehr zu schätzen.

Im Anschluss fuhren sie nach Avignon und saßen bei Julien unter der Platane, bis ihr Vater sie gähnend nach Hause schickte. Thierry hatte seinen Mitarbeitern für das Wochenende die Backstube anvertraut, und der Sonntag war als gemütlicher Faulenztag geplant.

Hilde würde morgens frische Croissants, Pain aux chocolat, Baguette und Margeaux' geliebte Croissants aux amande aus der Bäckerei mitbringen.

Margeaux und Thierry nahmen gerade am voll beladenen Frühstückstisch in der windstillen Ecke unter der Mimose Platz, als Aimé auf den Hof stürmte. Aufgeregt riss er sich den Polizeihut vom Kopf und strich sich das Haar aus dem Gesicht.

»Margeaux!«, rief er und kam schnellen Schrittes auf die Terrasse. Aimé ließ sich auf die Mauer plumpsen und sah Margeaux an. »Es hat sich wieder jemand umgebracht. Diesmal in Chateaurenard!«

Margeaux, die gerade genussvoll in ihr Croissant beißen wollte, wurde blass. »Was ist passiert? Erzähl!«, forderte sie Aimé auf.

»Die Kollegen haben berichtet, dass die Frau in einem Stuhl saß und dass ziemlich viel Blut geflossen ist. Sie hat einen langen traurigen Brief hinterlassen. Mehr weiß ich nicht, denn das ist ja nicht mein Terrain!«

Margeaux rutschte unruhig auf ihrem Stuhl hin und her. Warum trug dieser Tod schon wieder Angerers Handschrift?

Martin Angerer hatte acht Menschen getötet. Vier davon als Geschenk an Margeaux. So hatte er es damals genannt. Er hätte eine besondere Verbindung zwischen der Ermittlerin und sich selbst gespürt und ihr so etwas Außergewöhnliches geben wollen: die Seelen seiner Opfer.

Damals wurden die Akten schnell geschlossen, denn durch die vorhandenen Abschiedsbriefe und keine offensichtlich wahrnehmbare Fremdeinwirkung gab es keinen Grund, das Ganze strafrechtlich zu verfolgen. So gerieten die Toten in den Hotelzimmern schnell in Vergessenheit. Wäre da nicht die Schwester eines Opfers gewesen.

Sabine Paulsen bezweifelte stark, dass ihre Schwester den letzten Schritt wirklich zu diesem Zeitpunkt gegangen wäre: Ihre

Mutter war an Krebs erkrankt, und beide Töchter waren der Mutter sehr nah gewesen und hatten ihr geholfen, mit der schweren Krankheit zurechtzukommen. Paulsen war fest davon überzeugt, dass ihre jüngere Schwester der kranken Mutter diesen Schmerz nicht zugefügt hätte. Da sich dieser Tod in der Region Stuttgart ereignet hatte, stand die aufgeregte Frau in Margeaux' Büro und schilderte ihre Sicht der Dinge. Sie ließ sich nicht abwimmeln und kam mehrfach wieder. Die Hartnäckigkeit der Frau sowie die Erwähnung der Krebserkrankung der Mutter – hier war Margeaux einfach besonders sensibel – sorgten dafür, dass sie sich der Sache annahm. Sie fand heraus, dass es bereits an drei anderen Orten Suizide gegeben hatte, die dieselben Muster aufwiesen wie der Tod von Barbara Paulsen. Jetzt wurde man aufmerksam, und so begann die Jagd auf den unbekannten Mörder, der Menschen ausbluten ließ.

Der Name, den die Presse vergeben hatte, traf seine Vorgehensweise auf den Punkt. Angerer war zudem wie ein Schatten, denn er hinterließ keine verwertbaren Spuren und war nicht auffindbar. Die Kollegen von der KTU, die nun auf den Plan gerufen wurden, konnten einfach nichts finden. So tappten sie im Dunklen. Als Angerer von den Ermittlungen erfuhr – und es war nie wirklich klar geworden, wer seine Quelle war –, brachte ihn sein Narzissmus dazu, von seinen Taten zu berichten und diese kundzutun, wobei er einige Schritte seiner Vorgehensweise nicht preisgab, und so konnte die Polizei die Öffentlichkeit anfangs nicht warnen. Als man schließlich herausfand – und hieran war der begnadete Hacker Matze König im Wesentlichen beteiligt –, wie er seine Opfer ausmachte und sich deren Vertrauen erschlich, erging die Warnung. Doch leider zu spät, die letzten Opfer ließen sich nicht mehr retten. Zu subtil war die Vorgehensweise des manipulativen Verführers, und wer sich einmal in seinem Netz verstrickt hatte, konnte nicht mehr entfliehen.

Angerer fing an, ein perfides Spiel mit Margeaux zu spielen. Es begann damit, dass er ihr die Seelenflaschen schickte: zarte Glasflakons mit einer leicht zähen, durchsichtigen Flüssigkeit gefüllt.

Sie waren wie eine Kostbarkeit verpackt, und da sie stets ohne Absender von einem Lieferservice gebracht wurden, wurde jedes Mal das ganze Szenario der Durchleuchtung und Sicherstellung, dass es sich nicht um eine Bombe handelte, vollzogen. Ein goldlettriger Brief beschrieb, was sie da angeblich in den Händen hielt: die Seele eines Opfers. Er hätte sie extra für sie eingefangen und destilliert. Im Brief fanden sich sodann der Name des Opfers und das Hotel, in dem es zu finden war, sowie der genaue Zeitpunkt des Todes. Margeaux war erschüttert und entwickelte einen ungesunden Ehrgeiz, Angerer dingfest zu machen.

Matze König fand heraus, wo sich die IP-Adresse des Serienmörders befand, und als man ihn in die Enge getrieben hatte, verdeutlichte Angerer, dass er sich von Margeaux in Gewahrsam nehmen lassen würde, ohne sich zu wehren. In einem Interview ging er sogar so weit, von ihr wie von einer Tochter zu sprechen, die er nie gehabt, sich aber immer gewünscht hatte. Angerer gestand Margeaux die Morde mit allen Details und machte den Eindruck, als sei er froh, dass es nun vorbei war und er inhaftiert werden würde.

Das Sonderermittlungsteam rund um Margeaux, bestehend aus ihrem Partner Frank Kaiser, dem Hacker Matze König und dem wissbegierigen Sebastian Pfeilmann, löste sich auf, und man kehrte zum Alltag zurück. Pfeilmann ließ sich nach Hessen versetzen, dort hatte er wohl seine große Liebe gefunden. König machte das, was er immer tat und was offiziell auch niemand wissen wollte.

Margeaux und Frank machten sich wieder an ihre üblichen Aufgaben. Als Margeaux' Mutter starb, fühlte sie sich, bedingt durch die aufreibenden Ermittlungen rund um Angerer und dessen Gerichtsverhandlung sowie durch den erlittenen Verlust, wie unter einer Glasglocke. Ihr Chef Werner Walter, ein durchweg unangenehmer Zeitgenosse, kam irgendwie auf die Idee, Margeaux würde seinen Trost benötigen, und begann, ihr nachzustellen. Sie gab ihm einige Male geduldig zu verstehen, dass ihr das mehr als unangenehm war. Doch er schien es nicht zu kapieren.

So kam es zu dem zukunftsweisenden Vorfall: Walter passte Margeaux im Flur ab und wollte sie an sich ziehen. Margeaux, die ihn schon mehrfach abgewiesen hatte, verlor die Nerven, gab ihm einen vehementen Stoß, und so flog er in die Tür. Diese erwies sich als in die Jahre gekommen, und Walter landete mitsamt der Tür im Besprechungsraum. Gott sei Dank verletzte er sich nicht, erntete aber den unverhohlenen Spott der Kollegen. Margeaux verspürte keinerlei Lust mehr, sich der Auseinandersetzung über diesen Vorfall zu stellen, und noch weniger Lust auf ihren Beruf und ihr aktuelles Leben. Sie quittierte kurzerhand den Dienst. Frank fiel damals aus allen Wolken, als Margeaux ihre Marke abgab und der Polizei den Rücken kehrte, auch wenn er ihre persönliche Situation sehr gut verstand und ihm klar war, dass sie es nach dem Vorfall mit Werner Walter – ihrem gemeinsamen Chef – schwer haben würde.

Margeaux brauchte den Job finanziell nicht. Marie-Louise hatte zu Beginn ihrer Erkrankung alle Weichen für die Firma gestellt, und Margeaux und Annabelle waren nicht nur gut abgesichert, sondern reich. Irgendwie war nach der Entscheidung, die Polizei zu verlassen, noch genügend Adrenalin in ihr gewesen, um sich als Privatermittlerin selbstständig zu machen und ein paar Aufträge mit sicherer Hand zu erledigen.

Doch dann waren die Wellen der Erschöpfung über ihr zusammengefallen. Zu sehr hatten Angerer und die Krankheit ihrer Mutter an ihrer Kraft gezehrt.

Provence – Sonntag, 20. Juli

Margeaux wusste, dass ihr ein Telefonat mit Frank diesmal nicht reichte. Sie musste sich sicher sein, dass Angerer in Haft war, und in Erfahrung bringen, was er dort tat. Ihre Kontakte zur Polizei in Stuttgart waren immer gut gewesen. Sie war als Kollegin immer beliebt gewesen und ihr Abgang war von vielen mit einem respektvollen Lächeln und mit viel Schulterklopfen begleitet worden. Sie musste herausfinden, was da vor sich ging.

»Wen müssen wir bestechen, dass wir die Berichte bekommen und uns an den Orten des Geschehens etwas umsehen dürfen?«, wollte sie wissen. Sie hob die Augenbrauen fragend und lächelte ein wenig. Wenn es jemand schaffen konnte, die offiziellen Wege zu umgehen, dann Aimé. Er konnte sich wunderbar naiv stellen und so seinen messerscharfen Verstand hervorragend verstecken. Er sagte oft, dies sei in der Provence in seinem Job überlebensnotwendig: *Sei schlau und stell dich dumm, dann kommst du am besten voran!* Aimé wiegte seinen Kopf nachdenklich hin und her.

»Ich habe da schon eine Idee! Der Commandante der Gendarmerie in Tarascon ist mir vom letzten Stierkampf noch etwas schuldig. Mal sehen, wie ich ihm mein Interesse an diesem Selbstmord schmackhaft machen kann, sodass er denkt, es wäre seine Idee, mich da ranzulassen!«, meinte er grinsend.

Die Stierkämpfe waren in der Provence immer ein Spektakel, und wenn die Stiere durchs Dorf getrieben wurden, gab es strengste Sicherheitsvorkehrungen. Hier hatte der Kollege in Tarascon einmal schludrig gehandelt, und Aimé hatte ihm aus der Patsche geholfen, als ein Stier die unsachgemäß errichtete Absperrung umgeworfen hatte und Panik unter den Besuchern ausgebrochen war. Nur dem schnellen Eingreifen von Aimé war es zu verdanken gewesen, dass nichts Schlimmeres passiert war. Und er hatte es nie an die große Glocke gehängt, sondern abgewinkt und gesagt: »Gib mir mal einen Pastis aus, Gilbert!« Nun würde doch etwas mehr als ein Pastis daraus werden, aber Aimé war sich sicher, dass seiner Bitte stattgegeben werden würde. Denn noch galten die Fälle als einfache Suizide. Doch er wusste von Margeaux sehr viel über Angerer und dessen Vorgehensweise und war daher ebenso sensibilisiert wie sie.

Hilde warf Thierry einen besorgten Blick zu, den dieser erwiderte. Beide waren nicht begeistert von der Tatsache, dass der »irre Psycho«, wie sie Angerer nannten, wieder in das Leben von Margeaux eingriff und sich auch Aimé von dem Virus anstecken ließ. Sie wussten aber, dass ein Veto nichts nützen würde, wenn sich Margeaux auf etwas eingeschossen hatte. Und Aimé wäre in seiner Ehre gekränkt, wenn er seine Kompetenz nicht unter Beweis stellen durfte. So war der Deal geschlossen, ohne dass es eine Diskussion darüber gegeben hätte.

Provence – Montag, 21. Juli

Aimé begann seinen Tag mit einem Besuch in Tarascon. Sie hatten am Vortag noch gemeinsam gefrühstückt, dann waren er und Hilde aufgebrochen und hatten das junge Paar allein gelassen. Gilbert Brenot fand er in dessen Büro bei einer Tasse Kaffee und lauthals ins Telefon brüllend. Aimé lehnte sich an den Türrahmen, nahm seinen Hut ab und fuhr sich kurz durchs Haar. Brenot war für seine emotionalen Ausbrüche bekannt, aber so bald es draußen war, war er wieder zahm wie ein Lamm. Aimé hatte also nichts zu befürchten.

Brenot schäumte noch einen Moment, beendete das Gespräch, nahm einen großen Schluck Kaffee und blickte erfreut auf den Besucher: »Aimé, mein Freund! Was führt dich an diesem sonnigen Tag hierher?«

Aimé ging es diplomatisch an: »Ich hatte in der Direktion noch etwas abzugeben und dachte, ich schau mal kurz bei dir vorbei. Man hört, ihr habt viel zu tun?«

Brenot blickte ihn an und nickte: »Ja, ist gerade wirklich viel los. Der Sommer ist wohl zu heiß, und die Leute kommen auf komische Gedanken und haben keine Lust mehr zu leben!«

»Selbstmorde?«, warf Aimé gekonnt in den Raum.

»Ja!«, bestätigte der Commandante und fügte »blutige Sauerei« hinzu.

»Wie blutig kann schon ein Selbstmord sein?«, stellte sich Aimé dumm.

»Na, das kannst du dir gern selbst ansehen!« Brenot griff hinter sich, nahm eine Akte von einem bedenklich hohen Stapel und warf ihm diese hin. Aimé wartete bewusst einen Moment, bevor er sie ergriff, er wollte nicht zu interessiert erscheinen. Dann blätterte er ein wenig hin und her, nicht zu neugierig, aber auch nicht zu gelangweilt, und stieß einige Töne aus, die man als erstaunt und angewidert interpretieren konnte. Er verschleierte den konzentrierten Blick auf die Einzelheiten, nahm aber alles genauestens auf. Er war schon immer ein sehr guter Beobachter gewesen und hatte ein hervorragendes Gedächtnis. Margeaux hatte dies immer bewundert und ihm fleißig nachgeeifert. Oft hatte er ihr komplizierte Beobachtungsaufgaben gestellt und sie so gelehrt, das, was sie sah, auch wirklich wahrzunehmen. Innerlich erfasste ihn eine leichte Unruhe, denn ganz abwegig erschien es nicht, dass hier jemand zugange war und es sich damit nicht um Selbstmorde handelte.

»Das ist ja wirklich hässlich!«, kommentierte er, legte die Akte zurück auf dem Tisch und fing ein unverfängliches Gespräch über Oliven an. Darüber konnte man in der Provence immer reden: wie viele Früchte die Bäume trugen, wie trocken oder feucht es war und welche Ölmühle die beste war. Sie diskutierten das Thema ausgiebig, und Aimé verabschiedete sich freundschaftlich. Er würde wiederkommen, die Basis dafür war nun gelegt.

Margeaux hatte ihren Tag wie gewohnt begonnen, sich aber bei der morgendlichen Laufrunde heute mehr verausgabt als sonst, um das ungute Gefühl, das von ihr Besitz ergriffen hatte, zu besiegen. Nachdem sie gefrühstückt und ihre Mails abgearbeitet hatte, griff sie zum Telefon. Montagvormittag würde Frank im Büro sein oder zumindest telefonisch erreichbar.

Es läutete ein paar Mal, und dann hörte sie ihn bereits sprechen. »Du löst dein Versprechen aber rasch ein! Guten Morgen, Margeaux, ist es dir zu langweilig im sonnigen Süden?«, rief er lachend ins Telefon.

Margeaux begrüßte ihn herzlich: »Du bist noch immer der Gleiche, Frank. Salut!«

Sie plauderten ein wenig über die Kollegen und was sich aktuell »Mordsmäßiges« in Stuttgart tat, aber sie wusste auch, dass er ihr nichts erzählen durfte, was sie nicht selbst über das Internet in Erfahrung bringen konnte. Nachdem sie einige Minuten in Erinnerungen geschwelgt hatten, kam sie zum eigentlichen Zweck ihres Anrufes. Sie hatte weder Aimé noch Thierry oder Hilde in ihre Pläne eingeweiht. Sie wollte nach Stuttgart-Stammheim und Angerer sehen. Eine zeitnahe Besuchsgenehmigung sollte ihr Frank ermöglichen. Dies war keine unmögliche Bitte und verlangte auch nichts Ungesetzliches von ihm. Nur ein wenig Einflussnahme und damit die Beschleunigung des Genehmigungsprozesses. Das hatte sie früher auch für bestimmte Besucher in kurzer Zeit möglich machen können.

»Frank!«, begann sie.

»Schätzchen, du willst zu ihm«, nahm Frank vorweg, »das weiß ich schon, seitdem ich deine Nummer auf meinem Display gesehen habe. Ich kenne dich doch!«

Margeaux pustete in den Apparat. »Du hast recht! Ich kann dir wirklich nichts vormachen! Kannst du mir helfen? Ich könnte morgen da sein!«, redete sie auf ihn ein.

Frank bat sie, ihm ein paar Stunden Zeit zu geben und sich dann erneut bei ihm zu melden. In der Zwischenzeit ging Margeaux duschen und ein paar Besorgungen im Intermarché in Barbentane erledigen. Sie schaute kurz bei Thierry vorbei, aber er war gerade mit einem Lieferanten beschäftigt und hatte keine Zeit für sie. Kurze Zeit später meldete Aimé sich bei ihr, und beide trafen sich in der Bar am Parkplatz auf einen Café noir. Er berichtete ihr, was er in Erfahrung gebracht hatte, und beinahe hätte sie ihm von ihrem Vorhaben erzählt. Sie wollte aber erst noch abwarten, was Frank zu berichten hatte.

Die Berichterstattung bestärkte immer mehr ihr Gefühl, dass Angerer seine Finger im Spiel hatte. Margeaux wurde unruhig und verabschiedete sich eilig von Aimé. Sie fuhr nach Hause, bereitete sich erneut einen Kaffee zu – sie musste ihre Sinne wach und aufmerksam halten, und das tat Koffein in seiner schwarzen, heißen Form perfekt. Dann schnappte sie sich ihr Handy, etwas zum Schreiben und ging nach draußen in die windstille Ecke, die heute ihrem Namen alle Ehre machte. Der Mistral hatte aufgefrischt und blies die über der Rhone abgekühlte Luft durch die Montagnette. Mit dem Mistral war nicht zu scherzen, er konnte so wild und kalt sein, dass er einem den Atem wegzusaugen schien und die Provenco sagten: »Er bleibt drei Tage, drei Wochen oder drei Monate. Drei Monate sind die Hölle auf Erden!« Das war kein leeres Gerede, denn der Wind konnte einen um den Verstand bringen und wenn er tatsächlich länger blieb, dann stiegen die aggressionsbasierten Taten sprunghaft an. Die Täter wurden dann meist milder bestraft als zu windstillen Zeiten. Viele behaupten, auch Van Gogh habe sich deshalb das Ohr abgeschnitten – weil der Wind ihn um den Verstand gebracht hatte. Heute war er zwar kühl und von einer leichten Verärgerung angetrieben, aber noch weit weg von Wut und sogar so, dass man ihn als angenehm empfinden konnte.

Margeaux' Handy klingelte und zeigte Franks Namen im Display an. Ihre innere Anspannung nahm zu.

Der Hund zu ihren Füßen spürte diese körperliche Reaktion ebenfalls, drückte sich fester an ihre Beine und begann, ein wenig zu fiepen. Sie nahm das Gespräch rasch an.

Er klang atemlos. »Margeaux! Du kannst morgen zu ihm. Ich habe alles in die Wege geleitet. Du stehst auf der Liste!«, rief er.

Er betonte den letzten Satz so auffällig, dass sie gar nicht anders reagieren konnte, als nachzufragen. »Ich stehe auf der Besuchsliste und wer sonst noch? Im Übrigen, erst einmal tausend Dank, Frank!«, setzte sie nach.

Frank räusperte sich. »Margeaux, ich tue das gern für dich, aber bitte bring uns nicht in Teufels Küche!«, unkte er.

Margeaux schüttelte den Kopf, was er natürlich nicht sehen konnte, und Frank fuhr ernst fort: »Ja, du bist nicht die Einzige, die ihn besucht. Auf der Liste stehen eine Psychologin mit Namen Anna Bauer, Jo Brettschneider – ein Journalist –, und jetzt halt dich fest: unser Kollege Sebastian Pfeilmann aus dem Sonderermittlungsteam. Alle drei waren bereits mehrmals dort, wie ich hörte.«

Margeaux musste kurz schlucken, um diese Information zu verdauen. »Okay«, setzte sie an, »eine Psychologin – da ist er ein gefundenes Fressen, selten trifft man einen narzisstischen Psychopathen, der so … sagen wir mal … vielschichtig ist wie Angerer. Ein Journalist ist auch klar, Angerer verkauft die Story seines Lebens. Aber Sebastian? Was will der dort?«

»Ich habe keine Ahnung, warum er ihn besucht, Stammheim ist ja auch nicht gerade um die Ecke!«, merkte Frank kritisch an.

»Ich werde ihn fragen!«, versicherte Margeaux aufgebracht.

»Margeaux! Mach keinen Blödsinn!«, warnte Frank erneut.

Sie sagte zu, sich so weit möglich zurückzuhalten. »Ich melde mich bei dir, wenn ich mit ihm gesprochen habe«, versprach sie ihrem ehemaligen Partner.

Sie beendeten das Gespräch, und Margeaux betätigte ihre Flugbuchung für den nächsten Morgen. Nun würde sie ihre Lieben informieren müssen, denn es war klar, dass sie nicht einfach so verschwinden konnte. Auch wegen des Hundes, für den sie verantwortlich war, war dies unmöglich geworden. Ihr Vater hatte das sehr clever eingefädelt. Er wusste, dass sie die Verantwortung für Willi sehr ernst nehmen würde, und so war der Hund quasi ihre Aufsichtsperson auf vier Pfoten! Folglich nahm sie das Telefon wieder zur Hand und informierte Hilde über ihr Vorhaben und bat diese, den Hund zu sich zu nehmen. Hilde war alles andere als begeistert und äußerte ihr Bedenken offen und unverblümt. Margeaux graute schon davor, es Thierry beizubringen. Ihre Beziehung war, was ihren Beruf als Polizistin anging und vor allem in Bezug auf Angerer, sehr angespannt. Thierry hatte nie Verständnis dafür gehabt, dass sie sich gern in Gefahr brachte. Sie überlegte kurz, es sich einfach zu machen und ihm eine Kurznachricht zu senden, besann sich dann aber eines Besseren. Diese Art der Kommunikation konnte nur schiefgehen.

Aimé schlug sie vor, sich abends bei Julien zu treffen. Ihr Vater hatte das Restaurant montagabends geschlossen, und so konnten sie dort etwas Feines kochen, ungestört die Lage besprechen und sich zusätzlich Gedanken über Margeaux' Gespräch mit Angerer machen. Ihr war klar, dass Angerer das Gespräch nicht ablehnen würde. Er würde mit seinem speziellen süffisanten Lächeln auf seinem Stuhl sitzen und bereitwillig mit ihr reden. So war es bei allen Verhören gewesen.

Julien war auch rasch informiert. Das Gespräch mit Thierry war so unangenehm, wie sie es erwartet hatte.

»Ich verstehe nicht wirklich, warum diese Reise nötig ist, und ich habe wieder einmal Angst um dich!« Er verlieh seinem Unmut unverhohlen Ausdruck.

»Ich kann das nachempfinden, aber ich kann nicht anders«, versuchte sie, sein Verständnis zu erringen.

Rasch packte sie einen Koffer für die Reise und buchte ein Zimmer in ihrem Stuttgarter Lieblingshotel »Der Zauberlehrling« und einen Tisch im gleichnamigen Restaurant für den Abend. Sie war sich sicher, dass sie die herausragenden Kochkünste von Fabian Heldmann, Sohn des Hauses und begnadetem Küchenchef, nach dem Gespräch mit Angerer nötig haben würde. Gutes Essen half ihr immer, sich zu beruhigen. Hier schlug das Erbe ihres Vaters voll zu.

Ihre Wohnung hatte sie untervermietet, und daher stand diese nicht für sie zur Verfügung. Es war ihr klüger erschienen, die Wohnung bewohnen, anstatt monatelang leer stehen zu lassen.

Im Anschluss ging sie noch eine Runde mit Willi und spielte ausgiebig mit ihm.

Auf dem Weg in die Stadt brachte sie ihren Hund zu Hilde, die ihr einen missbilligenden Blick zuwarf und sie mahnend bat, auf sich aufzupassen und gesund wiederzukommen. Margeaux versprach es und drückte Hilde fest an sich.

Als sie ins »Chez Louise« kam, war Aimé schon vor Ort und saß mit ihrem Vater an der Theke. Sie fachsimpelten über die richtige Gewürzmischung in Aimés Lieblingswurst – Merguez, eine scharfe Spezialität der Provence. Aimé bestand darauf, dass sie nur »richtig« sei, wenn sie aus purem Lammhack bestünde und mit Kreuzkümmel, Paprika, Knoblauch und Harissa gewürzt war. Julien vertrat die Meinung, dass eine ausgewogene Mischung aus Lamm- und Rinderhack die Wurst schmackhafter mache. Beide waren derart in ihre Diskussion vertieft, dass sie kaum mitbekamen, wie Margeaux den Raum betrat. Räuspernd machte sie auf sich aufmerksam, und die beiden Gourmets schenkten ihr ihre Aufmerksamkeit.

»Bonjour, Papa«, begrüßte Margeaux ihren Vater und gab ihm die üblichen drei Küsse. Aimé berührte sie nur liebevoll an der Schulter, schließlich hatten sie sich ja bereits mittags gesehen.

»Wollen wir?«, warf sie in die Runde.

Beide Männer erhoben sich, und die kleine Gruppe begab sich hinter den Tresen in die chromschimmernde Küche. An großen Fleischerhaken hingen Dutzende Pfannen und Töpfe aus glänzendem Kupfer. Auf den Regalen standen Gewürze und Töpfe mit duftenden frischen Kräutern. Mannigfaltige Kochutensilien waren an den Wänden an Stangen aufgereiht, und sorgfältig polierte Messer hingen an Magnetschienen. Es hatte sich in den letzten Monaten herausgestellt, dass die drei hervorragend in der Küche harmonierten und sich dabei so manche Probleme unkompliziert besprechen ließen. Sie nahmen stets, was das Kühlhaus bot, und machten großartige Improvisationsgerichte daraus. Manche davon schafften es sogar auf die Karte des »Chez Louise« und wurden, wenn auch von Julien leicht verfeinert, immer wieder gekocht.

Margeaux öffnete die Tür zum Kühlhaus und ließ den Blick über das Warenangebot schweifen. Heute war ihr nach Fisch zumute, und sie hielt Ausschau nach den Bewohnern des Meeres. Stattdessen fand sie einige Maispoulardenbrüste und war gleich begeistert. In ihrem Kopf entstand die Idee, diese saftig und zugleich knusprig mit einem Karamellmantel aus einem provenzalischen Imkerhonig zuzubereiten. Ihr Vater holte ein paar Garnelen aus dem Tiefkühler, und Aimé griff sich einen Armvoll Gemüse. Es schien so, als solle es ein ganz besonderes Surf 'n' Turf geben. Schweigend machten sie sich an die Arbeit.

Julien durchbrach die Stille und fragte: »Ausnahmsweise ein

Sancerre anstatt einem Wein aus der Region? Ich habe einen wunderbaren Schluck vom Weingut La Moussiere von Alphonse Mellot!«

Margeaux und Aimé nickten zustimmend, gegen einen guten Schluck aus dem Loire-Gebiet war nichts einzuwenden.

»Du fliegst also morgen nach Deutschland?«, warf er in den Raum. »Zu diesem unsäglichen Kerl?« Julien brachte es nicht über sich, Angerer beim Namen zu nennen.

»Ich muss wissen, was da gespielt wird«, erklärte sie ihrem Vater und sah auffordernd zu Aimé. »Bitte erzähl ihm, was du heute in Tarascon in Erfahrung gebracht hast.«

Während Aimé geschickt das Gemüse wusch und in feine Juliennestreifen schnitt, berichtete er, was er der Akte der Suizide entnehmen konnte – und dass ihm das auch nicht mit rechten Dingen zuzugehen schien.

Julien brach die Garnelen aus der Karkasse, röstete die Schalen scharf an und löschte sie anschließend mit einem großzügigen Schluck Vin de Pays, dem guten französischen Landwein, ab. Er ließ den Alkohol verkochen und gab Wasser hinzu, das er einkochen ließ, bis ein kräftiger Fond entstand. Währenddessen säuberte er die Garnelen und legte diese beiseite.

»Was ist das genau, was euch unruhig werden lässt?«, fragte er die beiden.

Aimé sagte spontan: »So ein Gefühl, dass wir es hier nicht einfach nur mit Selbstmorden zu tun haben. Zwei in so kurzer Abfolge und beide verbluten?« Er gab das Gemüse nach und nach in einen großen Wok. »Darf ich?« Fragend griff er nach Juliens Fond. Julien nickte kurz, und Aimé gab einen Schluck Garnelenfond zu seinem Gemüse.

»Auch die handgeschriebenen Abschiedsbriefe sind in diesem Zusammenhang ein Problem!«, fügte Margeaux hinzu. Sie hatte mittlerweile aus dem Honig ein cremiges Karamell gerührt, hierzu hatte sie den Honig erwärmt und einen kleinen Schluck Mineralwasser dazugegeben – das war immer gut bei der Karamellherstellung. Die Poulardenbrüste hatte sie scharf auf der Hautseite direkt im Karamell angebraten und anschließend gewendet. Nun briet sie die Brüste langsam bei kleiner Hitze, damit sie saftig blieben. Zum Schluss würde sie diese noch einmal kurz unter dem Grill mit hoher Hitze anknuspern, um eine krosse Haut zu erhalten, und danach erneut mit dem Karamell bestreichen. Julien verstand ihr Tun und aromatisierte die Garnelen leicht mit Vanille, indem er sie kurz mit einer Schote und dem Saft einer ausgepressten Zitrone in einem Beutel ins Vakuum zog. So würde der Vanillegeschmack rasch in die Garnelen eindringen, und die Säure die Meeresfrüchte kalt garen. Der Kammervakuumierer zischte, und er drehte sich mit dem Beutel in der Hand zu Margeaux um. »Das wird perfekt harmonieren! Aber was erwartest du, was der Mann dir sagen wird? Er sitzt im Gefängnis in Deutschland, da wird er wohl kaum hier in der Gegend morden können, oder?!«, fragte er, um Klarheit zu erlangen.

Margeaux, die Aimé beim Gemüsegaren zusah, antwortete: »Ich kann es dir auch nicht genau sagen, was ich erwarte. Es geht irgendwie um Gewissheit, und ich muss zudem herausfinden, was die Menschen auf seiner Besucherliste von ihm wollen!« Sie erklärte den beiden, was sie von Frank erfahren hatte und wie sehr sie der Name Sebastian Pfeilmann auf der Liste irritierte.

Gemüse und Poularde waren fast fertig, und die Küche duftete wunderbar. Während Margeaux den Ofen einschaltete, um den Brüstchen den letzten Pfiff zu geben, holte Julien die Teller aus dem Tellerwärmer, und Aimé begann, das Gemüse anzurichten. Bedächtig legte er die feinen Streifen, die er mit dem Fond, etwas Wein, einem Hauch Tonkabohne, Pfeffer und Salz gewürzt hatte, auf den Tellern zurecht, gab noch ein wenig von dem Sud drauf und wartete auf Margeaux' Poulardenbrüste.

»Vielleicht zerstreuen sich ja auch all unsere Bedenken nach Margeaux' Besuch bei ihm, und wir können akzeptieren, dass es sich bei den Todesfällen tatsächlich um Selbstmorde handelt.«

Margeaux holte die gebräunten Geflügelstücke aus dem Grill und gab sie auf das Gemüsebett. Julien legte die Garnelen obenauf, streute etwas Salz darüber, und Margeaux träufelte noch ein wenig der Karamellsoße auf. Sie setzten sich an die Theke, und Julien goss den kühlen Wein ein.

Margeaux roch genießerisch an dem Gericht: »Jetzt essen wir erst einmal, und morgen haben wir Gewissheit. Er kann nichts damit zu tun haben, und mal ganz ehrlich – was sollte ein Nachahmungstäter in Frankreich? Hier war er doch gar nicht zugange und bekannt!«

Julien nahm den ersten Bissen und dachte: *Was so einer hier soll? Du bist hier, mein Kind, das wäre Grund genug!* An Aimés Blick konnte er sehen, dass sein Freund denselben Gedanken hegte, aber beide sprachen ihn nicht aus, sondern gaben sich dem Genuss des großartigen Mahls hin.

Im Nirgendwo

Wie lange konnte ein Mensch wohl in der Dunkelheit unter der Erde überleben? Damals waren es drei Tage gewesen, die sie überlebt hatte, während alle anderen um sie herum gestorben waren.

Sie wusste nicht, wie lange sie diesmal schon begraben war. Die wenigen Momente, in denen sie die Besinnung wiedererlangte, reichten kaum aus, um ihre Gedanken zu sortieren oder gar zu klären. Sie war zu schwach, und der Durst, den sie verspürte, war unsäglich. Ihre Zunge schien auf das Dreifache ihres ursprünglichen Volumens angeschwollen zu sein und wollte nicht mehr recht in den Mund passen. Ihr ganzer Körper schmerzte und war wie wund. Das Stechen in ihrem Bein war zu einem infernalen Brennen angewachsen. Sie glaubte, den Tod zu sehen, wie er in seinem dunklen Mantel vor ihr stand. Seine Stimme klang schrill, und es war ihr klar, dass sie sich ihm nicht wiedersetzen konnte: Er würde sie mitnehmen. Nie mehr würde sie abends in den liebevollen Armen ihres Freundes einschlafen, nie mehr würde sie … Die Ohnmacht kam erneut, riss sie mit sich und schaltete jeden Gedankengang aus.

Stuttgart – Dienstag, 22. Juli

Das Flugzeug landete planmäßig in Stuttgart, und Margeaux war nicht wirklich verwundert, dass Frank sie am Ausgang erwartete. Er zog sie stürmisch an sich und machte keinen Hehl aus seiner Freude, sie wiederzusehen. Auch Margeaux freute sich, ihren ehemaligen Partner zu treffen, aber sie war auch ambivalent. Sie wollte Frank nicht zu tief in die Sache hineinziehen und auch nicht den Eindruck vermitteln, dass sie wieder ein Team wären. Er hatte im letzten Jahr lange gebraucht, um ihren Entschluss zu akzeptieren, und war extrem sauer gewesen. Regelmäßig war ihr zugetragen worden, wie er sich in der Halle beim Kickboxen aufgeführt hatte. Dort hatte er seinen kompletten Frust rausgelassen und wie ein Besessener um sich geschlagen. Er hatte es sich einfach nicht vorstellen können, mit einem anderen Partner zu arbeiten. Gemeinsam mit Margeaux war er erfolgreich gewesen, sie hatten die gleiche Intuition gehabt und einander perfekt ergänzt – und nur mit ihr hatte er das Gefühl gehabt, Werner Walter ertragen zu können. Es war eine Art Running Gag zwischen ihnen gewesen, dass die Eltern des unerträglichen Chefs schon bei seiner Geburt gewusst haben mussten, was sie da großziehen und ihn deshalb mit seinem Namen in weiser Voraussicht bestraft hatten. Auf jeden Fall war der überhebliche Besserwisser mit der gescheitelten Frisur für sie beide ein Dorn im Auge gewesen. Waren sie zu langsam gewesen oder hatten sich quasi bei der Tätersuche im Dickicht der Spuren verirrt, dann hatte er sie der hungrigen Öffentlichkeit zum Fraß vorgeworfen. Hatten sie es geschafft, einen Fall rasch und kompetent zu lösen, dann war es ganz sicher nur seiner Initiative zu verdanken gewesen. Bis heute war Frank glücklich über den Sturz des

Chefs durch die Glastür, auch wenn er dazu geführt hatte, dass Margeaux ihn verlassen hatte.

»Hey!«, sagte er erfreut und unterzog sie einer ausführlichen Musterung. Margeaux trug ein rotes leichtes Strickkleid und sah mit den schwarzen Pumps mit der roten Louboutin-Sohle ausgesprochen elegant aus. Eine schwarze Sonnenbrille und eine große schwarze Handtasche rundeten das Outfit ab. Frank pfiff anerkennend durch die Zähne. »Du siehst gut aus, Frankreich scheint dir zu bekommen!«

Sie lächelte ihn an und antwortete: »Immer noch derselbe Charmeur. Du siehst auch gut aus.« Sie tippte auf sein Sixpack und lächelte.

Frank war groß und überragte Margeaux in ihren hohen Absätzen noch um einige Zentimeter. Sein dunkelblondes Haar trug er lockig und aus der Stirn gegelt. Er hatte leuchtend blaue Augen, ein kantiges Kinn und eine gerade Nase. Sein Gesicht war absolut symmetrisch. Er kam gut bei Frauen an, und Zeuginnen verloren sich häufig schmachtend in seinem Antlitz. Er trug wie immer eine lässige Jeans, die ihm locker auf den Hüften saß, und ein blaues Hemd. Sie war sich sicher, dass er hundert blaue Hemden besaß. Dazu trug er auffällige bunte Socken und immer schicke Sneaker. Er hakte sich bei Margeaux unter und zog sie zum Auto.

»Ich fahre dich hin«, bestimmte er, »und du brauchst jetzt gar nichts zu sagen, denn ich mache es sowieso!«

»Ist schon okay!«, gab sie klein bei. »Es kann nicht schaden, wenn wir jetzt ein wenig miteinander reden und ich dir nachher berichten kann, was ich herausgefunden habe.«

Frank war überrascht, dass sie seinen Vorschlag so schnell akzeptierte. Frankreich schien sie wirklich verändert zu haben. Sicher manövrierte er den Wagen aus der Parklücke, und sie machten sich auf den Weg.

Die Fahrt verlief ohne große Staus, und sie nutzten die Zeit im Auto, um sich gegenseitig über ihr jeweiliges Leben upzudaten. Frank hatte sich kürzlich von seiner Freundin getrennt. Sein Job als Polizist ließ ihm einfach zu wenig Zeit für eine entspannte

Beziehung. Seine neue Partnerin im Dienst war eine junge Kollegin, die noch frisch im Beruf war, und er fand sie meist ganz passabel. Mehr war aus seiner Sicht nicht drin. So änderte sich die Situation, Margeaux hatte einen Freund und endlich auch Zeit, sich mit sich und dem, was sie vom Leben wollte, auseinanderzusetzen. Während ihrer aktiven Zeit bei der Kripo hatte sie diese Themen immer aufgeschoben. Sie war eben mit ihrem Beruf verheiratet gewesen.

Ihre Eltern hatten das akzeptiert, denn beide hatten durch ihre Berufungen ähnlich empfunden. Julien hatte immer an seinem erklärten Ziel arbeiten können und war ein angesehener Küchenchef und Restaurantinhaber geworden. Marie-Louise hatte das Familienunternehmen »KaWiTechnik« hervorragend aufgestellt und war dann weiter ihrer inneren Berufung als Ärztin gefolgt. Leider zu spät, wie Margeaux heute wusste. Als ihre Mutter krank geworden war, hatte sie mit großer Offenheit über die innere Zerrissenheit gesprochen, mit der Marie-Louise in allen Bereichen ihres Lebens gehadert hatte: Beruf, Kind, Ehe – alles hatte irgendwie an ihr gezerrt, und letztlich war sie daran zerbrochen. Dass Margeaux sich für ihren Traumberuf entschieden und diesem ihr Leben gewidmet hatte, war für die Eltern also sehr gut nachvollziehbar gewesen.

Aimé hatte den Stolz eines Vaters empfunden, als sie die Polizeischule mit Auszeichnung abgeschlossen hatte, und war extra mit Hilde angereist, um der Feier beizuwohnen. Er hatte sich immer gern von ihrer erfolgreichen Arbeit berichten lassen. Lediglich Hilde war nicht glücklich gewesen mit Margeaux' Aufopferung für ihren Beruf. Sie hätte sich für das junge Mädchen eine liebevolle Beziehung gewünscht. Und Kinder. Es war schwer gewesen für sie zu sehen, wie das Kind, das sie quasi aufgezogen hatte, den Weg der Einsamkeit gewählt hatte.

Margeaux erzählte von all den Veränderungen und wie sie es geschafft hatte, aus dem depressiven Loch herauszukommen, um das Leben nun in vollen Zügen zu genießen. Sie verschwieg auch nicht die Momente, in denen sie den Polizeiberuf vermisste und der langweilige Alltag der Observationen sie anödete. Frank hörte ihr interessiert zu und stellte die richtigen Fragen an den richtigen Stellen. Das hatte sie schon immer an ihm geschätzt, und diese Fähigkeit setzte er auch gewinnbringend bei Verhören ein.

Auch er erzählte tiefergehend von seiner Situation und den damit verbundenen Höhen und Tiefen.

Die Fahrt verging daher rasch, und als sie auf den Parkplatz der Haftanstalt fuhren, fragte er: »Wie geht es dir jetzt gerade? Kann ich etwas für dich tun?«

Margeaux dachte einen Moment nach und sagte: »Willst du wirklich warten? Musst du nicht zurück?«

»Ich bleibe hier, das ist Ehrensache! Ich habe mich im Büro abgemeldet, und außerdem bin ich neugierig!« Er grinste.

Margeaux stieg aus dem Auto, strich sich das Kleid glatt, hängte sich die Tasche um und begab sich in die Höhle des Löwen. Obwohl es noch recht früh am Vormittag war, war bereits viel los. Offensichtlich bekamen viele Insassen heute Besuch. Mütter mit kleinen Kindern saßen in der Wartehalle, ältere Menschen, die den Eindruck machten, dass sie ein Kind besuchten, junge Leute, bei denen es schien, als würden sie ihren Partner oder Geschwister sehen wollen – alles bunt gemischt.

Eine selbstbewusste, junge, attraktive Frau, die durch die Halle schritt, zog Margeaux' Aufmerksamkeit auf sich, während sie wartete, dass sie drankam. Die Frau trug ein extravagantes Outfit: ein dunkelblaues eng geschnittenes Kostüm mit schmalem Stiftrock, der ganz knapp über dem Knie endete. Dazu eine taillierte kurze Kostümjacke und eine cremefarbene Schluppenbluse. Die cremefarbenen spitzen Lackpumps mit Stilettoabsatz taten Margeaux besonders an. Die Frau trug eine schicke helle Aktentasche unter dem Arm.

Eine Anwältin einer renommierten Kanzlei, dachte Margeaux bei sich und überlegte, wer hier wohl gerade einsaß, der sich eine solch teure Unterstützung leisten konnte. Sie konnte grundsätzlich ohne Neid und Missgunst auf gut gekleidete und stilvolle Geschlechtsgenossinnen blicken. Diese hier hatte nicht nur Geschmack, sondern war auch noch ausgesprochen hübsch. Sie hatte ein schmales Gesicht mit zarten Zügen und einen eindrucksvollen Mund, den sie dezent mit einem Gloss betont hatte. Das blonde Haar trug sie glatt zu einem gradlinigen Bob geschnitten. Auch der Friseur musste teuer sein.

Dann war Margeaux dran, und ihre Aufmerksamkeit richtete sich auf den Prozess, der nötig war, um in eine Haftanstalt zu gelangen. Sie musste sich ausweisen, die Eintragung auf der Besuchsliste wurde gegengeprüft. Handy, Schlüssel und alles, was sie sonst Persönliches dabeihatte, kamen in ein Schließfach. Sie ging durch den Scanner, und lediglich ihre Schuhe wurden einer genaueren Betrachtung unterzogen. Dann wurde sie von einer Beamtin zum Besuchsraum begleitet.

Sie hatte um ein Vieraugengespräch gebeten. Da Angerer ein besonders schwerer Fall war, hieß das, er würde mit Handschellen an den Tisch gekettet werden. Selbstverständlich hatte er, genau wie alle anderen Insassen, zustimmen müssen, Besuch zu empfangen.

Margeaux wurde durch mehrere Sicherheitsschleusen und dann in einen fensterlosen Raum geführt. Aus Sicherheitsgründen waren die Räume alle sehr trostlos. Jede Dekoration konnte auch zu einer Waffe werden. Lediglich in den Familienräumen gab es Spielecken für Kinder. Margeaux nahm auf dem zweckmäßigen, aber unbequemen Stuhl Platz und harrte der Dinge.

Die Zeit verging langsam. Sie nahm den Raum in Augenschein: Tisch und Stühle waren aus hellem Holz, abgesessen und abgegriffen. In zwei gegenüberliegenden Ecken an der Wand hingen Kameras, die das Geschehen im Raum aus unterschiedlichen Blickwinkeln beobachteten und aufzeichneten, jedoch ohne Ton. So war es Vorschrift. Sie hatte ein flaues Gefühl in der Magengegend. Vielleicht lag es daran, dass sie zu wenig gefrühstückt hatte, vielleicht lag es aber auch an der bevorstehenden Begegnung mit dem Mörder. Sie legte sich ihre Hand kurz in einer beruhigenden Geste auf den Bauch und atmete tief ein.

Sie vernahm ein Geräusch an der Tür und straffte sich. Die

Tür wurde geöffnet, und ein strahlender Martin Angerer wurde hereingeführt. Der Beamte waltete seines Amtes und vergewisserte sich, dass der Mörder gesichert war. Er blickte fragend zu Margeaux, und sie nickte ihm zu, um zu verdeutlichen, dass es in Ordnung war, wenn er ging. Er schloss die Tür hinter sich, und Angerer und Margeaux waren allein.

Er beugte sich vor, lächelte sie weiterhin an und sagte erfreut: »Margeaux, meine Liebe! Wie wundervoll, dass du mich besuchen kommst!« Im Laufe der Jagd auf ihn hatte er es sich angewöhnt, sie zu duzen. »Hattest du Sehnsucht nach mir? Oder was treibt dich an meine Seite?« Seine Stimme blieb fröhlich.

Margeaux nutzte weiterhin das distanzierte Sie. »Herr Angerer! Die Sehnsucht ist es nicht, die mich hertreibt. Es ist nur Interesse! Wie geht es Ihnen?«, fragte sie, um eine möglichst entspannte Gesprächsatmosphäre zu schaffen.

Angerer hob die Hände, soweit es ihm möglich war, und deutete auf die Umgebung: »Du siehst, wie gut ich es hier habe!« Eine leichte Spur von Sarkasmus schwang in seiner Stimme mit.

Margeaux rückte ihren Stuhl zurecht und fragte geradeheraus: »Warum besucht Sie Sebastian Pfeilmann? Was will er von Ihnen?«

»Oh, Margeaux, Margeaux …« Angerer sang ihren Namen fast, und Margeaux spürte, wie auf ihrem Rücken eine leichte Gänsehaut entstand. In Frankreich nannte man das Hühnerhaut – sie schob den Gedanken beiseite und konzentrierte sich auf den Mann vor ihr. Was würde er sagen? Würde er lügen? Sie hielt die Augen offen, um nicht durch ein unnötiges Blinzeln einen wichtigen Ausdruck in seinem Gesicht zu versäumen. Da die Mimik das innere Erleben in jedem Augenblick nach außen kommunizierte, galt es, besonders aufmerksam zu sein. Selbst wenn das Mienenspiel scheinbar unbewegt war, ließen sich daraus Rückschlüsse auf die Gefühls- und Gedankenwelt eines Menschen ziehen. Margeaux hatte sich in all den Berufsjahren darauf spezialisiert, die sogenannten Mikroexpressionen – die in einem Zeitfenster von 500 Millisekunden auftreten konnten, wenn jemand etwas zu verheimlichen hatte oder sich vielleicht selbst noch nicht ganz bewusst war, was er fühlte – wahrzunehmen und decodieren zu können. Dann waren es Kombinationsgabe und Fragetechnik, die das Puzzle zusammenfügten und ein Gesamtbild daraus entstehen ließen. Angerer kannte sie genau und wusste um ihre Fähigkeiten. Daher war es zu einer Art Spiel zwischen ihnen geworden, und manchmal hatte er es bewusst zugelassen, dass sie in seine Seele blickte, und ein anderes Mal hatte er alle Muskeln zu einer Grimasse angespannt, sodass es schwer gewesen war, seine wahren Beweggründe zu erforschen.

»Meine Besucher interessieren dich? Warum nur? Ich bin ein einsamer Mann hinter hohen Mauern!«, führte er den Singsang fort. »Ein bisschen Besuch und Interesse heitern mich auf und bringen Abwechslung in meinen Alltag, mein Kind!«

Margeaux hasste es, wenn er sie so nannte. Aber sie widersprach ihm nicht, denn sie wollte nicht, dass die Stimmung umschlug.

»Dein Kollege interessiert sich eben sehr für mich und mein Wohlergehen!«, erzählte er.

Margeaux schwenkte kurz um. »Und der Journalist?«, fragte sie. »Interessiert sich der auch für Ihr Wohlergehen?«

Angerer sah ihr direkt ins Gesicht: »Aber Liebes, selbstverständlich ist einem Journalisten mein Wohlergehen nur an zweiter Stelle wichtig. An erster Stelle steht das Interesse, meine Geschichte und meine wohlfeilen Taten in einem Buch zu vermarkten! Journalisten sind selten Tugendbolde. Das wissen wir beide doch nur zu genau«.

Er spielte auf die Aktionen der Presse während der Zeit der Jagd an. Margeaux war häufig auf den Titelseiten gewesen, und nicht oft war das, was man dort über sie geschrieben hatte, schmeichelhaft gewesen. Teilweise hatte Werner Walter das zu verantworten gehabt, der seine Mitarbeiter herzlich gern stückchenweise an die Haie verfütterte, wenn er es für angebracht hielt. Aber auch Angerers Art, sie zu seiner Vertrauten zu machen, hatte die Presse ausgeschlachtet und ihr partiell sogar vorgeworfen, seine Komplizin zu sein.

»Oh, und vergiss nicht die hübsche Psychologin, die mich regelmäßig besucht! Sie möchte gern in die Tiefen meines Gehirns und meiner Seele eindringen, und gerade ich weiß doch besonders gut, was es mit der Seele auf sich hat, diesem fragilen Geschenk an uns Menschen!«, fügte er hinzu.

Margeaux nickte interessiert. »Ich kann mir gut vorstellen, dass jemand ein Buch über Sie schreiben oder Sie ergründen möchte. Zu wem haben Sie sonst noch Kontakt?«, erkundigte sie sich.

»Kontakte habe ich viele«, gab er sich bedeckt. Schloss dann aber gleich beschwingt an: »So viele Menschen schreiben mir, ich habe einen wahren Fanklub. Einige Damen wollen mich sogar heiraten, ist das nicht wirklich verrückt?«

»Verrücktheit lässt sich auf vielerlei Art definieren. Was wollen die Fans denn so genau wissen?«

Angerer beugte sich vor und sagte verschwörerisch: »Alles ganz genau. Was ich esse, was ich denke, was ich träume, wie mein Kot aussieht.« Er schüttelte sich. »Aber auch alles über meine wunderbaren Ausführungen, wie ich diesen bedauernswerten traurigen Wesen behilflich war, ihren Weg zu Ende zu gehen! «

»Und was erzählen Sie diesen interessierten Fans so alles?«, hakte Margeaux nach.

»Dies und das«, er wackelte bedächtig mit dem Kopf, und sie konnte für einen kurzen Augenblick die Zeichen von Angst in seinem Gesicht erhaschen. Die Augen weiteten sich, die Augenbrauen schwangen sich nach oben, und seine Unterlider waren angespannt. Sie überlegte, worauf sich die Angst bezog. Das war die große Gefahr des Mimiklesens – sich in Interpretationen zu verlieren. Konnte es sein, dass er Angst empfand, vor dem, was die Leute wissen wollten, oder vor dem, was er geantwortet hatte. Vor den Konsequenzen, die das haben konnte – oder nur davor, dass Margeaux es herausfinden würde? Sein Blick wurde abwesend, und er glitt für einen Moment davon. Diesen Zustand hatte er auch öfter während der Verhöre gezeigt, und es war nicht wirklich klar geworden, ob er sich so den Gegebenheiten entzogen hatte oder ob dies seinem psychischen Zustand geschuldet gewesen war.

Es brauchte etwas Geduld, dann war er wieder da. Er sah ihr

geradewegs in die Augen: »So vieles, was es zu erzählen gäbe – manches erzähle ich, und manches bleibt ein Geheimnis!« Er gab seiner Stimme einen unheilvollen Klang: »Oder eben auch nicht!«

Margeaux ließ sich nicht von ihm einschüchtern. »Also, was wollte Pfeilmann von Ihnen?«, insistierte sie erneut, »und wem teilen Sie Einzelheiten über die Tathergänge mit?«

»Der Kollege hat es dir aber auch wirklich angetan.« Angerer grinste anzüglich. »Er ist ja auch durchaus gut aussehend und wirklich sehr detailinteressiert. Ich habe auch nicht so ganz verstanden, warum er hier auftaucht, aber sein Interesse hat mir Freude bereitet. Du weißt ja, wie gern ich über meine Berufung plaudere!«

Das wusste sie tatsächlich, er hatte geredet wie ein Buch, als sie ihn endlich gefasst gehabt hatten, und er hatte ihnen kein Detail seiner Taten und seiner kruden inneren Rechtfertigung für diese erspart. Zu diesem Zeitpunkt war in erster Linie sie für die Verhöre verantwortlich gewesen. So hatte er es gewollt. Frank war im Nebenzimmer gesessen, jederzeit bereit einzuschreiten. Die Sonderkommission war aufgelöst worden und Pfeilmann an seinen originären Arbeitsplatz zurückgekehrt. Kurz darauf hatte er seine Versetzung nach Hessen erhalten. Viele Details kannten somit nur Margeaux und Frank und die Beteiligten des Gerichtsprozesses, der allerdings unter Ausschluss der Öffentlichkeit stattgefunden hatte.

»Mit dem jungen Mann, der sich in einem Buch über mich ergehen möchte, plaudere ich auch gern, obwohl ich ihn bereits lange durchschaut habe: Er möchte schreiben, dass es umgekehrt ist – dass er mich durchschaut hat!«, erklärte er. »Ach und die Hübsche, sie erinnert mich ja ein wenig an dich. Sie hat Stil!«, schwärmte er von der Psychologin. »Auch mit ihr plaudere ich wirklich gern und intensiv. Und sie fragt fürwahr wunderbare Dinge!« Er lehnte sich in seinem Stuhl zurück und maß Margeaux mit seinem Blick: «Weißt du, ich hätte dir so gern ein Dutzend Seelen geschenkt, aber wie soll ich nur von hier aus drei weitere generieren?«

Margeaux gefror das Blut in ihren Adern. Hatte er da gerade eine der toten Personen in der Provence »seiner« Liste hinzugefügt? Mordete jemand in seinem Auftrag weiter? Sie versuchte, sich ihren Schock nicht anmerken zu lassen, und blieb ruhig sitzen. Sie wollte nicht zu viel verraten und hoffte, er würde von sich aus weiterreden, aber er begann zu gähnen.

»Ich bin müde, meine Liebe«, sagte er langsam, »die Aufregung über deinen unerwarteten Besuch erschöpft mich nun doch ein wenig. Ich werde mich zurückziehen!« Er rief nach dem Wärter, der sogleich hereinkam und den Gefangenen vom Tisch löste. Bevor Angerer den Raum endgültig verließ, drehte er sich um und sagte bedeutungsvoll: »Du kommst wieder!«

Margeaux schwieg dazu und ließ ihn gehen. Sie wartete, bis sie abgeholt wurde, und verließ dann die Haftanstalt scheinbar gelassen, obwohl sie innerlich extrem angespannt war. Wie gut, dass Frank auf sie wartete. Sie stellte sich gerade vor, sie müsse nun in ein Taxi steigen und alles allein in ihrem Kopf Revue passieren lassen.

Als sie nach draußen trat, schien die Sonne warm und hell, und sie stellte fest, dass ihr die wärmenden Strahlen guttaten. Der Kontakt zu Angerer schien sie mal wieder mehr Kraft zu kosten, als sie glauben wollte. Seine Fähigkeiten, Menschen zu manipulieren, durfte man nicht unterschätzen. Damals, als sie Abstand gewonnen hatte, war sie geneigt gewesen, das zu vergessen – und zu bagatellisieren.

Frank kam ihr ein Stück entgegen. »Hey, alles ok?«, fragte er. »Du siehst blass aus. Was ist geschehen?«

»Lass uns fahren«, forderte Margeaux ihn auf. »Ich erzähle dir alles unterwegs. Jetzt möchte ich nur hier weg!«

Sie gingen zu seinem Wagen, und er hielt ihr sogar ganz gentlemanlike die Tür auf. Sie musste wirklich schlecht aussehen, dachte sie, und grinste. Frank schwang sich auf den Fahrersitz und fuhr los.

»Da ist etwas im Busch, Frank«, begann Margeaux ihre Ausführungen. »Ganz zum Schluss hat es sich so angehört, als wisse er etwas über einen der Toten in der Provence!«

Frank wandte seinen Blick kurz von der Straße. »Wie meinst du das? Erzähl mal von Anfang an, bitte!«, forderte er sie auf.

Sie gab das Gespräch so detailgetreu wie möglich wieder.

Frank atmete tief ein. »Jemand wie er vertut sich doch nicht einfach. Er kommt ja nicht plötzlich auf die Idee, dass es neun Leute waren, die er getötet hat. Es sei denn, er hat uns damals einen Toten verschwiegen?«, schob er fragend nach.

Margeaux schüttelte den Kopf. »Das denke ich keinesfalls«, erklärte sie, »du weißt, dass er nicht aufhören konnte, über seine Taten zu ›plaudern‹.« Sie nutzte Angerers typische Umschreibung für seinen Redefluss mit allen möglichen Details zu seinen Handlungen. »Er weiß etwas, und er brennt darauf, es mir zu sagen, will aber, dass ich ihn frage. Es ist das alte Spiel!«, resignierte sie. Dann straffte sie sich und sah ihn an: »Du musst Sebastian fragen, was er von Angerer will. Warum besucht er ihn? Ich kümmere mich um den Journalisten. Die Psychologin können wir aus meiner Sicht erst einmal außer Acht lassen. Was denkst du?«

Frank wiegte seinen Kopf nachdenklich hin und her. »Hm«, machte er, »ich denke, jeder, der ihn besucht oder ihm schreibt, ist potenziell verdächtig, aber du hast wahrscheinlich recht. Die Psychologin macht nur ihren Job.«

Margeaux fügte mutlos hinzu: »An seine Post werden wir ja wohl kaum kommen!« Beide schwiegen gedankenverloren einen Moment.

»Du übernachtest bestimmt im ›Zauberlehrling‹?«, warf er fragend ein.

Margeaux nickte. Das Hotel im Bohnenviertel hatte es ihr schon immer angetan. Früher war sie in erster Linie zum Essen dort gewesen oder hatte Besucher dort einquartiert. Die liebevoll gestalteten Designzimmer erfreuten ihr Stilbewusstsein, und sie bewunderte die Hausherrin Karen Heldmann für ihr sicheres Händchen, was die bis ins kleinste Detail ausgeführte Einrichtung der Mottozimmer betraf. Margeaux fühlte sich am Wohlsten in »Paddington«. Das Zimmer war dem Miss-Marple-Film »16 Uhr 50 ab Paddington« nachempfunden und strahlte durch das große Bett mit vielen kuscheligen Kissen und Decken im Animalprint Gemütlichkeit aus – sowie durch den Kamin und die wundervolle geschwungene Wanne, die mitten im Raum platziert war. Viele Bilder und Accessoires, die zum Grundthema passten, rundeten das Ambiente ab, und die wunderbare Dachterrasse mit Blick über die Dächer Stuttgarts war das Tüpfelchen auf dem i. Sie freute sich schon darauf, in der Wanne zu entspannen und den Schmutz der Haftanstalt abzuwaschen. Dann würde sie auf der Terrasse ein Glas Champagner trinken, in Gedanken mit ihrer Mutter anstoßen und den morgigen Tag planen. Sie wollte Brettschneider kontaktieren und sich mit ihm verabreden, um in Erfahrung zu bringen, was er wusste und wie er tickte.

»Du bist aber schon noch da?«, brachte Frank sie zurück in den Wagen.

»Ja, klar!«, antwortete sie prompt und erläuterte kurz ihren Plan.

»Okay«, sagte Frank, »du nimmst den Schreiberling und ich Pfeilmann. Falls die alte Nummer nicht mehr stimmt, habe ich wahrscheinlich auch weniger Probleme damit, seine neue herauszubekommen!«

Frank brachte sie zum Hotel, und sie vereinbarten, sich gegenseitig über neue Erkenntnisse auf dem Laufenden zu halten.

Inzwischen war es früher Nachmittag geworden, und sie hoffte, schon ins Zimmer zu können. Bereits die Gestaltung der Rezeption und der Blick in das anliegende Restaurant machten ihr Freude und ließen sie für einen kurzen Augenblick Angerer und alles, was mit ihm zu tun hatte, vergessen. Der Boden im Restaurant erschien wie ein glatter See im Mondlicht mit seiner silbrig-golden glänzenden Bodenfläche. Der hohe Tisch im Eingangsbereich stand auf geschwungenen Füßen, und ihm gegenüber thronte der große, gut gefüllte und begehbare Weinkühlschrank.

Sie hatte Glück, das Zimmer war bereits fertig gereinigt, und so konnte sie die Stufen zu ihrer Wunschunterkunft erklimmen. Vor jedem Raum war in den Boden eine bunte Leiste mit dem Zimmernamen, die im Dunklen leuchtete, eingelassen. Freudig ging sie hinter dem jungen Mann her, der ihren Koffer trug und nun die Tür aufschloss. Sie drückte ihm ein kleines Trinkgeld in die Hand, und er steckte den Schlüssel von innen ins Schloss, bevor er hinausging. Margeaux machte die Tür zu, drehte das Wasser in der Wanne an, goss einen nach Pinien duftenden Badezusatz hinein und warf sich rücklings aufs Bett. Sie wollte ihre Gedanken ordnen, doch sie war momentan einfach zu müde. Eine halbe Stunde in der Badewanne würde sie erfrischen.

Während das Wasser dampfend einlief, öffnete sie ihren Koffer, hängte ihre Kleidung auf und stellte die Schuhe in Reih und Glied. Dann war die Wanne voll, sie machte noch Musik an und glitt zu den beruhigenden Klängen von John Legend hinein. Sie überlegte kurz, ob sie ein Glas des hauseigenen »Zaubersektes« aus der Minibar trinken sollte, entschied dann aber, dass das bei all dem, was sie noch zu erledigen hatte, wenig sinnvoll war. So gab sie sich der entspannenden Wärme des Wassers hin und spülte den Schmutz des Tages ab.

Ihre Gedanken hielt sie gezielt im Zaum, nachher war noch genügend Zeit zum Grübeln. Zudem musste sie auch Aimé kurz Nachricht geben, was sie in Erfahrung gebracht hatte, und ein Lebenszeichen an ihren Vater und Thierry absetzen.

Gelöst stieg sie nach dreißig Minuten aus der Badewanne und rubbelte sich mit dem herrlich weichen, duftenden Handtuch trocken. Sie cremte sich in Ruhe ein und machte sich zurecht, dann schlüpfte sie in eine enge Jeans und eine rote Seidenbluse mit Trompetenärmeln und rundete das Outfit mit roten Velourslederpumps ab. Das Haar trug sie offen. Sie schob es mit einer hübschen Sonnenbrille gekonnt hinter die Ohren. Sie betrachtete sich im Spiegel, und ihr gefiel, was sie sah. Das war an einem solchen Tag außerordentlich wichtig. Sie loggte sich in das WLAN des Hotels ein und prüfte ihre Mails.

Der Schriftsteller hatte sich gemeldet. Er hatte Margeaux' Rat befolgt und erneut ein intensives Gespräch mit seiner Frau geführt. Seine Gattin fühlte sich in der Provence extrem unglücklich und hatte Sehnsucht nach der Heimat und dem alten Leben. Das hatte sie beinahe auf Abwege gebracht. Nun überlegten beide, was sie tun konnten, um wieder miteinander glücklich zu sein. Margeaux war sehr zufrieden mit diesem Ergebnis, denn oft endeten ihre Observierungen mit Auseinandersetzungen vor Gericht. Schließlich wurde sie engagiert, um jemandem auf die Schliche zu kommen und nicht, um als Mediatorin aktiv zu werden. Umso schöner war es, dass ihre Arbeit und ihre Einschätzung der Situation auch einmal dazu führten, dass etwas Gutes daraus erwachsen konnte!

Sie beantwortete rasch ein paar Mails und googelte dann den Journalisten Jo Brettschneider. Das Netz gab einiges über ihn her. Er hatte einige Zeit für ein paar Sensationsblätter geschrieben und dann für eine regionale Tageszeitung. Hier fand sie auch Kontaktdaten. Sie zückte das Handy und machte sich daran, die Nummern anzurufen. Auf der Festnetznummer meldete sich die Zentrale, und ihr wurde mitgeteilt, dass Herr Brettschneider nicht am Platz war und wohl auch einige Zeit weg sein würde. Margeaux hatte geschickt nach »Jo« gefragt, das vermittelte den Eindruck, dass sie persönlich bekannt waren, und so war es dann auch ein Leichtes für sie gewesen, die Mobilnummer des Journalisten zu bekommen. Sie bedankte und verabschiedete sich charmant. Der Ruf auf das Mobilgerät landete auf der Mailbox. Brettschneider war nicht erreichbar, und Margeaux hinterließ eine Nachricht und bat um einen zeitnahen Rückruf. Sie hatte gerade aufgelegt, als das Telefon zu klingeln begann. Franks Nummer wurde angezeigt.

»Der ist weg!«, rief Frank.

»Wie weg?«, fragte Margeaux.

»Er hat Sonderurlaub auf unbestimmte Zeit genommen und ist weg!«

»Was hat das zu bedeuten?«

»Keine Ahnung«, antwortete Frank, »vielleicht ist er zu Hause und braucht einfach nur mal eine Auszeit. Er ist ja in Hessen zur

Sonderermittlung Sexualstraftaten gewechselt. Das ist bestimmt kein schöner Job!«

Margeaux stimmte ihm zu. Sie bekamen im Bereich Gewalttaten mit Todesfolge schon grausame Dinge zu sehen, aber bei den Sexualstraftaten waren auch häufig Übergriffe auf Kinder zu bearbeiten, und alle Polizisten reagierten hierauf besonders empfindlich. Pfeilmann war ihr zwar nicht übersensibel erschienen, aber in diesem Bereich hätte Margeaux nie tätig sein wollen. »Hast du es schon bei ihm zu Hause versucht?«, erkundigte sie sich.

»Er hat zu Hause keinen Festnetzanschluss«, erklärte Frank, »ich habe eine Nachricht auf seiner Mailbox hinterlassen und hoffe, er meldet sich bald.«

»Mir ging es ähnlich!« Margeaux berichtete von ihrem erfolglosen Versuch, Brettschneider zu erreichen. Sie vereinbarten, bis zum Abend zu warten und sich dann noch einmal kurzzuschließen. Frank würde trainieren gehen und Margeaux sich im Restaurant ein gutes Essen gönnen. Vorher wollte sie ein Glas Champagner auf der Dachterrasse trinken. Die Sonne beleuchtete Stuttgart und erfüllte die Terrasse mit wohliger Wärme. Margeaux versuchte, ihre Gedanken zu sortieren. Wusste Angerer von zumindest einer toten Person in der Provence? Wenn ja – woher? Steckte Pfeilmann da mit drin oder Brettschneider? Oder gar beide? Oder gab es einen Nachahmungstäter aus den Reihen der »Fans«? War sie ebenfalls im Fadenkreuz, denn warum sonst sollten die Taten, so es denn wirklich Morde waren, in ihrem Umfeld stattfinden? Sie hatte sich extra unwissend gestellt, um ihren Vater und Aimé nicht noch mehr als nötig zu beunruhigen, aber sie war sich ihrer Rolle in diesem perfiden Spiel durchaus bewusst. Sie hatte Angerer hinter Schloss und Riegel gebracht, und damit war sie für immer mit ihm verbunden. Ihre Leben waren dadurch miteinander verwoben. Oft half es ihr, wenn sie die Situation visualisierte, und so holte sie rasch ihr Notizbuch, ihren Füller und ein paar bunte Fine Liner aus ihrer Tasche und begann, eine Art Organigramm zu malen. Sie schrieb alle Beteiligten auf und markierte ihre Beziehung mit unterschiedlichen Farben. Offen blieb, ob die Besucher Angerers auch untereinander in Kontakt standen oder sich begegnet waren. Sie griff erneut zum Telefon und rief Frank an.

»Margeaux, was gibt's noch?«, rief er.

»Wir brauchen noch einmal Einblick in die Besucherliste. Wir sollten wissen, wer wann und wie lange bei ihm war und ob sich die Besucher dabei begegnet sein könnten. Ob sie also eventuell in Kontakt miteinander stehen!«, erläuterte sie ihre Gedanken. »Außerdem würde ich gern die Bänder der letzten Besucher sehen. Vielleicht entdecke ich ja etwas?«, fügte sie entschlossen hinzu.

Frank seufzte. »Das wird nicht leicht. So weit reichen meine Beziehungen dann auch nicht. Aber du weißt, wer dir das ermöglichen kann, und der schuldet dir auch noch etwas!«, schob er forsch nach. Er wusste, sie würde nicht begeistert davon sein, Walter um einen Gefallen zu bitte. Aber manchmal heiligte der Zweck eben die Mittel! Margeaux wollte ihm schon widersprechen, als er genau diesen Gedanken verbalisierte und nachschob: »Denk erst einmal in Ruhe darüber nach, bevor du gleich in die Luft gehst!«

Damit nahm er ihr den Wind aus den Segeln, und sie versprach, Ruhe zu bewahren. So beendeten sie das Telefonat. Langsam war es wirklich an der Zeit, etwas zu essen, Margeaux' Magen knurrte vernehmlich. Außer einem Croissant am Morgen im Flugzeug hatte sie heute noch nichts zu sich genommen, und ihr Organismus war durch den sonst so strukturierten Tagesablauf anderes gewohnt.

Sie trank ihr Glas leer und machte sich auf den Weg nach unten ins Restaurant. Sie war gespannt, was Fabian Heldmann in seiner Sterneküche zaubern würde. Nachdem er sein Handwerk bei einigen renommierten Kollegen hatte perfektionieren dürfen, hatte er 2015 im elterlichen Unternehmen die Restaurantküche übernommen. Seine Kreationen waren fein und innovativ. Sie freute sich einfach auf den Abend. Eines Tages würde sie mit Thierry herkommen und gemeinsam mit ihm hier sitzen und ihm die Stadt zeigen.

Der Hausherr persönlich begrüßte sie und geleitet sie zu ihrem Tisch. Margeaux fand es großartig, wie der Vater dem Sohn die

Küche überließ, und sie sah seinen Stolz, als er ihr die Menükarte erläuterte. Sie nahm sich Zeit, das Angebot zu studieren, und bestellte zum Aperitif einen weiteren »Zaubersekt«. Dann würde sie zum Wasser übergehen und eventuell zum Hauptgang einer Empfehlung des Sommeliers folgen.

Sie entschied sich zur Vorspeise für Buttermakrele-Gurke-Ponzu, wählte zur Hauptspeise ein Pot au Feu Pulpo-Garnele und zum krönenden Abschluss Nugat Karamell-Karotte. Das alles klang vielversprechend. Genussvoll gab sie sich dem liebevoll angerichteten Gruß aus der Küche hin und nahm dazu ein Stück des noch warmen Brotes aus dem kleinen Topf, in dem es serviert wurde.

Gerade träufelte sie etwas Olivenöl auf ihren Brotteller, als der Chef einen neuen Gast hereinführte. Margeaux war irritiert und traute ihren Augen kaum, als sie die attraktive junge Frau, die ihr in der Halle der Haftanstalt bereits aufgefallen war, am Nebentisch Platz nehmen sah. Sie trug noch immer das elegante Kostüm und sah aus wie aus dem Ei gepellt. Die Frau machte es sich auf der Bank bequem und legte ihr Smartphone auf den Tisch. Sie warf Margeaux einen Seitenblick zu, und Margeaux hatte das sonderbare Gefühl, in ihrem Gesicht so etwas wie Stolz zu sehen: Ein Lächeln umspielte ihren Mund, und den Kopf legte sie ganz kurz zurück.

Die Vorspeise wurde serviert, und Margeaux nahm den wirklich eigenartigen Zufall aufmerksam zur Kenntnis, konzentrierte sich aber dann auf die Kombination der Zutaten. Sie schob soeben die erste Gabel in den Mund, als sie von der jungen Frau angesprochen wurde.

»Sie kommen mir so bekannt vor! Ich habe das Gefühl, wir haben uns schon einmal gesehen?«

Margeaux leerte ihren Mund und wandte sich gespannt ihrer Tischnachbarin zu. »Ja, ich war heute Morgen in Stammheim in der Haftanstalt in der Halle, und Sie waren ebenfalls dort!«

»Sie waren das in dem tollen roten Kleid und den fabelhaften schwarzen Schuhen!«, meinte die Frau anerkennend. Sie reichte Margeaux ihre Hand hinüber und sagte: »Ich bin Anna Bauer!«

Margeaux musste kurz darauf achten, dass sie sich nicht verschluckte. Der »Zufall« wurde plötzlich zu einer sehr suspekten Situation. Ihr saß hier, in ihrem erklärten Lieblingslokal, ausgerechnet die Psychologin von Angerer gegenüber. Sie ergriff die ausgestreckte Hand und stellte sich ebenfalls vor. Bauer sagte freudig: »Ach, deshalb kommen Sie mir so bekannt vor. Ich kenne Ihr Bild natürlich aus der Berichterstattung, und Sie wissen sicher, dass ich die Psychologin von Martin Angerer bin. Ich freue mich sehr, Sie kennenzulernen!«

Endlich ließ sie Margeaux' Hand wieder los. Anna Bauer hatte eine angenehme Stimme, und ihre Hand hatte sich trocken und leicht kühl angefühlt. Margeaux merkte, wie ihr Gehirn begann, Informationen über die Psychologin abzuspeichern und mit dem, was sie von Angerer gehört hatte, zusammenzufügen. Sie war eine sehr hübsche und – in den Worten des Massenmörders – ausnehmend kluge Person, und ihre Gedanken schienen tief greifend zu sein. Zudem konnte sie genießen, denn ihre Menüauswahl war tatsächlich so, wie auch Margeaux sie hätte wählen können. Sie unterhielten sich gut und sprachen nur sehr wenig über Angerer. Die Psychologin hatte sich an ihre Schweigepflicht zu halten, und Margeaux hatte schlichtweg keine Lust, über ihn zu reden.

Sie konzentrierte sich darauf, die Nuancen der unterschiedlichen Komponenten und Texturen auf ihrem Teller zu erschmecken, und genoss das seichte Dahinplätschern des Gesprächs.

Die Marinade der Makrele war aus fünf unterschiedlichen Zitrusfrüchten erstellt worden. Das Zusammenspiel der unterschiedlichen Säuren ließ den Gaumen beinahe vor Freude explodieren. Die Makrele war doppelt gebeizt worden, und aus der an sich so profanen Gurke hatte Heldmann Röllchen, Perlen und Spiralen herausgearbeitet, die dem Gericht Frische verliehen. Die japanische Eiscreme war zusätzlich eine außergewöhnliche Geschmackskomponente auf dem Teller. Auch der Hauptgang war lecker und handwerklich hervorragend zubereitet. Das Dessert war ein außergewöhnlicher Augenschmaus, denn es wurde ein goldbrauner Teller gereicht, der von seiner Struktur fast an

Kork erinnerte, und auf diesem prangte auf einem Heubett ein Ei. Margeaux schaute ihr Dessert beglückt an. Das Ei bestand aus Schokolade, Karamell und Baileys. Orangenfilets, knusprig ausgebackene Karotten, Nugat und ein Rüblikuchen versteckten sich unter den mit Mandel, Zimt und Tonkabohne verfeinerten Fäden des angeblichen Heubetts.

Anna Bauer beugte sich zu ihr und erklärte: »Das sind Kataifi-Teigfäden. Das ist eine typisch griechische Spezialität, die man dort in fast jedem Nachtisch finden kann und die wirklich vielfältig zu verwenden sind. Einfach köstlich!«

Margeaux schob sich genießerisch einen Löffel der wundervollen Süßigkeit in den Mund und schmeckte noch zusätzlich karamellisierte Pekannüsse heraus, die sie besonders mochte.

»Woher kennen Sie diese wunderbare Süßigkeit so gut?«, fragte sie kauend.

»Ich fahre seit einigen Jahren nach Kreta in den Urlaub«, erklärte die Psychologin, »das ist eine ganz wunderbare Insel mit herrlichen kleinen Dörfern direkt am Meer. Man kann unglaublich lecker dort essen, das Meer ist von einem ganz besonderen Salzgehalt geprägt und so sauber, dass man ohne Probleme überall bis auf den Boden schauen kann. Der Strand besteht vielerorts aus zartem, weichem Sand oder winzigen glatten Steinchen, auf denen man angenehm läuft. Und die Menschen dort sind einzigartig gastfreundlich.« Sie schwärmte in den höchsten Tönen von ihrem Urlaubsort.

Ein paar Mal hatte Margeaux während ihrer Gespräche das Gefühl, so etwas wie Triumph oder Genugtuung bei ihrer Gesprächspartnerin wahrzunehmen, aber es konnte auch etwas sein, was ganz normal zu deren Ausdruck gehörte, und dann sollte sie dem nicht zu viel Gewicht beimessen. Margeaux war privat unterwegs, konzentrierte sich mit Wonne auf die Leckereien auf den Tellern und hatte bereits zwei Gläser Sekt und ein kleines Glas Wein getrunken, insofern konnte es auch sein, dass sie bei Weitem nicht mehr so aufmerksam war, wie es für eine richtige Analyse nötig gewesen wäre.

Seelen

Er musste darauf achten, dass sie nichts Fettes aß, denn das würde sich schädlich auf den Prozess auswirken. So schlug er einen einfachen Salat und Geflügel vor. Sie fand das wohl in Ordnung, und sie bestellten das Essen. Es war einfach, ihr Vertrauen in ihn zu festigen. Sie hatten sich jetzt bereits zum dritten Mal innerhalb kürzester Zeit verabredet, und er spielte seine Rolle gut, genauso verzweifelt zu sein wie sie. Das war wohl Grundlage genug. So brauchte es auch keine große Überredungskunst, und sie ging nach dem Essen mit ihm in das etwas außerhalb des Ortskerns liegende Hotel. Sie wollten einander den größtmöglichen Vertrauensbeweis erbringen und den anderen noch tiefer in die Seele blicken lassen. Die müde Seele, die kaum noch Kraft hatte.

Es war gut, jemanden zu haben, vor dem man sich nicht verstellen musste. Die Lobby des Hotels war leer, und auch die Rezeption war unbesetzt. Sie gingen zügig zum Treppenhaus und stiegen die Stufen in die zweite Etage. Er öffnete die Zimmertür und ließ sie eintreten. Sie sah sich um und setzte sich in den Sessel, dann nestelte sie die Briefe aus ihrer Tasche.

»Möchtest du gern einen Tee oder lieber eine Cola trinken?«, fragte er höflich.

»Eine Cola wäre prima!«, antwortete sie.

Er hatte das Glas schon präpariert. Cola war sehr gut, denn darin schmeckte man gar nichts. Er goss das kühle Getränk in das Glas und reichte es ihr.

Sie nahm einen großen Schluck.

Er drehte sich um und nahm die vorbereiteten Briefe vom Tisch und reichte sie ihr. Sie gab ihm zögernd ihren kleinen Stapel und nahm noch einen Schluck Cola, dann stellte sie das Glas beiseite und begann, die Briefe in ihrer Hand zu lesen. Er tat so, als würde er ebenfalls interessiert lesen und blickte hin und wieder zu ihr, um den Moment nicht zu verpassen, in dem ihr Blick glasig wurde.

Es dauerte nicht lange, dann wurden ihre Bewegungen fahriger. Sie wollte etwas anmerken, aber ihre Zunge war schwer, und so wurde aus dem, was sie sagen wollte, ein unverständliches Gestammel. Jetzt war der passende Moment, um weiter nach Plan zu verfahren. Er stand auf und fixierte ihre Arme und Beine am Stuhl. Hierzu benutzte er wieder latexfreies Tourniquet. Er zückte das spitz geschliffene Skalpell, nahm ein Stück des Tourniquets, band damit die Oberschenkelarterie ab und perforierte diese dann. Er setzte den Schlauch an und wartete nun, bis sie wieder wacher wurde.

Solange er zu tun hatte und die einzelnen Punkte des Plans ordnungsgemäß abarbeitete, schlugen die Wellen der Verzweiflung nicht zu sehr über ihm zusammen.

Er konnte noch atmen, und sein Herz galoppierte ihm nicht ganz davon. Er wartete, und seine Zeit kam. Er sah, wie sie versuchte, den Kopf zu heben, und wieder etwas wacher wurde. Die Dosierung war perfekt gewesen.

Nun löste er das Tourniquet leicht, sodass das Blut langsam ausfließen konnte. Den Messbecher hatte er platziert, und der Prozess des Hinübertretens der Seele begann. Er setzte sich in seinen Sessel und fing an, mit brüchiger Stimme den traurigsten ihrer Briefe vorzulesen. Immer wieder musste er pausieren, da er es jetzt kaum aushalten konnte und sein eigenes vegetatives System anfing zu rebellieren. Es war wie bei den beiden vorherigen Malen, er konnte bei eineinhalb Litern Blutverlust erkennen, wie sich Furcht und Schwäche einstellten und wie der starke Durst es unmöglich machte, etwas zu sagen oder gar zu schreien. Dann kam die Verwirrung, die sich in den Augen der Menschen abzeichnete, und dann Gevatter Tod – langsam und schleichend.

Er konnte über das Tourniquet einstellen, wie schnell der Prozess ablief. Der Plan sah vor, dass es langsam ging. Die Langsamkeit und die damit verbundene Qual, die er den Menschen zufügte, war für ihn kaum zu ertragen. Zumindest musste er sich nicht mehr übergeben. Sie hatte nichts Fettes gegessen, das war gut für ihn, denn so war die Plasmagewinnung erheblich leichter. Ganz kurz, nachdem der Tod sichtbar geworden war, entnahm er ein Fläschchen voll Blut aus dem Messbecher, fügte aus einer kleinen Ampulle Heparin zu und verschloss das Glasgefäß. Dann schüttelte er es kräftig und packte es in eine kleine Kühltasche. Er würde es nachher in die kleine Zentrifuge in seinem Zimmer stecken und so das Plasma gewinnen. Jene durchsichtige Flüssigkeit, die er in das Seelenfläschen abfüllte.

Er würde vier Fläschchen an sie versenden. Drei waren bereits befüllt und beschriftet. Auf dem vierten und noch leeren Fläschchen würde ihr Name prangen. Wie sie wohl darauf reagierte?

Stuttgart – Dienstag, 22. Juli

Margeaux verabschiedete sich von Anna Bauer, nachdem sie unverbindlich Nummern getauscht hatten, und ging auf ihr Zimmer. Sie musste unbedingt noch einmal mit Frank sprechen und versuchen, Brettschneider zu erreichen. Es war, bedingt durch die angenehme Gesellschaft, später geworden als geplant.

Oben angekommen schloss sie rasch die Zimmertür hinter sich, nahm das Handy und drückte die Wahlwiederholung für Brettschneiders Nummer. Erneut hinterließ sie eine kurze Nachricht und bat dringend um Rückruf. Dann wählte sie Frank an.

Er klang müde, als er abnahm.

»Salut, konntest du ihn erreichen?«, kam sie gleich zur Sache.

»Nein, es geht immer nur die Mailbox dran, ich habe mittlerweile vier Nachrichten hinterlassen. Das sollte die Wichtigkeit des Rückrufes verdeutlichen!«, sagte er.

»Vielleicht fahre ich einfach mal zu ihm«, dachte Margeaux laut nach, »dann kann ich mir auch gleich einen Eindruck von ihm verschaffen. Am Telefon habe ich immer nur Wortwahl und Stimme!«

»Margeaux!«, wurde Frank nun wacher. »Tu nichts Unüberlegtes!«

»Na ja, dann wissen wir, was los ist«, verteidigte sie ihre Idee, »und wir müssen uns nicht weiter in dubiosen Mutmaßungen ergehen.«

»Du machst doch sowieso, was du willst«, gab er sich geschlagen, »wie immer. Aber pass bitte auf dich auf, und ruf mich regelmäßig an. Ich will immer wissen, wo du bist und wie es dir geht. Das ist kein Spiel, Margeaux!«, mahnte er.

»Okay, mache ich!«, versprach sie und verabschiedete sich. Sie nahm ihren Laptop zur Hand und suchte sich die Zugverbindung für den nächsten Tag nach Wetzlar heraus. Es würde keine drei Stunden dauern. Laut der Adresse, die Frank ihr gegeben hatte, wohnte Pfeilmann in einem angrenzenden Ortsteil der Stadt. »Teufelsgrund« hörte sich irgendwie bedrohlich an, aber sie würde einfach schauen, was sie dort erwartete. Sie nahm noch einmal ihr Notizbuch in die Hand und fügte den Namen Anna Bauer hinzu. Ihr Instinkt sagte ihr, dass diese Frau irgendwie wichtig war.

Aber jetzt war sie einfach nur müde. Sie schminkte sich ab, warf noch einmal einen Blick auf das nächtliche Stuttgart, verdunkelte das Zimmer und schloss die Augen. Sie sank in einen unruhigen Schlaf.

Im Nirgendwo

Erde und Staub waren überall, und die Lunge schien in dem Bedürfnis, Sauerstoff zu erhalten, beinahe zu bersten. Nackte Angst tobte in ihr. Sie wollte um sich schlagen, um die Angst zu vertreiben, aber sie war einfach zu schwach. Gefangen.

Wo waren die warmen Hände, die sie retten würden? Oder würde sie sterben, verstummen wie alle anderen Stimmen? Es war unerträglich. Sie wollte schreien, aber ihr Mund war zu trocken und ihre Kehle zu rau.

Die erneute Dunkelheit kam wie eine Erlösung.

Stuttgart – Mittwoch, 23. Juli

Margeaux wachte trotz der unruhigen Nacht recht erholt auf. Sie legte ihre morgendliche Laufrunde in Stuttgart zurück. In der Stadt zu joggen war irgendwie nichts mehr für sie, aber ihr Körper verlangte nach dem Training. Sie hatte das Zimmer um eine Nacht verlängert und eine Hin-und Rückfahrt nach Wetzlar für diesen Tag gebucht.

Sie duschte sich ausgiebig und kleidete sich bedächtig mit einer schmalen schwarzen Hose, die ihr bis an die Knöchel reichte, einem schwarzen Shirt mit einem tiefen Rundhalsausschnitt, einem schwarzen Gürtel und einer kurzen cremeschwarz gemusterten Bouclé-Jacke von Chanel. Diesen lang gehegten Wunsch hatte sie sich nach dem Tod ihrer Mutter erfüllt. Sie hatte sich überwunden, das Erbe zum ersten Mal wirklich anzurühren, und war mit einem Bündel Bargeld zu Chanel gegangen. Es hatte ihr Freude bereitet, sich genau das Teil auszusuchen, das ihr gefiel, und sie hatte gehofft, es könne ihr ein wenig Trost spenden. Diese Hoffnung hatte sich nicht erfüllt, aber die Jacke war einfach wunderschön und ein treuer Begleiter zu jedem Outfit.

Schuhe mit stabilem Absatz gaben ihr für heute die Möglichkeit, sicher zu Fuß unterwegs zu sein. Sie wusste ja nicht, was sie erwarten würde. Sie legte dezenten Schmuck an, band das Haar zu einem hohen Dutt zusammen und drückte ihre Sonnenbrille hinein. Sie räumte die wichtigsten Utensilien in eine kleine Umhängetasche, die sie quer am Körper tragen konnte. So hätte sie freie Hände.

Das Hotel bot ein Businessfrühstück, bestehend aus Croissant und Kaffee, an. Das war gerade richtig. Im Anschluss machte sie sich zum Bahnhof auf. Im Zug nahm sie sich noch einmal ihre Notizen vor. Sie hatte sich ihre Kopfhörer in die Ohren gesteckt und hörte leise Musik, um die Umgebungsgeräusche im Abteil auszublenden. Die Aufzeichnungen machten sie nachdenklich, und sie hoffte, heute mehr Klarheit zu bekommen. Während sie ihren Gedanken nachhing, klingelte das Telefon.

Aimés Gesicht erschien auf dem Display. »Es ist wieder passiert! Noch jemand ist tot! Wieder ein angeblicher Selbstmord. Eine Frau!«, sprudelte er aufgeregt hervor. »Du musst zurückkommen, hier stimmt etwas nicht!«, forderte er sie nachdrücklich auf.

»Oh Gott, Aimé«, flüsterte sie ins Telefon, »warte, ich gehe kurz auf den Flur, ich bin im Zug nach Frankfurt.« Sie erhob sich rasch, stopfte das Notizbuch in die Tasche und ging auf den Gang. »Was ist geschehen und wo?«, fragte sie atemlos vor Aufregung. Diesmal war der Tatort nur wenige Kilometer von Margeaux' Weiler entfernt. Der beschauliche Ort Graveson war nun um eine bluttrachtige Tatsache reicher geworden. Sie ließ sich alles von ihm berichten, was er gehört hatte. Es war klar, dass er noch einmal nach Tarascon fahren würde, um Gilbert auf den Zahn zu fühlen. Diesmal war noch alles frisch, und sicher würden die örtlichen Behörden nun auch begreifen, dass es sich hier nicht um eine seltsame Suizidreihe handelte.

»Soll ich Gilbert auf die Akte Angerer hinweisen?«, fragte Aimé. »Über Interpol ist es sicher keine Schwierigkeit, Einblick zu erhalten!«

»Ich weiß nicht, ob wir uns damit nicht eines Vorteils berauben?«, gab Margeaux zu bedenken. »Aber wir müssen auch an die Opfer denken, insofern hast du sicher recht. Gib ihm den Tipp!« Margeaux erklärte ihm, dass sie auf dem Weg zu Pfeilmann war und so schnell wie möglich zurückkäme, was aber frühestens am nächsten Morgen möglich sein würde. Sie beendete das Gespräch und setzte Frank in Kenntnis.

Dann ging sie völlig außer sich zu ihrem Platz zurück. Das sonderbare Gefühl, das sich bei Aimés Bericht vergangene Woche eingestellt hatte, als ihr quasi alle Haare zu Berge gestanden waren, war richtig gewesen. Was wurde hier gespielt, und was hatte der inhaftierte narzisstische Psychopath damit zu tun?

Der Zug fuhr planmäßig in Frankfurt ein, und sie erreichte ihren Anschlusszug ohne Probleme. In Wetzlar angekommen nahm sie ein Taxi. Die Stadt war ihr nicht völlig unbekannt, denn Marie-Louise hatte regelmäßig in der Hochburg der Optik zu tun gehabt. Es gab hier einige Partner, mit denen »KaWiTechnik« wohl nach wie vor erfolgreich zusammenarbeitete. Auch wenn Margeaux sich niemals in das Geschäft eingearbeitet oder gar eingemischt hatte, so las sie doch die Geschäftsberichte mit ehrlichem Interesse.

Nach gut zehn Minuten erreichten sie den Teufelsgrund, der gar nicht so teuflisch aussah. Nur auf einer Seite der Straße konnte sie Häuser sehen, auf der anderen befand sich ein mit sehr viel Kraut und knorrigen Bäumen bewachsener Graben. Vielleicht war das der Namensgeber gewesen? Ein schönes Holzhaus, dessen großes Grundstück von einem blauen Zaun eingegrenzt wurde, machte den Anfang der Bebauung. Der Fahrer fuhr noch ein Stück den Berg hinauf und hielt schließlich vor einem gepflegten Mehrfamilienhaus. Margeaux bezahlte ihn und bat ihn um seine Nummer, um ihn für die Rückfahrt anrufen zu können.

Sie sah sich um. Es war das einzige Mehrfamilienhaus. In der Nachbarschaft befanden sich in erster Linie Ein-und Zweifamilienhäuser. Allesamt in ordentlich gepflegtem Zustand.

Sie ging auf das Haus zu. Hier wohnte Sebastian jetzt also. In gepflegter Spießigkeit. Sie hoffte, ihn anzutreffen und in Erfahrung zu bringen, was es mit seinen Besuchen bei Angerer auf sich hatte.

»Pfeilmann/Mertesacker« war auf dem Klingelschild zu lesen. Margeaux drückte drauf. Nichts geschah. Auch auf ein erneutes Klingeln kam keine Reaktion. Sie ging einen Schritt zurück und blickte sich um. In diesem Moment trat eine alte Dame mit ihrem altersschwachen Dackel aus der Tür.

»Raudi, zerr doch nicht so!«, schalt sie ihn liebevoll. Raudi entdeckte Margeaux und schnüffelte an ihrem Hosenbein.

»Er riecht wohl meinen Hund«, begann Margeaux den Small Talk und ging dabei auf die Tür zu.

»Oh, Kindchen, Sie haben auch einen Hund, das ist aber schön!« Die gepflegte ältere Frau strahlte über das ganze Gesicht und folgte dem Dackel, der sie nun zielstrebig nach draußen zog. Margeaux nickte und trat dabei wie selbstverständlich durch die offene Eingangstür und wünschte den beiden einen schönen Spaziergang.

Die Wohnung, an deren Tür ein furchtbares Schild mit »Hier leben, lieben und streiten sich Aljona & Sebastian« prangte, war schnell gefunden. Was war nur mit dem coolen Kerl passiert, den sie kannte? Er hatte wohl eine Frau gefunden, die ihn gezähmt hatte. Das war ihm zu gönnen.

Sie drückte auf die Klingel und wartete. Auch nach dem zweiten Läuten geschah nichts. Sie nahm die Tür in Augenschein und stellte fest, dass es einfach sein dürfte, sie zu knacken. Sie alle hatten im Polizeidienst gelernt, Türen zu öffnen, auch wenn dies rechtlich kritisch war und es immer besser aussah, wenn sie die Tür, im Falle einer Gefahr, mit Gewalt aufmachten.

Margeaux nestelte das nötige Werkzeug aus der Tasche und öffnete schnell die Tür, schlüpfte hinein, stand in einem sehr stillen Flur und verfluchte das Fehlen ihrer Dienstwaffe. Das war wirklich etwas, was ihr fehlte. Sie ging langsam den Flur entlang, blickte in die einzelnen Räume und hatte den Eindruck, dass die Wohnung ungeplant und rasch verlassen worden war. Im Wohnzimmer standen benutzte Gläser auf dem kleinen Beistelltisch, und in der Küche lag ein Teller mit runzeligem Gemüse, auf dem sich schon eine leichte Schimmeldecke gebildet hatte. Das Bett im Schlafzimmer war ungemacht. So verließ man keine Wohnung, wenn man in den Urlaub aufbrach.

Margeaux öffnete die Schränke im Schlafzimmer und fühlte sich in ihrer Annahme bestätigt: Hier war alles ordentlich in Reih und Glied und nach Farben sortiert. Dort, wo die Frauensachen hingen, waren alle Bügel ordentlich gefüllt. Auf der Seite des Mannes war deutlich zu sehen, dass einige Sachen in Eile entnommen worden waren, denn Bügel hingen schief, ein paar Sachen waren sogar hinabgefallen, was darauf hindeutete, dass die Bekleidung quasi herausgerissen worden war. Sie schloss die Schranktür und hörte ein Geräusch im Flur.

Dann rief eine leicht zittrige Stimme: »Hallo? Ist da wer?«

Margeaux überlegte kurz und griff in ihre Tasche. »Ich bin eine Kollegin von Sebastian.« Sie hielt den Privatermittlerausweis, den sie eigens für solche Fälle hatte anfertigen lassen, in die Höhe. Er sah wie ein offizielles Dokument aus, und sie hatte noch nie erlebt, dass Menschen genauer hingesehen hatten. Sie blickte in den Flur und sah einen älteren Herrn mit Hosenträgern. Er war mit einer großen Pfanne bewaffnet, die er mit beiden Händen umklammerte. Margeaux hob beschwichtigend die Hände: »Es ist alles in Ordnung, Herr …«

»Meissner!«, kam es prompt. »Ich passe hier auf, solange die beiden im Urlaub sind«, erklärte er seine Rolle.

»Wir wundern uns, dass Herr Pfeilmann ohne eine Ortsangabe aufgebrochen ist, er befindet sich nämlich inmitten einer wichtigen Ermittlung und sollte daher immer erreichbar sein«, improvisierte Margeaux.

Herr Meissner lockerte den Griff um seine Bewaffnung merklich. Die hübsche Kollegin des Nachbarn schien wohl keine so große Bedrohung darzustellen. Margeaux nutzte die Gunst der Stunde und fragte: »Wann sind die beiden denn los?«

Meissner dachte einen Moment nach, dann antwortete er. »Das Fräulein Aljona ist wohl schon vorausgefahren, und der junge Herr Pfeilmann ist … warten Sie kurz …«, er zog die Stirn kraus, und seine Augen glitten nach oben, als suche er in seinem Gehirn nach der Information. »Donnerstag oder Freitag vorletzte Woche ist er weg«, sinnierte er. »Ich weiß es nicht mehr so ganz genau, aber so um den Dreh rum.«

Margeaux erstarrte. Das war kurz vor dem ersten Toten in der Provence gewesen. Konnte das alles wirklich Zufall sein?

»Wissen Sie, wo die beiden hinwollten?«, fragte sie den Nachbarn.

Er dachte wieder eine Zeit lang nach und antwortete dann bedächtig: »Nein, das weiß ich wirklich nicht. Das hat er nicht gesagt. Nur, dass er nicht genau weiß, wie lange sie wegbleiben werden.«

Margeaux bedankte sich bei dem Herrn und meinte noch: »Ich schaue nur kurz, ob er die Unterlagen, die wir brauchen, auf seinem Schreibtisch liegen hat, dann bin ich schon weg.«

Zögernd drehte er sich um und murrte: »Wird wohl alles seine Richtigkeit haben bei der Polizei.« Damit tippelte er samt Pfanne aus der Wohnung.

Margeaux ging auf die Suche nach dem Schreibtisch und hoffte, dort etwas Brauchbares zu finden. Sie schaute die Papiere durch, die dort lagen, aber alles war unauffällig. Ganz dem Instinkt der Ermittlerin folgend kramte sie im Müll und fand einen Rahmen, der zu einer SIM-Karte für Mobiltelefone gehörte. Ob er eine neue Nummer hatte und deshalb nicht erreichbar war? Sie nahm den Rahmen an sich und begab sich aus der Wohnung.

Meissner wohnte im zweiten Obergeschoss und wartete in der Tür. Als er sie kommen sah, schien er zufrieden: »Dann auf Wiedersehen, Frau Kommissarin!«

Margeaux nickte ihm lächelnd zu. »Auf Wiedersehen, Herr Meissner, Sebastian kann sehr froh sein, dass er so einen aufmerksamen und verantwortungsbewussten Nachbarn hat!«, schmeichelte sie ihm. Wieder draußen rief sie den Taxifahrer an und ging ihm entgegen. Aus dem hübschen Holzhaus drangen Kinderstimmen, und ein Hund bellte im Garten. Alles schien völlig normal und friedlich zu sein, aber Margeaux war sich sicher, dass hier gar nichts friedlich und normal war. Irgendetwas stimmte mit Sebastian und seiner Aljona nicht. Kurz entschlossen rief sie Frank an.

»Was hast du gemacht?«, brüllte dieser aufgeregt ins Telefon. »Bist du denn von allen guten Geistern verlassen?«

»Beruhige dich«, rief sie, »alles ist gut gegangen, und ich habe ein paar wirklich wichtige Informationen bekommen!«

Frank schnaubte kurz, gab ihr dann aber recht. »Wann bist du wieder in Stuttgart?«, fragte er.

»Gegen 19.30 Uhr, komm um 20.30 Uhr zum ›Zauberlehrling‹ in mein Zimmer. Ich lasse uns etwas zu essen kommen, und wir besprechen alles, jetzt kommt nämlich gerade mein Taxi«, erläuterte sie.

Sie hatte noch etwas Zeit, bis ihr Zug abfuhr, und so beschloss sie, sich schnell in der angrenzenden Einkaufsmeile etwas zu essen zu besorgen. Sie hatte schon immer eine kleine abnorme Leidenschaft für »Dunkin Donuts« empfunden und war hocherfreut, gleich beim Hereingehen einen Laden zu entdecken. Sie gönnte sich einen mit Vanillecreme gefüllten Donut mit karamellisierten Mandelstückchen und einer Glasur aus weißer Schokolade und einen weiteren, der mit Himbeercreme gefüllt und gefriergetrockneten Himbeerstückchen in einer dunklen Schokoglasur garniert war. Dazu nahm sie einen Coffee to go und machte sich auf den Weg zum Bahnsteig.

Kurze Zeit später saß sie im Zug und genoss die zuckrigen Leckereien. Den ICE in Frankfurt erreichte sie erstaunlicherweise ebenfalls ohne große Vorkommnisse, und so war sie, wie angekündigt, um kurz nach halb acht in Stuttgart. Der kurze Fußweg in die Rosenstraße tat ihr gut, und sie legte ihn zügig zurück. Im Hotel angekommen bat sie um ein paar Kleinigkeiten zu essen und eine Flasche Wein mit zwei Gläsern.

Oben angekommen ordnete sie ihre Gedanken und buchte den Rückflug für den nächsten Morgen. Kaum hatte sie alles erledigt, klopfte es an der Tür, und der Zimmerservice brachte das Gewünschte. Der junge Mann arrangierte alles hübsch auf dem Tisch. Kurz darauf stand auch Frank vor der Tür.

Während sie aßen, berichtete Margeaux von ihrem Ausflug, dem Telefonat mit Aimé und auch von dem sonderbaren Zufall, die Psychologin gestern hier getroffen zu haben. Sie zog den kleinen Rahmen aus ihrer Tasche, und Frank betrachtete ihn. Er drehte und wendete das kleine Plastikteil, konnte aber ebenso wenig erkennen wie Margeaux zuvor.

»Das ist auf jeden Fall von einer SIM-Karte, wir sollten Matze aktivieren. Der kann bestimmt etwas damit anfangen!«, brachte er einen weiteren Kollegen des damaligen Sonderermittlungsteams ins Gespräch.

»Ich habe auch schon an ihn gedacht«, gab Margeaux zu. »Weißt du, wo er gerade ist?« Frank steckte sich ein mit Trüffel bestäubtes Wachtelei in den Mund, kaute genüsslich und sagte dann: »Keine Ahnung. Ich rufe ihn morgen mal an.«

»Warum nicht jetzt gleich?«, warf Margeaux fragend ein.

Er nahm einen Schluck aus seinem Glas und wiederholte: »Ja, warum eigentlich nicht jetzt gleich?« Er packte sein Handy aus, scrollte bis zu der Nummer von Matze König und rief den Hacker an.

»Hey, Frank«, hörte er ihn kurz darauf sagen, »was geht?«

»Hi, Matze!«, antwortete Frank. »Margeaux und ich brauchen deine Expertise …!«

»Echt? Margeaux?«, rief Matze erfreut. »Hat sie es sich doch anders überlegt und ist zurückgekommen?«

»So ähnlich«, erläuterte Frank kurz. »Ich möchte das ungern am Telefon erklären. Wo treibst du dich gerade rum?«

»Ich bin in Hessen bei meiner Oma«, kicherte er. »75. Geburtstag – 'ne fette Party! Sogar meine Mutter ist da! Morgen Abend bin ich zurück.«

Frank blickte kurz zu Margeaux, die nachdenklich mit dem Kopf hin und her wackelte, dann aber zustimmend nickte. »Melde dich bei mir, wenn du ankommst, ich hole dich ab, und wir quatschen im Auto – okay?«, schlug Frank vor.

»So machen wir es«, bestätigte Matze. Im Hintergrund konnte man Tellerklappern und Stimmengewirr hören. »Ich muss jetzt Schluss machen, sonst wird meine Oma sauer, und das ist dann kein Spaß!«, unkte er und beendete das Telefonat.

»Da müssen wir uns also gedulden«, beschrieb Frank die offensichtliche Situation und schob sich einen Spieß mit glasig gedämpftem Lachs mit einer knusprigen Wasabi-Ingwerkruste in den Mund.

Margeaux tat es ihm gleich, und während sie die Geschmacksexplosion genossen, hingen sie ihren Gedanken nach. Heute Abend würden sie nichts mehr bewegen. Margeaux musste unbedingt in die Provence zurück, allerdings auch die Videoaufnahmen der Besuche von Pfeilmann und Brettschneider bekommen und analysieren.

»Apropos«, tat sie ihren Gedanken kund, »was ist eigentlich mit Brettschneider? Hast du noch mal versucht, ihn zu erreichen?«

Frank kaute schon wieder und nickte. »Leider ohne Erfolg«, nuschelte er. »Das ist echt sehr sonderbar. Zwei Männer besuchen Angerer regelmäßig im Knast und sind dann gleichzeitig verschwunden – und genau dann sterben Menschen!«

»Du hast es auf den Punkt gebracht«, fasste Margeaux zusammen, »aber jetzt gehen wir erst mal schlafen und morgen sehen wir weiter!«

Schuld und Sühne

Denn das Leben des Fleisches ist im Blut.
Und ich selbst habe es für euch auf den Altar gegeben,
um für euer Leben Versöhnung zu erwirken;
denn das Blut ist es, das durch Leben Versöhnung erwirkt.

3. Mose 17,11

Es war an der Zeit, den Faden der Rache zu Ende zu spinnen und Schuldige büßen zu lassen. Bisher lief alles nach Plan. Alles war gut durchdacht, und jede gezogene Strippe hatte zum gewünschten Ergebnis geführt. Eine gute und kluge Vorbereitung war einfach alles. Intelligente Menschen konnten eben perfekte Pläne erstellen und für eine ebensolche Umsetzung sorgen.

Provence – Donnerstag, 24. Juli

Margeaux hatte ihren Flieger erreicht und war pünktlich in Marseille gelandet. Der Parkservice hatte ihren Wagen bereits vorgefahren, als sie aus der Halle trat. Sie liebte diese unkomplizierte Dienstleistung.

Sie informierte Aimé kurz, dass sie unterwegs war, und fuhr zügig auf die Autobahn. Die Zeit im Auto nutzte sie, um erneut bei Brettschneider und Pfeilmann anzurufen, doch sie erreichte keinen von beiden. Sie meldete sich bei Thierry, der noch immer leicht verschnupft klang, sich aber freute, dass sie gesund zurück war – und auch bei ihrem Vater, der natürlich viele Fragen hatte.

Die Fahrzeit verging wie im Flug, und als sie in Barbentane einfuhr, waren alle informiert und soweit wie möglich beruhigt. Aimé erwartete sie bereits vor dem Gebäude der Police municipale. Sie parkte das Auto und bat ihn, einen Café noir mit ihr trinken zu gehen. Sie brauchte dringend Koffein, damit ihr Gehirn fit blieb. Sie gingen in die Bar am Marktplatz und tranken den Café im Stehen an der Theke. Dabei tauschten sie Belanglosigkeiten aus und frotzelten wie üblich mit Claude, dem Inhaber, herum. Dies war nicht der richtige Ort für all das, was zu klären war.

Margeaux genoss den Augenblick, der den Anschein der Normalität hatte. Der Café war schnell getrunken, und sie gingen gemeinsam nach draußen.

»Hast du bei Gilbert schon etwas erreichen können?«, fragte sie ihren Ziehvater leise.

»Er hat eine grüne und eine lila Anfrage an Interpol gestellt«, berichtete Aimé. »So kann er Informationen über die Tathergänge und über Angerer erhalten. Außerdem hat er zugestimmt, dass wir uns die Akten ansehen und den letzten Tatort ganz offiziell besichtigen dürfen!«

Margeaux blickte ihn überrascht an: »Wie hast du das denn gemacht? Ich bin doch eine Zivilistin!«

»Du bist ab sofort eine Art inoffizielle Beraterin«, grinste er. »Weil du Kommissarin in Deutschland warst, war es nicht so schwer, ihn davon zu überzeugen. Außerdem«, fügte er hinzu, »hat Gilbert wenig Lust darauf, dass die Presse ihn zerreißt. Er wartet nämlich auf seine Beförderung.« Aimé lächelte verschmitzt.

»Dann lass uns erst nach Graveson fahren und dann nach Tarascon«, schlug Margeaux vor.

»Aber mit meinem Auto«, bestimmte Aimé, »das gibt dem ganzen einen offizielleren Charakter!«

Margeaux holte ihre Tasche aus dem Wagen und stieg kurze Zeit später in das Polizeiauto ein.

Das »Le Mas vieux« war ein paar Hundert Meter vom Ortskern entfernt. Das Hotel lag wunderbar eingebettet in einen großen Garten und verfügte über mehrere Appartements. Da es kein Hotel im klassischen Sinn war, mit einer Rezeption, die rund um die Uhr besetzt war, würde es eventuell schwer werden herauszufinden, ob jemand den oder die Gäste des besagten Zimmers gesehen hatte. Sie stellten das Auto direkt vor dem Eingang ab, um die Ernsthaftigkeit ihres Besuches zu unterstreichen.

Ein Teenager mit Zahnspange hieß sie an der Rezeption willkommen. »Ich rufe die Chefin«, wandte sich das Mädchen gestresst ab.

Margeaux stoppte sie: »Wir haben erst einmal ein paar Fragen an Sie!«

»Das habe ich doch den anderen Polizisten schon alles erzählt!«, lispelte sie genervt durch ihre glänzende Spange.

»Machen Sie uns doch die Freude, es noch einmal zu berichten«, gab Margeaux sich betont höflich und ging nicht auf die Masche der Kleinen ein.

Es stellte sich heraus, dass sie nichts wusste und niemanden gesehen hatte. Während der Befragung kam eine gepflegte Frau mittleren Alters aus den Büroräumen. Sie lauschte dem Gespräch und stellte sich dann vor: »Jacqueline Raymond, ich bin die Eigentümerin.« Sie reichte Margeaux und Aimé die Hand mit festem Griff.

Aimé hielt sich ein wenig im Hintergrund, wusste aber, dass seine Uniform die Situation mit Wichtigkeit belegte. Margeaux fragte auch hier vergebens. Er war eine Spätanreise gewesen, man hatte den Schlüssel und den Meldeschein hinterlegt, und der weibliche Gast hatte den Schein ausgefüllt und dazu einen Umschlag mit dem Rechnungsbetrag in bar beigefügt. Man hatte ja noch den Ausweis kopieren wollen, aber da sei es schon zu spät gewesen. Es war dieselbe Vorgehensweise, die Angerer angewendet hatte.

Sie baten nun darum, das Zimmer sehen zu dürfen.

Madame Raymond gab ihnen den Schlüssel, beschrieb den Weg und fügte an, dass sie ungern erneut den Ort, an dem jemand so blutig verstorben war, betreten wolle. Es würde schwer genug werden, aus dieser Misere herauszukommen und nicht dauerhaft Schaden durch das Fernbleiben der Gäste zu erleiden.

Das Zimmer war schnell gefunden, und Aimé brach das offizielle Polizeisiegel, öffnete die Tür und wollte eintreten.

Margeaux hielt ihn zurück. »Ich muss einen Ersteindruck der Inszenierung gewinnen!«, erklärte sie. Sie war wieder ganz in ihrem Element. Einmal Ermittlerin, immer Ermittlerin, daran ließ sich wohl nichts ändern, wenn man seinen Beruf so geliebt hatte wie sie den ihren. Sie ließ ihren Blick schweifen und nahm das Bild des Zimmers auf, soweit dies aus dem momentanen Blickwinkel möglich war. Dies war der Blick gewesen, den auch das Opfer beim Eintreten gehabt hatte.

Alles war geschmackvoll eingerichtet und arrangiert. Das Apartment strahlte eine einladende Gemütlichkeit aus, zumindest musste es so gewesen sein, bevor es zu einem Tatort verkommen war. Sie machte den ersten Schritt hinein, und Aimé folgte ihr. Der Sessel, auf dem die Frau gestorben war, stand einem anderen genau gegenüber. In den Fällen, bei denen Angerer der Täter gewesen war, hatte er dort gesessen und die Stadien des Sterbens betrachtet und kontrolliert. Margeaux kannte alle Details seiner Taten, aber wer kannte diese noch? Nicht alles war an die Öffentlichkeit kommuniziert worden. Wenn sie hier fertig waren, musste sie mit ihrem Ex-Chef sprechen. Sie brauchte Einsicht in die Videobeobachtung der Besuche bei Angerer. Nur so gab es den Hauch einer Chance herauszufinden, wem er was erzählt hatte. Ebenso musste sie wissen, wie stark seine Post kontrolliert wurde. Einen anderen Weg, als Werner um diesen Gefallen zu bitten, gab es nicht. Frank hatte völlig recht.

Sie ging um den Sessel herum und betrachtete die Blutflecken auf Polster und Boden. Es war nicht zu unterschätzen, wie erschreckend eine Menge von mehr als zwei Litern Blut wirkte. Sie ging auf die Knie und schaute sich den Sessel aus dieser Position an. Angerer hatte seine Opfer immer mit einem latexfreien Tourniquet fixiert. War das Band auch hier verwendet worden? Durch die Flexibilität und gleichzeitige Festigkeit, die diese Bänder aufwiesen, war es für die Opfer unmöglich, sich zu befreien. Zudem war der Übergang aus der genau dosierten Ketamin-Betäubung in den hämorrhagischen Schock so bemessen, dass die Leidtragenden kaum noch genügend Kraft besaßen, um sich zur Wehr zu setzen. Und wenn der kritische Wert von 1,5 Litern Blut überschritten war, waren die Opfer völlig hilflos und der Ohnmacht nahe.

Margeaux stand wieder auf und sah sich weiter im Zimmer um. Aimé tat es ihr gleich. Sie würden nachher ihre Eindrücke besprechen, wenn sie die Akte einsahen und die Bilder der KTU vorliegen hatten. Margeaux umrundete noch einmal die Sessel und öffnete dann beliebig einige Schranktüren und Schubladen. Hier würde nichts zu finden sein, aber sie wollte auf Nummer sicher gehen, dass sie nichts übersahen. Dann gab sie Aimé ein Zeichen, und sie verließen das Zimmer. Aimé schloss die Tür hinter sich und klebte einen Spezialklebestreifen der Polizei über das Siegel. Somit war klar, dass das Siegel offiziell geöffnet worden war.

Sie gingen zum Auto und fuhren schweigend nach Tarascon. Für Margeaux war dieses Schweigen extrem wichtig, um ihre Eindrücke nicht mit denen des zweiten Beobachters zu vermischen. Das geschah unabsichtlich sehr leicht, wenn man sich besprach. Das Gehirn setzte einfach die unterschiedlichen Blickwinkel zu einer Beobachtung zusammen, und das führte dazu, dass wichtige Informationen verloren gehen konnten. Aimé kannte sie gut genug, um ihre Arbeitsweise zu verstehen, und das Schweigen zwischen ihnen war völlig in Ordnung. In Tarascon angekommen begaben sie sich zielstrebig in Gilberts Büro.

Dieser erwartete sie schon nervös. Bevor er zu einer längeren Begrüßungsrede ansetzen konnte, bremste Aimé ihn und bat zuerst um Einsicht in die Akte und um einen ruhigen Raum. Gilbert erfüllte beide Anforderungen unkompliziert und hielt sich im Hintergrund, während Margeaux und Aimé Bilder sichteten und Berichte lasen. Dann begannen sie, ihre Tatorteindrücke mit den Bildern abzugleichen. Da es nicht zu Aimés täglichem Brot gehörte, mit Opfern von Gewalttaten umzugehen, war er ein wenig blass um die Nase geworden, als er das Ausmaß der Bluttat in Farbe auf den Bildern sah. Es war kein schöner Anblick.

Die Bilder glichen den Tatorten von Angerer wie Abziehbilder – wie die Opfer saßen, wie Skalpell und Abschiedsbrief platziert waren. Die ganze Vorgehensweise.

Nachdem Margeaux ihm auf die Schliche gekommen war und er das Ganze zu einem bösen Spiel zwischen ihnen beiden hatte werden lassen, hatte er aufgehört, die Bänder zu entfernen. Es war nicht mehr nötig gewesen zu verheimlichen, dass er mordete. Bei diesen Fällen hier war der Fokus noch anders gelagert, und alles außer Brief und Skalpell war entfernt worden. Bei Opfer Nummer zwei und drei hatte man letzte Spuren von Ketamin im Blut nachweisen können, Opfer Nummer eins war zu diesem Zeitpunkt bereits eingeäschert gewesen. Da man ja von einem Suizid ausgegangen war, war keine Obduktion erfolgt und die Leiche unverzüglich an die Familie übergeben worden.

»Was ist nun der nächste sinnvolle Schritt?«, fragte Gilbert und sprach damit aus, was sie alle dachten.

Im Nirgendwo

Sie hatte das Gefühl, sich aus dem bösen, immer wiederkehrenden Traum befreit zu haben. Sich an ihn zu schmiegen und in seinen Armen zu einem ruhigen Herzschlag und Atem zurückkehren zu können. Ihre Augen bewegten sich flatternd, und das Empfinden, weder Staub noch Erde in den Atemwegen zu spüren, war wunderbar.

Je wacher ihr Geist wurde, umso deutlicher spürte sie den Druck und den stechenden Schmerz in ihrem Bein. Sie schlug die Augen sehr langsam auf. Ihre Augenlider waren schwer, klebten aneinander, und sie musste sich konzentrieren, um sie einen Spalt breit öffnen zu können. Es war dämmrig im Raum, sie nahm Umrisse wahr. Sie war gefesselt auf einer Liege, die einem Gynäkologenstuhl ähnelte. Ihre Beine waren in einem minimalen Winkel gespreizt und sowohl an den Fußgelenken als auch an den Oberschenkeln festgebunden, ihre Arme lagen gerade auf den Armlehnen. Der linke Arm war sowohl am Unterarm als auch am Oberarm mit einem breiten lilafarbenen Band fixiert. Der rechte Arm war vor allem am Handgelenk festgebunden, und in der Armbeuge steckte eine Kanüle, die mit breitem braunem Klebeband angeklebt worden war. Ein durchsichtiger Schlauch ging zu einem Ständer, der neben dem Stuhl thronte. An diesem baumelte ein Plastikbeutel mit einer dunkelroten Flüssigkeit, die Tropfen für Tropfen durch den Schlauch in ihre Blutbahnen floss.

Das Bewusstsein kehrte deutlich langsamer zurück als ihre Sehkraft. Sie lag nicht komplett flach, sondern in einer bequemen, eher sitzenden Position. Ihr Rücken schmerzte, aber die Auflage des Stuhles fühlte sich trotzdem gut gepolstert an.

Da war er, ihr Verstand, und sie empfand sofort panische Angst. Was war geschehen? Hatte sie einen Unfall gehabt? War sie in einer Klinik? Warum war sie allein? Stück für Stück setzte ihr Gehirn die Informationen zusammen, und ihr wurde klar, dass dies kein Krankenhaus war. Ihr Kopf war mit einem Gurt an dem Stuhl befestigt. Sie konnte sich nicht bewegen, und irgendetwas, von dem sie nicht wusste, was es war, lief in sie hinein. Sonderbarerweise fühlte sie sich zwar müde und matt, aber grundsätzlich nicht extrem elend. Ihre Augen gewöhnten sich langsam an das dämmrige Licht, und sie versuchte, mehr von dem Raum zu erkennen. Ihr Blick glitt suchend umher. Das Zimmer war fensterlos und hatte grob behauene, erdige Wände. Sie konnte die Erde riechen, und das nährte ihre Panik! Das diffuse Licht im Raum kam von einem Lämpchen an einem Kühlschrank, der in der Ecke nahe der ungehobelten Holztür stand. Ein leises Summen ging von ihm aus. Ihre Sinne waren angespannt. Sie verspürte das dringende Bedürfnis, ihre verklebten Augen zu reiben, aber ihr Arme ließen sich nur ein paar Millimeter anheben. Ihr Atem wurde schneller, und ihr Herz raste stolpernd durch ihre Brust.

Sie suchte ihre Stimme, und diesmal fand sie sie auch. Ihr Rufen um Hilfe schwoll zu einem gellenden Schrei an. Sie schrie, bis sie keine Kraft mehr hatte. Nichts geschah. Nur die Erschöpfung kehrte zurück, und die erneute Ohnmacht verdunkelte ihre Wahrnehmung.

Abscheu

Es gab noch einiges zu tun. Seine Aufgabe war noch nicht erledigt. Er musste den Plan erfüllen und hatte noch eine letzte Figur auf dem Schachbrett des Lebens zu bewegen.

Er verklebte den Karton behutsam, als Absender gab er das Hotel »Le Mas vieux« an. Er würde das Paket gleich zur Post bringen, dann wollte er versuchen, etwas zu schlafen. Er wusste, dass ihm das nicht so ohne Weiteres gelingen würde. Die Bilder verfolgten ihn überall hin: Fesseln und Blut. Leben, das langsam aushauchte. Die Angst war sein permanenter Begleiter und raubte ihm nicht nur den Schlaf. Er fühlte den Schock in sich. Er kannte die Symptome nur zu genau. Er musste aufpassen, dass er nicht handlungsunfähig wurde. Das wäre das Schlimmste, was ihm passieren könnte, denn er musste handeln. Er musste den Plan erfüllen. Nicht auszudenken, was geschah, wenn er versagte!

Er erhob sich schwerfällig von seinem Stuhl und nahm das Paket unter den Arm.

Er würde es auf den Weg bringen. Jetzt!

Provence – Donnerstag, 24. Juli

Margeaux hob den Kopf und blickte Gilbert in die Augen. »Das hier ist ein gefährliches Spiel. In Deutschland haben damals acht Menschen ihr Leben auf diese Art verloren. Der Mörder ist in Stuttgart in Haft. Ich habe ihn vorgestern besucht und bin sicher, dass er etwas weiß. Sie müssen ihrer Interpolanfrage Schwere verleihen, damit Sie schnell Zugang zu den Akten erhalten. Da finden Sie alle Details. Ich kann das jetzt nicht alles erzählen«, bat sie ihn um Verständnis. »Ich muss dringend dafür sorgen, dass ich einige zusätzliche Informationen bekomme!« Sie wandte sich an Aimé und nickte ihm zu.

»Gilbert«, sagte er ernst, »das hier ist eine große Sache und wir können dir helfen. Halte uns bitte auf dem Laufenden, damit wir den Täter gemeinsam schnappen können!«

Gilbert versprach, alles zu tun, was ihm möglich war. Selten hatte er Aimé so ernst erlebt, und das machte ihm deutlich, wie wichtig besonnenes, aber eben auch zügiges Handeln war.

Die beiden verließen die Polizeistation und fuhren zurück nach Barbentane. Margeaux würde mit ihrem Auto nach Hause fahren und die notwendigen Telefonate führen. Aimé musste einige Aufgaben auf seinem Revier erledigen. Er wollte keinen Ärger bekommen, denn er galt als ausgesprochen zuverlässig. Im Anschluss würde er mit Hilde und Willi auf den Weiler kommen.

Kaum zu Hause angekommen klemmte Margeaux sich ans Telefon und rief ihren verhassten Ex-Chef an. Es läutete nur einige Male, und er meldete sich mit seiner typischen nasalen Stimme:

»Werner Walter!!« Wie immer sprach er mit Ausrufezeichen gespickt.

Sie musste schlucken und holte tief Luft: »Margeaux Surfin!« Sie setzte ebenfalls ganz bewusst ein einzelnes, einsames Ausrufezeichen. Es herrschte Stille.

Sie hörte ihn zischend einatmen und wartete. »Aha!«, sagte er. »Margeaux!« Wieder herrschte Stille. Margeaux wusste, dass es klug war zu schweigen und zu warten, bis er sich berappelt hatte. Es war deutlich zu spüren, dass ihr Anruf ihn irritierte.

»Rufst du mich an, um mit mir eine Schweigeminute zu zelebrieren?«, hörte sie ihn sagen.

»Ich brauche Zugang zu Angerers Besuchervideos und zu der vollständigen Liste der Besucher!«, kam sie gleich auf den Punkt. Sie wollte keinen Small Talk mit ihm halten und die Gesprächszeit so kurz und effektiv wie möglich gestalten.

»Und warum sollte ich das organisieren?!« Wieder war es mehr eine Aussage als eine Frage. Damit hatte er seine Mitarbeiter in vielen Besprechungen bis an den Rand der Geduld getrieben und nicht selten auch darüber hinaus.

»Weil DU MIR etwas schuldest!«, gab ihm Margeaux mit Nachdruck zu verstehen. Sie schloss die Augen und begann innerlich, bis zehn zu zählen. Sich an Werner zu wenden war ein wirklich schwerer Schritt für sie. Er räusperte sich vernehmlich, und sie erwartete seine Ablehnung und wappnete sich gegen den Widerspruch.

»Ich habe schon von der Interpolanfrage aus der Provence gehört! Steckst du da mit drin?«

»Ich bin als zivile Beraterin der örtlichen Behörde involviert«, erläuterte sie sachlich.

»Wie schlimm ist es?« Diesmal klang seine Frage auch wirklich wie eine Frage, und sie glaubte, ein wenig Unsicherheit mitschwingen zu hören.

»Alles ist wie damals«, berichtete sie. »Ich habe Angerer bereits in Stammheim besucht, und mein Instinkt müsste mich sehr trügen, wenn er gar nichts mit der Sache zu tun hätte. Er weiß etwas!« Sie gab Werner einen kurzen Abriss über das Gespräch und schwieg dann abwartend.

»Du bekommst, was du brauchst!«, sagte er ihr zu.

Margeaux bedankte sich überrascht, und er beschrieb noch kurz, wie er ihr die geforderten Dateien zukommen lassen wollte. Sie würde sie in Kürze über einen gesicherten Datentransfer erhalten.

Wirklich überrascht rief sie Frank an, um ihm zu berichten. Er war sich zwar sicher gewesen, dass sie erfolgreich wäre, aber dass es so unkompliziert sein würde, hatte er auch nicht geglaubt. Von Brettschneider und Pfeilmann gab es weiterhin keine Lebenszeichen. Frank hatte noch mehrfach Nachrichten bei beiden hinterlassen. Pfeilmanns Telefon schien mittlerweile aus zu sein, denn jeder Ruf ging sofort auf die Mailbox. Bei Brettschneider war das Freizeichen unverändert zu hören, und irgendwann sprang immer die Mailbox an. Sie vereinbarten ein erneutes Telefonat, wenn Matze mit im Boot war.

»Das Dream-Team ›Kaiser und König‹ ist wieder in den Diensten der Menschheit unterwegs!«, gab Frank noch zum Besten und beendete das Telefonat. Auch Margeaux musste trotz des Ernstes der Situation grinsen. Die Nachnamen der beiden SoKo-Mitglieder hatten oft für Spaß gesorgt.

Um sich die Wartezeit zu verkürzen, zog sie sich rasch um und trainierte eine Stunde hart. Sie hatte in der alten Scheune einen Trainingsraum eingerichtet. Die Kombination aus unterschiedlichsten Kampfansätzen war extrem effektiv, wenn es darum ging, sich zur Wehr und etwaige Angreifer außer Gefecht zu setzen. Die Scheune hatten sie erst kurz vor Marie-Louises Tod ausgebaut. Im Bereich der ehemaligen Werkstatt gab es nun einen Trainingsraum auf dem neuesten Stand, eine Dusche sowie einen Weinkeller, die Zisterne, einen Abstellraum und einen gut gefüllten Vorratsraum. Hilde konservierte, was der Garten hergab und nicht sofort gegessen werden konnte. Man würde den Untergang der Welt mit all den vorhandenen Lebensmitteln sicher entspannt überleben können.

Margeaux duschte sich nach dem Training kurz ab und sprang in den Pool. Ein bisschen Abkühlung würde ihr guttun. Nachdem sie sich anständig verausgabt hatte und ein wenig hin- und hergeschwommen war, fühlte sie sich tatkräftig und erfrischt.

Während sie sich in ihrem Bad zurechtmachte, hörte sie Hildes Auto vorfahren. Der Dackel sprang freudig kläffend aus dem Wagen und kratzte aufgeregt am Tor. Aimé und Hilde unterhielten sich und lösten die Leine des zappligen Vierbeiners. Willi sauste ihr entgegen, sobald sie die Tür geöffnet hatte. Es tat so gut, die Freude des Hundes zu erleben. Er sprang an ihr hoch, leckte ihre Hände und fiepte vor Freude. Margeaux vergaß über diesen wundervollen Moment für einen Augenblick, was sie heute noch alles erwartete. Hilde kam auf sie zu, drückte sie an sich und zog sie mit in die Küche. Für Hilde war es ähnlich wie für Julien: Aus Sicht der beiden musste man gut essen, um gestärkt zu sein. Sie packte ihre Tasche aus und wies Margeaux an, sich zu setzen. Aimé stand noch vor dem Tor und unterhielt sich mit Michel, der gerade mit seiner Schubkarre des Weges kam. Margeaux stand noch einmal auf und holte ihren Laptop aus der Tasche. Es gab sicher noch einige Mails zu beantworten, und sie wollte prüfen, ob die erwarteten Dateien bereits downloadfähig waren. Hilde erwärmte derweil den Eintopf aus Flageoletbohnen, in den sie zarte Stücke Lammfleisch gegeben hatte. Aufgewärmt schmeckte er noch besser als frisch. Dazu würde sie ein gutes Stück Brot reichen und einen wunderbaren Schluck Rotwein. Margeaux' Laptop hatte derweil eine Menge an E-Mails heruntergeladen, und sie sortierte konzentriert den Posteingang.

Alles hätte wie immer sein können: Sie hörte Aimés und Michels Stimmen, die Männer schwatzten und lachten miteinander. Hilde werkelte vor sich hin. In der Küche duftete es köstlich. Der Hund saß vor ihrem Stuhl und blickte sie erwartungsvoll an.

Aber irgendwo dort draußen lauerte ein Monster und tötete. Nichts war wie immer. Das bewies ihr auch in diesem Moment ihr Postfach, denn die Dateien waren endlich da. Sie klickte auf den Link und wartete auf den Bestätigungscode, der auf ihr Handy gesendet werden sollte. Als die Nachricht ankam, übertrug sie den Code in die dafür vorgesehene Maske und wurde zu dem Stream geleitet, der es ihr ermöglichen würde, die Videomitschnitte der Besuche bei Angerer anzuschauen. Sie musste sie mit einem Spezialprogramm öffnen, um die Möglichkeit zu haben, das Material zur Not auch Frame für Frame ansehen zu können. Denn nur so war es machbar, wichtige Informationen zu erhalten, ohne den Ton zu hören. So hatte sie es auch bei Paul Ekman in Amerika gelernt. Man musste sich wirklich darauf konzentrieren, das, was man sah, auch tatsächlich wahrzunehmen. Sie hatte vor einigen Jahren Weiterbildungen zu den Bereichen der Körpersprache, insbesondere auch der Mimik gemacht. Dazu war sie zu den verschiedensten Koryphäen in den USA geflogen. Auch wenn man nach wie vor kontrovers über die Methoden diskutierte und die Wissenschaftlichkeit immer wieder angezweifelt wurde, so hatte es ihr für ihre Arbeit extrem viel gebracht. Denn sie hatte nun zusätzlich zu ihrer Intuition noch weitere Parameter, die sie zurate ziehen konnte, um zu entschlüsseln, was Verdächtige oder Zeugen von sich gaben. Sie hatte gelernt, Mikroexpressionen zu erkennen, also schnelle mimisch muskuläre Bewegungen in einem Zeitfenster von etwa 40 bis 500 Millisekunden. Spannend war es, diese in die zwölf Primäremotionen, die kulturübergreifend gleich ausgedrückt wurden, einzuordnen. So konnte sie treffsicher erkennen, welche Muskelbewegungen zu Trauer, Freude, Angst, Ärger, Ekel, Verachtung, Überraschung, Liebe, Schuld, Scham, Interesse oder Stolz gehörten. Sie hatte aber auch gelernt, dass es immer eine Frage des Kontextes war, wie ein Ausdruck zu bewerten war. Für sie war es eine hervorragende Grundlage, ihre Fragen so eindeutig wie möglich zu formulieren. Oftmals half es aber auch, Vertrauen aufzubauen und damit die Grundstimmung in Befragungen positiv zu beeinflussen. Während ihrer USA-Zeit hatte sie sich auch gleich noch bei Joe Navarro, einem erfolgreichen FBI-Agenten, der Schulungen zum Thema Körpersprache bei Verhören gab, angemeldet. Auch hier hörte man viele Stimmen, die den Ergebnissen und Eindrücken von Navarro widersprachen, aber Margeaux war es dabei nie um die unumstößliche Wissenschaft gegangen, sondern um die Erweiterung ihrer Wahrnehmung. Denn oftmals waren es Kleinigkeiten, die einem Ermittler verdeutlichten, dass er auf dem richtigen oder eben auch auf dem falschen Weg war.

Frank und sie hatten eine extrem hohe Aufklärungsrate gehabt. Insofern konnte das, was sie einst dort gelernt hatte, nicht komplett falsch gewesen sein. Sie achtete eben nun vermehrt darauf, wie jemand saß, was sein Gesicht ausdrückte – und manchmal führte sie ganz bewusst ihre Verhöre ohne Tisch, um wirklich alles sehen zu können. Auch Beine und Füße konnten eine Aussage treffen. Sicher wurde niemand verurteilt, weil seine Füße während einer Befragung immer wieder zur Tür zeigten, aber die Art des Verhörs konnte sich durch diese Beobachtung verändern. Margeaux hörte hier auf ihren Instinkt und verschaffte sich immer einen Gesamteindruck.

Bei den Videos würden ihr das gesprochene Wort und die Stimmlage fehlen. Sie hatte sich aber bei beiden Spezialisten darauf trainiert, Situationen auch ohne diese Faktoren entschlüsseln zu lernen. Auch im Umgang mit Angerer war ihr dieses Wissen eine Hilfe gewesen. Die extreme Gefährlichkeit des gesprochenen Wortes bei Psychopathen war ihr immer wieder deutlich geworden. Angerer war hochintelligent und extrem manipulativ. Sprache war sein Element, und wie er Menschen damit einfangen konnte, hatte er bei den acht Opfern bewiesen. Er hatte niemals Gewalt angewendet, um sie in das Hotelzimmer zu lotsen. Er hatte sie mit seinen Worten umgarnt, und sie waren ihm, ohne zu zögern, gefolgt.

Margeaux beschloss, sich erst zu stärken, um der Aufgabe, die da kam, gewachsen zu sein. Es würde Stunden in Anspruch nehmen, die Videos zu betrachten und zu analysieren. Sie wusste auch, dass sie dazu neigte, sich in eine solche Aufgabe zu verbeißen und dann nicht mehr locker lassen zu können. Verbissenheit brachte immer Anspannung mit sich und war kräftezehrend. Sie schob den Laptop beiseite und schaute der geschäftig werkelnden Hilde zu, die gerade das duftende Brot in Stücke brach und den Eintopf auf Teller verteilte. Das köstliche Aroma verbreitete sich rasch im Raum.

»Chérie, kannst du bitte Aimé holen«, beauftragte die ältere Frau Margeaux. »Sonst wird das Essen kalt, und du weißt, dass ich das nicht mag!«

Margeaux rutschte von ihrem Stuhl, der Dackel beobachtete aufmerksam ihr Tun und folgte ihr, als sie nach draußen ging. Sie wusste, dass es klug war, nur nach Aimé zu rufen, denn wenn sie sich nach draußen zu den Männern gesellte, dann würde es ewig dauern, um sich wieder loszueisen. Margeaux hatte ein schlechtes Gewissen, sie sollte sich auch mal wieder bei den Nachbarn auf ein Schwätzchen blicken lassen. Das war in der Abgeschiedenheit eines Weilers extrem wichtig.

Während sie den Eintopf genossen, hing jeder seinen Gedanken nach. Als der letzte Bissen verspeist war, holte Aimé etwas Käse und Obst aus dem Kühlschrank.

Hilde meldete sich zu Wort: »Ich habe von Marie-Claire aus Graveson gehört, dass die junge Frau aus dem ›Le Mas vieux‹ in Behandlung war. Sie hat wohl auch schon einmal versucht, sich umzubringen – mit Tabletten. Das hat aber nicht funktioniert. Marie-Claire meinte, die Frau sei selten nach draußen gegangen und hätte sich mehr mit Sachen am Computer beschäftigt als mit der echten Welt!« Hilde war der modernen Technik gegenüber durchaus aufgeschlossen, aber so, wie sie das sagte, klang es, als sei alles, was man am Computer erledigte, Teufelswerk.

Margeaux wurde einen Moment aufmerksam. Hilde hatte etwas Wichtiges gesagt. Ob es auch hier der Fall gewesen war, dass der Mörder seine Opfer wie Angerer über einen Chat für Menschen mit Depressionen oder Suizidgedanken gefunden hatte? Sie schaute auf die Uhr. Bald würde der Hacker in Stuttgart ankommen und bei Frank im Auto sitzen. Matze würde auch diesmal auf Chatsuche gehen müssen. Sie glaubte nicht, dass es mit seinem Französisch so weit her war, aber wenn er ihr die Auszüge schickte, dann könnte sie diese rasch übersetzen.

Hilde schüttelte den Kopf und sagte: »Wie kann das alles sein? Der Mann, der damals in Deutschland für alles verantwortlich war, der sitzt doch im Gefängnis?« Sie blickte erst Margeaux und dann ihren Mann an und sprach aus, was sie alle dachten: »Margeaux! Wer will da etwas von dir? Warum ist es noch immer nicht vorbei?«

Margeaux antwortete ehrlich. »Ich weiß es nicht, Hilde.« Ihre Stimme bekam einen harten Klang. »Aber ich werde dem Täter auch diesmal das Handwerk legen! Da könnt ihr euch alle sicher sein!« Sie stand abrupt auf, nahm ihren Teller und räumte ihn in die Spülmaschine. Dann ging sie zu Hilde und Aimé und legte die Arme um die beiden. »Ich verspreche euch, wir schaffen das, und ich passe gut auf mich auf! Jetzt mache ich mich an die Daten aus Deutschland. Das Essen war sehr lecker – merci!«, fügte sie lächelnd hinzu und merkte, dass Hilde sich über das Lob freute.

Gewissensbisse?

Er saß auf dem Bett in seinem schäbigen Zimmer. Mehr konnte er sich weiß Gott nicht leisten. Die Geschichte schien sowieso irgendwie aus dem Ruder zu laufen. So viel Zeit hatte er gar nicht eingeplant, und er musste sich auch dringend zu Hause melden. Aber wenn er das tat, würde er erklären müssen, wo er war und was er trieb – und das konnte er keinesfalls.

Er biss herzhaft in das Sandwich mit Käse und Schinken, es war reichlich belegt und schmeckte gut. Dazu nahm er einen kräftigen Schluck aus der kleinen Bierflasche. Das Bier war kühl, rann seine durstige Kehle hinab und nahm hierbei ein paar Zweifel mit.

So war es jeden Abend. Er saß im Schneidersitz auf dem Bett, hatte den Laptop auf dem Schoß, das Essen neben sich und schrieb. Die Internetverbindung war überraschend stabil, und so konnte er sein Treiben beständig fortführen. Das würde er auch konsequent beibehalten – bis zum bitteren Ende. Und dann würde er ernten, was er mühselig gesät hatte. Er war kein böser Mensch. Es waren die Umstände, die ihn zu dem gemacht hatten, was er war.

Provence – Donnerstag, 24. Juli

Margeaux schaute erneut auf die Uhr. Es war kurz vor halb acht. Sie würde mit der Videoanalyse warten, bis das Gespräch mit Frank und Matze geführt war. Bis dahin lud sie sich Angerers Besucherliste der letzten Monate herunter. Werner hatte Wort gehalten und Margeaux einen vollumfänglichen Einblick ermöglicht.

Die Psychologin kam regelmäßig, jedoch an unterschiedlichen Tagen und zu den unterschiedlichsten Uhrzeiten. Hier waren auch nur Stichproben bei der Videoüberwachung gemacht worden, denn die Gespräche unterlagen dem Therapeutengesetz. Ihr letzter Besuch war vorgestern gewesen, kurz bevor Margeaux gekommen war. Pfeilmann hatte Angerer zweimal besucht.

Der Journalist Jo Brettschneider war allerdings ein reger Besucher. Frank hatte noch ein bisschen gegraben und herausgefunden, dass der Mann eher ein Dünnbrettbohrer und wohl auch gern in Wettbüros zu sehen war. Er hatte hier und da mal einen Coup gelandet und recht gute Artikel verfasst – was man in seiner Branche eben so für gut befand –, aber insgesamt schien er eher keine verlässliche Karriere nachweisen zu können. Der Liste konnte sie entnehmen, dass er vor zwei Monaten begonnen hatte, Angerer zu besuchen. Er war immer mittwochs gekommen und im Durchschnitt fünfundvierzig Minuten geblieben. Auffällig war, dass er letzte Woche Dienstag am frühen Morgen da gewesen war, am gestrigen Mittwoch jedoch gar nicht. Das deckte sich mit dem Zeitpunkt, ab dem er nicht mehr erreichbar war und man ihn auch in der Redaktion nicht mehr gesehen hatte. Margeaux notierte sich dies in ihrem Notizbuch.

Pfeilmann war zweimal in kurzer Abfolge dort gewesen. Die Anmeldung war kurzfristig erfolgt und aufgrund seiner Mitarbeit in einer Polizeibehörde unproblematisch genehmigt worden. Sein erster Besuch war genau heute vor zwei Wochen gewesen und sein zweiter zwei Tage später am Samstag. Im Anschluss war er weder gesehen worden noch je wieder telefonisch erreichbar gewesen. Danach waren nur noch Margeaux und Anna Bauer verzeichnet. Die zeitliche Abfolge machte deutlich, dass Pfeilmann einige Tage vor den Todesfällen verschwunden war und Brettschneider am Tag, bevor der erste Mensch in der Provence den Tod gefunden hatte. Die Zeit nach seinem Besuch bei Angerer hätte völlig ausgereicht, um von Stuttgart nach Tarascon zu fahren. Die Möglichkeiten, dies nachzuweisen, waren jedoch gering. Es sei denn, er hätte an Tankstellen oder Mautstellen mit Karte bezahlt.

Endlich klingelte das Telefon, und Frank war dran. »Margeaux«, rief er und lachte, »der König ist eingetroffen. Ich stelle das Gespräch laut!«

»Hier König, dort die Königin meines Herzens!«, alberte der junge Mann, wurde aber gleich darauf ernst. »Frank hat mir schon einen kurzen Überblick gegeben. Ich soll also herausfinden, zu welcher Nummer dieses kleine Stück Plastik gehört?«

»Es gibt noch ein paar Dinge mehr«, fügte sie nachdenklich hinzu. »Wir müssen wissen, ob der Täter seine Opfer erneut über einen Chatroom gefunden hat. Eine der Toten scheint wohl online sehr aktiv gewesen zu sein. Allerdings wissen wir hier nichts Genaues. Es handelt sich um ein Gerücht aus dem Dorf!«

»Okay!« Königs Stimme schwankte etwas. »Aber du bist in Frankreich. Ich kann Salut und Baguette sagen, damit erschöpfen sich meine Französischkenntnisse«, gab er zu bedenken. »Wie soll ich da wissen, ob ich auf der richtigen Spur bin?«

»Das müssen wir noch einmal genau überdenken.« Margeaux sprach schneller, als sie dachte. »Kommt doch einfach zu mir. Ich habe einen komplett separaten Gästetrakt.« Sie hielt kurz inne. »Frank, da ist auch für dich Platz ... Ich habe dich schon öfter eingeladen. Brauchst du nicht dringend Urlaub?«, fügte sie verschmitzt hinzu. Am anderen Ende der Leitung herrschte für einen Moment Funkstille. Trotz der Situation, die keinesfalls zur Leichtigkeit Anlass bot, musste sie schon wieder grinsen. Sie hatte es geschafft, dass es beiden Männer die Stimme verschlagen hatte!

Frank meldete sich als Erster zu Wort: »Ich bin aber mal so was von erholungsbedürftig, da hast du wirklich recht!«

Auch Matze hatte seine Stimme nun wiedergefunden: »Ey, Mann, logisch, das wird cool. Da bin ich dabei!« Zwei Männer im Haus zu haben, die sie von früher kannte, würde Thierry bestimmt nicht sehr freuen! Aber sie hatte ja Hilde und Aimé, die alles gut im Auge behalten konnten, und somit würde sich ihr Liebster rasch wieder beruhigen und konnte vielleicht sogar Freundschaft mit »ihren Jungs« schließen. Sie war sich sicher, dass sich die drei hervorragend verstehen würden.

»Wann sollen wir da sein?«, fragte Matze überschwänglich.

»Sobald wie möglich. Je früher wir wissen, was hier gespielt wird, umso eher haben wir eine Ahnung, wer dahintersteckt – und können vielleicht weitere Tote verhindern!«

Die Verblüffung über diese spontane Wendung war allen noch anzumerken, und so verabredeten sie, dass Frank sich melden würde, sowie er seinem Arbeitgeber verdeutlicht hatte, dass er spontan eine Atempause nötig hatte. Da er Single war, hatte sich viel Urlaub angesammelt, und als Beamter durfte er, rechtlich gesehen, nicht einfach so im Ausland ermitteln, ohne offiziell entsendet worden zu sein. Also war es wesentlich einfacher, wenn er quasi zufällig in seinem Urlaub die Augen und Ohren offen hielt. Margeaux würde die Gästezimmer herrichten, und Hilde freute sich sicher, hungrige Männer bekochen zu dürfen.

Bis dahin hatte Margeaux noch einiges zu erledigen, denn das Videomaterial wartete noch auf sie. So verabschiedete sie sich von »Kaiser und König«, um sich an diese aufreibende und zeitintensive Arbeit zu machen.

Selbsthass

Er verachtete sich. Der Hass auf sich selbst war so groß, dass er sich am liebsten etwas angetan hätte. Er konnte sich nicht mehr im Spiegel anschauen, er konnte sich beim Anziehen kaum mehr selbst berühren. Alles an ihm war ihm zuwider. Aber er musste weiterleben. Es ging nicht anders. Sein Überleben war zu wichtig. So musste er sich mit seinem Selbsthass arrangieren und die Abscheu vor sich selbst kontrollieren. Es diente einer höheren Sache, und die war wichtiger als alles Bisherige in seinem Leben. Er würde es schaffen! Er hatte nie wirklich geahnt, was Menschen aushalten konnten und in Ausnahmesituationen zu tun bereit waren. Jetzt spürte er es am eigenen Leib. Sein Leben war bald zu Ende. Das wusste er, und er nahm es in Kauf!

Provence – Donnerstag, 24. Juli

Die Mimik zu entschlüsseln war beinahe so, wie Gedanken zu lesen, denn man konnte oft hinter die Fassaden der Menschen blicken und Gefühle erkennen, die diese lieber nicht zeigen, sondern eher unterdrücken wollten.

Margeaux schloss ihren Laptop an einen großen Bildschirm an und öffnete den Link für die erste Videodatei mit dem Spezialprogramm. Sie würde die Aufzeichnung einmal komplett ansehen und gegebenenfalls Zeitmarker setzen, wenn ihr schon gleich etwas auffallen sollte. Im zweiten Durchlauf war dies ein elementarer Teil des Analyseprozesses. Die Abschnitte, die mit Zeitmarkern versehen waren, würde sie dann Bild für Bild betrachten.

Das hatte sich als Vorgehensweise bewährt. Es kostete immens viel Zeit und Energie, aber im Regelfall waren die Ergebnisse ihrer Analysen wichtige Beiträge zur Überführung vieler Täter gewesen. Sie würde sich zuerst die Besuche von Pfeilmann ansehen und dann die letzten beiden Besuche von Brettschneider.

Die anderen Mitschnitte von Brettschneiders Besuchen würde sie erst einmal grob überfliegen, und auch mit einem Video der Psychologin würde sie so verfahren.

Pfeilmann betrat den Raum, und Margeaux begann, sich zu fokussieren. Bis Angerer hereingeführt wurde, lief der ehemalige Kollege auf und ab und machte auf Margeaux einen nervösen Eindruck. Wenn sie analysierte, achtete sie besonders darauf, nicht gleich zu werten, sondern sich erst einmal auf ihre Beobachtungen zu konzentrieren. Nichts war einfacher, als allem gleich eine Bewertung hinzuzufügen. Schließlich taten Menschen dies ständig. Es galt, jede Situation zu bewerten, um festzustellen, ob Gefahr drohte oder nicht. Sie nannte das menschliche Emotionszentrum immer gern Reptiliengehirn, denn das hatte sich tatsächlich seit frühesten Zeiten nicht stark verändert und war daher auf einfach nachvollziehbare Verhaltensweisen programmiert. Es fand ein permanenter Abgleich statt, der einem Gefahrenscanner glich, um dann entsprechend reagieren zu können: Sollte man kämpfen, flüchten oder sich doch lieber gleich totstellen? Insofern war es umso anstrengender, diese Impulse auszuschalten und nur zu beobachten.

Angerer wurde am Tisch fixiert und blickte seinen Besucher an. Er schien zu warten, denn seine Lippen bewegten sich nicht. Pfeilmann hielt sich kurz am Stuhl fest, fuhr sich dann mit beiden Händen durch die Haare und setzte sich. Ein Dialog begann. Margeaux schaute sich das Video an und setzte mehrere Zeitmarker. Dann stand sie auf, lockerte die vom aufmerksamen Zuschauen angespannten Muskeln und ging in die Küche, um sich einen Café noir zu machen. Sie trank den heißen Koffeinschub in kleinen Schlucken und beschloss, kurz mit Willi an die Luft zu gehen, bevor sie sich mit dem zweiten Durchlauf und den Zeitschleifen – also einem bestimmten sich immer wiederholenden Abschnitt des Videos von einem definierten Startpunkt bis zu einem definierten Endpunkt – befassen würde. Einige Situationen hatten ihre besondere Aufmerksamkeit verlangt, und sie wollte darüber in Ruhe nachdenken, ohne sich gleich wieder mit dem Mitschnitt zu beschäftigen.

Sebastian Pfeilmann war ihr extrem angespannt und nervös erschienen. So kannte sie ihn nicht. Der Kollege war eher besonnen und von entspannter Natur. Das hatte sie bei der gemeinsamen Ermittlung in der »Sonderkommission Angerer« oft aufgeregt. Umso auffälliger war jetzt sein Verhalten.

Sie nahm die Leine, und Willi sprang sofort auf. Er konnte tief und fest schlafen, doch wenn er das klimpernde Geräusch der Leine vernahm, war er sofort auf den Beinen und rannte munter umher.

Der Abend war mild und die Provence roch nach Sonne, Thymian und Rosmarin. Die Sonne war bereits untergegangen, und das Mondlicht tauchte die Umgebung in einen silbernen Schimmer.

Sie ging eine Runde mit dem Dackel und sog die duftende Luft ein. Ihr Kopf wurde frei und die Konzentration, die nötig sein würde, um sich jetzt der tatsächlichen Analyse zu stellen, war wieder da. Bewegung war einfach immer ein Elixier für sie.

Gestärkt kehrte sie zurück an ihren Arbeitsplatz und schaute sich den Film im zweiten Durchlauf an. Sie bestätigte die ersten Zeitmarker alle und fügte noch zwei weitere hinzu. Nun kamen die Zeitschleifen dran. Jeden Zeitmarker schaute sie nun in einer A-B-Endlosschleife an. Sie setzte an den Start der Markierung das A und an das Ende der Markierung das B. So konnte sie dem Programm den Auftrag erteilen, nur dieses Stück des Filmes immer wieder anzuzeigen, und sie konnte hierbei auch die Geschwindigkeit der Anzeige bestimmen. Es konnte hilfreich sein, langsamer zu schauen, aber oftmals war das nicht sinnvoll, denn dann konnte man sich leicht verrennen und die Situation quasi überanalysieren. Zwei Situationen waren zwar aufschlussreich, aber Margeaux' Intuition gab ihr zu verstehen, dass diese nicht bedeutsam genug waren. Eine weitere Sequenz hatte sie bereits mehrmals langsam angeschaut, aber sie war sich nicht sicher. Sie würde hier noch einmal mit einem frischen ausgeruhten Blick am nächsten Morgen draufschauen. Drei weitere körpersprachliche Reaktionen hatten ihren Eindruck gefestigt, dass sich Sebastian in einer schwierigen Lage befand. Sie hatte mehrfach die mimisch muskulären Bewegungen für Angst in seinem Gesicht gesehen und auch die Muskelkontraktionen der Augenbrauen, die bei Ärger entstanden. Bei Angerer hingegen war in diesem Kontext zweimal der einseitig eingezogene Mundwinkel aufgetaucht, was seiner Geringschätzung Ausdruck verlieh.

Ihre Notizen füllten bereits einige Seiten, als sie endlich zu Bett ging. Sie war müde und konnte sich nicht mehr konzentrieren.

Margeaux schlief unruhig, und Angerer tauchte immer wieder in ihren Träumen auf, aber auch Sebastians Gesicht mit dem Ausdruck von Angst: die Augenbrauen nach oben und zusammengezogen, die Augen aufgerissen, die Unterlider angespannt und den Mund in die Breite gezogen. Sie spürte, dass da noch etwas anderes gewesen sein musste, konnte es aber im Traum nicht richtig fassen.

Provence – Freitag, 25. Juli

Der Hund rannte freudig mit ihr durch den angenehm temperierten Morgen. Heute lief Margeaux an Feldern mit altem Olivenbaumbestand vorbei, deren Blätter im Morgenlicht glitzerten. Die Ernte versprach, dieses Jahr gut zu werden, denn die Bäume trugen üppige Früchte. Im November würden die Bauern die Erträge mit großen Holzrechen von den Bäumen holen und auf die ausgelegten Tücher oder Netze am Boden ziehen. Olivenernte war seit der Antike Handarbeit. Es galt, vorsichtig vorzugehen, um die Früchte nicht zu gefährden. Margeaux hatte früher oft genug geholfen, und Aimé hatte die Ausbeute dann zu einer nahe gelegenen Ölmühle gebracht und stolz das eigene Öl in Flaschen nach Hause getragen.

Wenn sie über den Hügel kam, konnte sie den Fluss sehen, der weitläufig durch die Ebene floss, vierhundert Meter Breite waren keine Seltenheit für die Rhone, und die Unterströmungen waren nicht zu unterschätzen. Margeaux liebte diesen Blick, und auch an diesem Morgen half er ihr, die Auswirkungen der schlechten Nacht ein wenig zu besänftigen.

Von hier aus schlug Margeaux einen Bogen und lief zurück in Richtung Hameau les Bouisses. Dabei kam sie an der Kapelle Saint-Julien vorbei, die versteckt in einem kleinen Eichenwäldchen lag. Das im zwölften Jahrhundert entstandene Bauwerk war seit 1941 ein Kulturdenkmal und lag in bezaubernder Stille, der Zeit trotzend, da. Auch das gab Margeaux immer wieder Kraft und Ruhe. Manchmal ging sie auch hinein und genoss die kühle Einsamkeit der einschiffigen Kapelle. Heute jedoch stand noch viel Arbeit an, und so lief sie zielstrebig in ihrem Tempo weiter. Das

Licht verzauberte die Natur wie immer, und Margeaux konnte sich keinen schöneren Flecken auf der Erde vorstellen, als hier in der Montagnette, die in dem Dreieck zwischen den Departements Vaucluse, Gard und Bouches- du-Rhône lag.

Daheim angekommen schlug sie noch eine halbe Stunde in ihrem Trainingsraum mit präzise ausgeführten Schlägen auf die Boxpuppe ein. Hilde klapperte schon emsig in der Küche. Anfangs hatte Margeaux es für übertrieben empfunden, dass Hilde täglich kam, aber Julien hatte darauf bestanden. Seine Sorge um sie hatte ihn nicht eher Ruhe geben lassen, bis seine Tochter zugestimmt hatte. Für Hilde war es mehr Berufung als Beruf, dass sie sich um ihre geliebte Margeaux kümmern und das wunderbare Haus auf dem Weiler in Ordnung halten durfte. So viele schöne gemeinsame Stunden hatten sie hier schon verbracht, als Annabelle noch regelmäßig gekommen war und Marie-Louise noch gelebt hatte. Jetzt hatte sich Annabelle mit einigen ebenso betuchten Freundinnen in einer edlen Seniorenwohnanlage im Schwarzwald eingemietet und versuchte, dort damit zu leben, dass sie sowohl Mann als auch Kind verloren hatte. Frankreich barg zu viele Erinnerungen für sie, daher war sie seit der Erkrankung Marie-Louises nicht mehr im Haus gewesen. Margeaux besuchte sie selten, telefonierte aber oft mit der alten Dame. Sie liebte ihre Großmutter zwar sehr, konnte aber nicht ständig mit ihr in Erinnerungen um ihre Mutter kreisen. So beschränkte sich der Kontakt auf die Anrufe.

»Das Videomaterial ist wirklich aufschlussreich«, berichtete Margeaux Hilde von ihren Fortschritten, während sie rasch frühstückte. Es zog sie wieder an den Bildschirm. Sie wollte gleich mit der Analysephase starten und auch versuchen zu ergründen, was sie nachts im Traum gespürt hatte.

In diesem Moment klingelte das Telefon. Frank war dran und bestätigte, dass er spontan zehn Tage Urlaub hatte nehmen können und dass sie sich innerhalb der nächsten Stunde auf den Weg machen würden. Sie hatten erst überlegt, mit dem TGV zu fahren, aber Matze hatte dann doch einiges an Equipment mitzunehmen, sodass sie mit Franks Wagen kommen würden. Spätestens zum Abendessen würden die beiden vor Ort sein.

»Hilde, wir bekommen Besuch! Meine Kollegen Frank und Matze kommen heute Abend. Bist du so lieb und planst sie zum Abendessen mit ein«, wandte sich Margeaux an die rührige Französin.

»Oh, das ist aber eine gute Nachricht, Chérie!« Hilde war froh über diese Wendung. »Dann hast du noch Unterstützung. Ich mache mich gleich an die Zimmer, damit du in Ruhe weiterarbeiten kannst, und dann überlege ich mir ein leckeres Gericht!«

Margeaux nickte entlastet und richtete ihre Aufmerksamkeit wieder auf den Bildschirm. Sie ging die Zeitmarker alle erneut durch. Ihr Gefühl sagte ihr, dass das wichtig war. Irgendetwas hatte sie übersehen, doch ihr Unterbewusstsein hatte es bemerkt und gespeichert. Dies galt es zu finden. Sie vertiefte sich in die Szenen, und plötzlich tauchte der Moment auf, der ihr nicht offensichtlich ins Auge gefallen war. Pfeilmann zeigte erst die Anzeichen von Angst, und dann glitt die zuverlässige mimisch muskuläre Bewegung für Trauer über seine Stirn: Die Augenbrauen schoben sich zur Nasenwurzel hin zusammen, und die Augenbrauen Innenseiten gingen nach oben. Es war eine so kurze Sequenz, dass sie ohne die Frame-für-Frame-Analyse kaum offensichtlich geworden wäre.

Margeaux lehnte sich in ihrem Stuhl zurück und sinnierte über das Gesehene. Sie kam zu dem Schluss, dass Sebastian Angst empfunden hatte und sich in diesem Zusammenhang auch Trauer eingestellt haben musste. Das ließ viele Möglichkeiten zu, aber unterm Strich schien es hier um etwas Persönliches zu gehen. Angerer fühlte sich, seiner Mimik und Haltung nach zu urteilen, überlegen. Er legte häufiger den Kopf leicht in den Nacken, zog eine Augenbraue hoch oder zog einen Mundwinkel ein. Diese Zeichen sprachen dafür, dass er sich über den Gesprächspartner erhaben fühlte. Sie machte ein großes Ausrufezeichen hinter ihre Notizen und würde den Moment abends mit Frank, Matze und Aimé erneut anschauen.

Sie wandte sich dem nächsten Gespräch zu, das am Samstag vor knapp zwei Wochen stattgefunden hatte. Pfeilmann erschien noch fahriger. Er war blass, und seine Kleidung wirkte nachlässig. Er rannte wie ein gefangenes Raubtier im Raum hin und her, bis Angerer hereingeführt wurde.

Was zum Teufel war hier los? Beinahe schien es ihr so, als müsse sie noch einmal nach Stuttgart fliegen, um den psychopathischen Mörder in Stammheim zu besuchen und herauszufinden, was er wusste. Sie verfuhr weiter wie gewohnt und schaute sich das Gespräch komplett an. Sie musste bereits hier schon einen Zeitmarker setzen, denn die Situationen sprangen ihr förmlich ins Auge. Sie hatte gerade mit dem zweiten Durchlauf begonnen, als es am Tor läutete. Willi sprang aufgeregt bellend irgendwo im Haus umher. Er hatte es vorgezogen, Hilde zu verfolgen, anstatt seinem Frauchen bei langweiliger Bewegungslosigkeit Gesellschaft zu leisten.

Margeaux stand auf, dehnte sich und trat nach draußen in den sonnigen Innenhof. Sie würde heute unbedingt ein paar Minuten die wohlige Wärme auf einem Liegestuhl genießen, nahm sie sich vor. Vor dem Tor hörte sie einen Motor laufen und mutmaßte, dass es sich um das Postauto handelte. Sie öffnete das Tor und nahm erstaunt ein kleines, fest verpacktes Paket entgegen. Sie hatte nichts bestellt und erwartete nichts. Sie schloss das Tor hinter sich, wog das Paket in den Händen und ging damit in die Küche. Die kleine Kiste war mehrfach zugeklebt und hatte einen französischen Poststempel. Vielleicht hatte Julien ihr etwas schicken lassen? Eine Tapenade, die er irgendwo entdeckt hatte, oder eine Marmelade? Das war zwar eher unüblich für ihn, schien ihr aber momentan die einzig logische Erklärung für diese Sendung zu sein. Sie nahm eine Schere aus der Schublade und trennte das Klebeband vorsichtig auf. Als sie die Klappen aufschlug, sah sie zerknülltes Zeitungspapier, das scheinbar einen zerbrechlichen Inhalt schützen sollte. Sie nahm die Papierknäuel sorgsam heraus, und ihr stockte der Atem, als sie plötzlich auf vier filigrane Flaschen, die mit Korken verschlossen waren, sah.

Diesen Anblick kannte sie nur zu gut.

Sie zog die Hände zurück, als hätte sie sich die Finger verbrannt. Es war nicht nur der Schreck, der sie so reagieren ließ, sondern auch der plötzlich auftauchende Gedanke, dass sie Spuren zerstören könnte. Sie musste die Polizei benachrichtigen, das wusste sie. Andererseits kannte niemand das, was sich hier in diesem Paket befand, so gut wie sie, Frank, Matze und Sebastian. Margeaux sog scharf die Luft ein, als sie an den Kollegen dachte und an das, was sie auf den Videos gerade gesehen hatte und vermutlich noch sehen würde.

Sie ging in die Vorratskammer. Hier bewahrte Hilde auch die Putzsachen auf. Unter anderem auch dünne Einmalhandschuhe. Margeaux nahm zwei Handschuhe, streifte sich diese über und ging zurück in die Küche zu dem Paket. Sie hoffte, Hilde würde nicht gerade in diesem Augenblick mit den Gästezimmern fertig sein und Zeugin dieser Inspektion werden. Sie holte rasch ihr Smartphone und begann, das Paket rundum zu fotografieren. Auch das bereits entnommene Papier fotografierte sie von allen Seiten. Nach erster Inaugenscheinnahme handelte es sich um provenzalische Tageszeitungen. Sie legte den Inhalt vorsichtig frei und dokumentierte jeden Schritt. Dann hob sie eine Flasche heraus. In ihr befand sich eine leicht zähe, fast komplett durchsichtige Flüssigkeit. Margeaux wusste, was darin war – *die Seelen der Toten.*

Angerer hatte stets die letzten Blutstropfen aufgefangen, die aus den Opfern geflossen waren, bevor ihre Herzen zu schlagen aufgehört hatten. Aus diesem Blut hatte er durch starkes Zentrifugieren das Plasma extrahiert. In den Flaschen befand sich das Blutplasma der Toten aus der Provence. Da sie sehr wohl wusste, dass Angerer acht Menschen getötet hatte, und sie sich sicher war, dass er kein Opfer verschwiegen hatte, war also noch ein weiterer Mensch gestorben. Sie musste unbedingt herausfinden, wer dahintersteckte und wo er die Opfer aussuchte.

Nun waren es also insgesamt zwölf Tote. Ein Dutzend Seelen, hatte er gesagt, als sie ihn in Stammheim besucht hatte, habe er ihr gern schenken wollen. Sie nahm nun jede Flasche in die Hand und sah sich die Beschriftung an. Akribisch, wie bei den acht Flaschen, die sich in der Asservatenkammer der Kripo in Stuttgart befanden, waren hier Name, Ort, Tag und die genaue Todeszeit notiert worden. Sie fotografierte jede Bewegung, die sie mit dem Beweismaterial unternahm.

Als sie die vierte Flasche aus der Verpackung hob, glaubte sie, ihren Augen nicht zu trauen. Die Flasche war leer, aber der Beschriftung konnte sie entnehmen, wer noch sterben sollte.

Verzweiflung

Er wusste, dass sich seine Hartnäckigkeit auszahlen würde. Das war ihm von Anfang an klar gewesen. Sonst hätte er sich nicht auf dieses perfide Spiel eingelassen. Nur wenn er im Vorteil war, würde er sein Ziel auch erreichen können. Und eins war sicher, er würde das nicht alles umsonst auf sich nehmen, was er in den letzten Tagen getan hatte. Es ging nun auf das Ende des Plans zu. Das Paket war dazu da, das Ende einzuläuten und zu verdeutlichen, worum es hier wirklich ging. Er wusste es. Die Stimme hatte ihm alles gesagt, und er kannte seinen Auftrag bis ins Detail. Er würde alles genau einhalten, und dann war seine Stunde gekommen.

Wenn er sich auf dem Bett einrollte und die Decke komplett über sich zog, dann war es einen Moment so, als wäre die Welt ein normaler Ort. Sein Kopf wusste, dass sie genau dies nicht war und für ihn nie mehr sein würde. Sein Herz krampfte sich bei diesem Gedanken zusammen, und wenn er nicht so unfassbar verzweifelt und hilflos gewesen wäre, dann hätte er einfach nur sterben wollen. In manchen Momenten sehnte er sich so sehr nach dem Tod, dass er nicht wusste, wie er den nächsten Atemzug machen sollte. Sein Körper übernahm dann die Führung. Er durfte nicht sterben. Noch nicht. Es war noch nicht an der Zeit. Noch hatte er etwas zu erledigen. Etwas Grauenvolles. Noch grauenvoller als alles, was er bisher getan hatte. Er war ein Monster. Er hatte vorher nicht gewusst, dass er das war. Dass die Umstände jeden Menschen zu einer Bestie machen konnten.

Hinter seinen geschlossenen Augenlidern unter der Bettdecke versuchte er, die monströsen Bilder, die ihn überallhin verfolgten, durch schöne Erinnerungen zu ersetzen. Es gelang ihm nicht mehr. Angst und Trauer waren dabei, ihn zu ersticken.

Provence – Freitag, 25. Juli

Frank war sofort dran, als Margeaux ihn anrief.

»Wo seid ihr?«, fragte sie mit beherrschter Stimme.

»Wir haben eben Besançon passiert und sind jetzt bald in Beaune. Laut Navi haben wir noch knapp fünf Stunden vor uns«, erklärte er.

»Hast du schon Sehnsucht nach uns?«, rief König aus dem Hintergrund.

»Ja, so könnte man das nennen.« Margeaux blieb beherrscht und wollte am Telefon nicht zu viel preisgeben. Es hätte nichts genutzt, die beiden in Unruhe zu versetzen. »Passt auf euch auf und weiterhin gute Fahrt«, fügte sie hinzu und legte auf. Sie musste Aimé informieren. Es ging nicht anders, und dann würden sie entscheiden, ob es klug war, auf Frank und Matze zu warten, oder ob es besser war, Gilbert Brenot und seine Mannen auf den Plan zu rufen.

Sie ging an die Bar, goss sich einen Schluck Pernot ein und gab kühles Wasser dazu. Im Normalfall trank sie tagsüber höchstens einen Schluck Champagner, doch jetzt war ihr nach etwas Stärkerem zumute. Sie streifte sich ein frisches Paar Handschuhe über, verpackte das Paket wieder und stellte es an die Seite auf die Theke. Dann warf sie die Handschuhe in den Müll, nahm sich das Glas, setzte sich auf einen Hocker und trank das typisch französische Getränk in kleinen Schlucken. Hilde rumorte noch im Obergeschoss. Es blieb ihr also Zeit, Aimé anzurufen.

Er erkannte an ihrer Stimme, dass etwas Erschreckendes geschehen sein musste, und versprach, so schnell wie möglich zu kommen. Margeaux wollte sich, um Normalität bemüht, wieder an ihren Rechner setzen, aber als sie den Film weiterlaufen ließ und Angerer dort sitzen sah, konnte sie den Anblick des Mörders nicht ertragen. Bei aller Professionalität war es ihr nicht möglich, jetzt einen neutralen Blick zu wahren. Sie musste auf Aimé warten. Sie brauchte Frank an ihrer Seite, sonst würde das hier nicht gut ausgehen. Einen Moment dachte sie daran, Thierry anzurufen und seine zärtliche Stimme zu hören, aber sie wusste, dass sie ihm nichts vormachen konnte, und wollte ihn nicht wissentlich belügen. Also saß sie einfach nur da und wartete.

Im Nirgendwo

Sie tauchte aus den Tiefen eines todesähnlichen Schlafes auf, weil sie ein sonderbar hohes, schreckliches Geräusch wahrnahm, das sie bis in ihr Innerstes erschütterte.

Seit der letzten Ohnmacht hatte sie sich in einem Dämmerzustand befunden, in dem die wachen Phasen einem kurzen Auftauchen aus der Tiefschlafphase geglichen hatten, ähnlich dem Moment, wenn man zwischen zwei Traumphasen erwachte und nicht richtig zu Bewusstsein kam. Es waren flüchtige Augenblicke gewesen, in denen sie aus verklebten Augen in die Dämmerung geblinzelt hatte.

Jetzt kam sie ein wenig an die Oberfläche ihres Verstandes. Ihr Arm tat ihr mittlerweile ebenso weh wie ihr Bein. Der Schmerz wütete, und beide Körperteile fühlten sich an, als würden sie brennen. Sie wusste nicht, ob es die Qual war, die ihr die Sinne raubte, oder der furchtbare Durst, den sie empfand. Die Zunge klebte ihr geschwollen und unförmig im Mund, und ihre Kehle war aufgerieben und rau wie Sandpapier. Ihr Rücken war wund, und jeder Wirbel war zu spüren, so als wäre sie aus großer Höhe gefallen und ungebremst mit dem Rücken aufgeschlagen. Sie wollte weinen, weil sie diese Höllenpein kaum mehr ertragen konnte, aber ihr Körper schien keine Flüssigkeit mehr zu haben.

Es blieb nur dieses hohe angsteinflößende Geräusch. Mit schriller Dominanz füllte es den Raum aus. Es schien von den Wänden abzuprallen und sich so zu verstärken. Ein Augenblick plötzlicher Klarheit machte ihr deutlich, dass dieses Geräusch ein Wimmern war, das aus der Mitte ihres Selbst zu entstehen schien. Die schwindende Kraft ihres Körpers und ihrer Seele nahmen sie wieder mit in die angsterfüllten Tiefen, und ihr Kopf sank zur Seite. Der Ton erstarb, und in dem erdigen Raum herrschte plötzlich umfassende Stille.

Provence – Freitag, 25. Juli

Aimé stürmte kurze Zeit später ins Haus. »Was ist passiert?«, fragte er noch im Hausflur.

Margeaux zeigte ihm das Paket. Sie legte ihm schweigend die Handschuhe hin, und Aimé verstand, was zu tun war.

Hilde, die mittlerweile auch in der Küche stand, runzelte die Stirn und sagte: »Das hat der Postbote also vorhin gebracht. Was ist damit?«

»Schaut es euch bitte vorsichtig an, ich habe bereits alles dokumentiert!«, erklärte Margeaux.

Aimé streifte sich versiert die Einmalhandschuhe über, und Hilde sah ihm über die Schulter. Er öffnete das Paket sorgsam und entpackte es so, wie Margeaux es auch getan hatte. Dann entnahm er die erste Flasche, und sie konnte Überraschung und Angst in seinem Gesicht sehen. So sahen Menschen aus, wenn sie erschraken: Die Augenbrauen gingen weit nach oben und zeichneten quasi halbrunde Bögen ab, die Augen öffneten sich weit, und der Mund ging wie eine Art »O« auf. Dann senkten sich die Augenbrauen ein wenig ab, die Unterlider spannten sich an, und der Mund ging in die Breite.

Aus Margeaux' Berichterstattungen zum Fall Angerer wusste Aimé genau, womit sie es hier zu tun hatten. Hilde hatte sie nicht alles erzählt, doch nun war klar, dass sie mit diesem Missstand aufräumen musste, und er erklärte, was Angerer getan hatte und welche Bedeutung die *Seelenflaschen* hatten. In Hildes Gesicht zeichnete sich pure Furcht ab. Aimé entnahm die Flaschen nach und nach und studierte sie konzentriert. Drei Flaschen waren gefüllt und deckten sich mit dem, was sie aus Gilberts Akten über die angeblichen Suizide wussten. Die letzte Flasche war leer, und sie entglitt ihm beinahe, als er sie drehte, um die Beschriftung lesen zu können.

Margeaux Surfin, Datum: _______, Uhrzeit: _______

Hilde stand wie versteinert neben ihrem Mann. Margeaux sah die Panik kommen und fürchtete sich vor der Reaktion ihrer Ersatzmutter.

Wie erwartet reagierte Hilde heftig. Sie begann am ganzen Körper zu zittern und konnte sich kaum auf den Beinen halten. Aimé und Margeaux halfen ihr, sich in einen Sessel zu setzen, und Margeaux holte ihr ein Glas Wasser.

»Bitte nimm einen kleinen Schluck«, sagte sie beruhigend, »und dann wieder einen kleinen Schluck. Das hilft dir zu atmen.«

Aimé legte seine behandschuhte Hand beruhigend auf die Schulter seiner Frau und sah Margeaux durchdringend an. »Margeaux, so geht das nicht! Wir müssen Gilbert benachrichtigen!«, sagte er nachdrücklich.

Margeaux richtete sich auf und widersprach mit fester Stimme. »Hier geht es um mich und um etwas ganz Persönliches. Das ist nun klar. Wir warten auf Frank und Matze, die heute Nachmittag ankommen werden! Dann entscheiden wir, was zu tun ist«, fügte sie einlenkend hinzu.

»Du bist in Gefahr, mein Mädchen«, meldete sich Hilde mit kippender Stimme zu Wort. »Jemand will dich töten! Das ist kein Spiel!« Sie war lauter geworden.

»Natürlich nicht«, versuchte Margeaux sie zu beruhigen. »Aber das war lange Zeit mein Beruf, und ich weiß, was hier zu tun ist. Es bringt nichts, wenn wir die Sache jetzt überstürzen! Vertraut mir, bitte!«, fügte sie hinzu.

Aimé straffte sich und ging in einen professionellen Modus über. Margeaux hatte recht. Es würde nichts bringen, wenn sie nun panisch handeln und nicht mehr klar denken würden. Sie mussten sich alle Teile des Puzzles ansehen und schauen, was sie bereits ineinanderfügen konnten und wo es noch Lücken zu schließen gab. Der junge Mann, der sich so gut mit den Computern auskannte, würde dabei sicher eine nicht zu unterschätzende Hilfe sein.

»Wir warten, und bis dahin tut jeder von uns etwas Sinnvolles!«, befahl er. »Ich fahre nach Tarascon und überzeuge Gilbert, mir die Unterlagen mitzugeben. Margeaux, du schaust dir weiter die Videomitschnitte an. Und du zauberst uns allen etwas Schönes zum Essen für heute Abend. Da brauchen wir – etwas, das guttut, mein Herz!« Er reichte seiner Frau die Hand, zog sie aus dem Sessel nach oben und umarmte sie zärtlich. Dann ging er zu Margeaux und drückte auch sie fest an sich.

Sie blickte ihn dankbar an. Seine Stärke war genau das, was jetzt nötig war, um besonnen zu handeln. Er nahm seinen Hut, setzte ihn auf und ging zielstrebig in Richtung Auto. Hilde warf Margeaux einen besorgten Blick zu und begab sich in die Küche. Der Hund hatte die Situation verwirrt betrachtet und beschloss offensichtlich, dass es besser war, Margeaux nicht von der Seite zu weichen. So legte er sich auf ihre Füße, als sie sich wieder an den Computer setzte.

Hilde wandte sich fragend an sie: »Darf ich dieses monströse Zeug einräumen und das Paket zur Seite stellen?«

Margeaux nickte: »Bitte wieder genau so einpacken, wie es war, und nur mit Handschuhen anfassen. Wir haben wahrscheinlich sowieso schon viele Spuren zerstört!«

Hilde machte sich daran, ein aufwendiges Menü für den Abend zu kochen, das ihre ganze Aufmerksamkeit benötigte.

Margeaux musste sich wohl oder übel der Situation stellen und sich Angerer weiter ansehen. Die Analyse war wichtig, und bisher hatte sie sich nur Pfeilmann gewidmet. Brettschneider stand ihr noch bevor und ebenso die Psychologin. Sie setzte sich Kopfhörer auf, um nicht von den Geräuschen der in der Küche werkelnden Hilde abgelenkt zu werden. Hören nahm der Fähigkeit, minimale

Veränderungen beim Gesehenen wahrzunehmen, sehr viel weg. Sie konzentrierte sich nun wieder auf den extrem nervösen Pfeilmann. Und den überheblich erscheinenden Angerer.

Die Gutachter hatten ihm eine Mischung aus Narzissmus und Psychopathie bescheinigt. Das machte ihn so außerordentlich gefährlich. Seine Gefühlskälte und die mangelnde Fähigkeit, mitfühlend zu sein, waren gepaart mit ständiger Selbsterhöhung und permanentem Manipulationszwang. Noch dazu war er charmant, gebildet und sah recht gut aus. Das machte ihn zu einer tödlichen Falle für seine Opfer. Er war wie eine fleischfressende Pflanze, die mit ihrer Schönheit ihre Umwelt betörte. Kam ihr ein Opfer nah genug, dann schlug sie erbarmungslos zu und ließ nicht eher locker, bis es den Widerstand aufgab und sein Leben aushauchte. Angerer schlüpfte ohne große Anstrengung in die Rolle des lebensmüden Depressiven und dann wieder in die eines eiskalten Killers, der die Geschichten seiner Morde erzählte, wie andere von einem Ausflug in die Oper berichteten. Sie kannte seine Verhaltensweisen sehr gut und hatte seine typischen Muster kalibriert, was bedeutete, dass sie seine nonverbalen Signale in Verhörsituationen abgespeichert hatte und nun von bestimmten äußeren Mustern auf innere Zustände und Gedanken schließen konnte. Es war jedoch in jeder neuen Situation wichtig, sich wieder zu kalibrieren, sich also immer wieder auf die Menschen und ihre Eigenheiten einzustellen. Dies hatte sie in den ersten Minuten des ersten Videos mit Pfeilmann bei beiden Männern durchgeführt. Da sie Sebastian ganz anders kannte, musste sie sich hier auf komplett abweichende Verhaltensmuster einstellen. Das hatte die Aufgabe nicht unbedingt erleichtert. Immer wieder brachte Pfeilmann eine Schulter zwischen sich und den Mehrfachmörder. Seine Füße zeigten zur Tür, obwohl er Angerer gegenübersaß – als wolle er schnell flüchten. Immer wieder knetete er wie wild seine Hände und rieb sich den Nacken, und diese Eindrücke untermauerten ihr Gefühl, dass hier etwas ganz und gar nicht stimmte. Alle Zeichen deuteten auf eine hohe Anspannung hin, und seine Mimik hatte ihr zudem verraten, dass er mehr Angst und Trauer als Wut empfand. Die Angst zeigte starke Ausprägungen, sodass sie als sogar Panik zu deuten war. Das zeigte sich auch im zweiten Mitschnitt.

Sie hatte sich umfangreiche Notizen gemacht und würde die Ergebnisse abends mit dem Team besprechen. Sie musste bei dem Gedanken schmunzeln. Sie sah ihre Mitstreiter in diesem Fall bereits als *ihr Team* an: Eine deutsch-französische Privatermittlerin, ein französischer Flic, eine französische Haushälterin, ein deutscher Kommissar und ein deutscher Hacker arbeiteten an einem quasi deutsch-französischen Mehrfachmord. Dies war wirklich eine außergewöhnliche SoKo!

Sie streckte sich einmal kurz, nahm die Kopfhörer ab und bat Hilde um einen Café noir. Jetzt nahm sie auch den köstlichen Duft wahr, der durch den Raum zog, und ihr lief das Wasser im Mund zusammen. Ein Blick auf die Uhr verriet ihr, dass sie lange konzentriert gearbeitet hatte und der Besuch bald eintrudeln dürfte. Sie wollte noch rasch einen Blick in einen Mitschnitt von Brettschneider werfen, um auch hier einen Ersteindruck vermitteln zu können. Die kurzen stichprobenartigen Mitschnitte der sympathischen Psychologin Anna Bauer würde sie heute nicht mehr schaffen, aber das empfand sie auch nicht als so wichtig. Schnell trank sie den Café und wandte sich wieder mit den Kopfhörern auf den Ohren dem Filmmaterial zu. Sie schaute in einige der Gespräche mit Jo Brettschneider, die knapp zwei Monate zurücklagen. Der Journalist machte einen sehr gepflegten Eindruck und schien entspannt und aufgeschlossen. Er stellte scheinbar rege Fragen, auf die Angerer umfangreich antwortete. Brettschneider notierte sich viele Dinge, und sein Blick zeigte Interesse und Neugier. Obwohl er einem gefährlichen Serientäter gegenübersaß, war seine Körpersprache zugewandt und offen. Margeaux konnte beim Überfliegen keine Ausprägungen von Angst, Ärger oder Trauer wahrnehmen.

Allerdings änderte sich das in dem Film vom letzten Besuch: Der Journalist war zu einem anderen Menschen geworden. Er schien aus dem Bett gefallen zu sein und dann vergessen zu haben, sich zu kämmen und zu rasieren. Seine Kleidung war nachlässig, das Hemd hing ihm knitterig aus der Jeans, die den Eindruck machte, als habe er darin geschlafen. Er fuhr sich immer wieder durch das Haar, was den zerstreuten Eindruck verstärkte. Er setzte sich nicht wie sonst lässig auf den Stuhl und wartete ruhig, bis Angerer hereingebracht wurde. Diesmal schien er angespannt wie eine Feder zu sein. Er klammerte sich an der Stuhllehne fest und bewegte den Stuhl nervös vor und zurück. Margeaux hatte noch nicht intensiver auf seine Mimik geachtet, der neue Eindruck von Brettschneider passte so gar nicht zu dem, was sie bisher wahrgenommen hatte. Irgendetwas machte dem Schreiberling zu schaffen, das war deutlich sichtbar. Dazu brauchte man keine expliziten Kenntnisse in der Entschlüsselung von Mimik und Körpersprache zu haben, das konnte auch ein Laie mühelos erkennen. Hier war etwas vorgefallen, was den jungen Mann verändert hatte, und er wollte etwas von Angerer. Seine Haltung zeigte, dass er gekommen war, um etwas zu klären. Margeaux setzte gerade einige Zeitmarker, als der Dackel wie ein Irrer zu bellen begann. Er war zuverlässiger als jede Alarmanlage.

Ein fremdes Auto fuhr den holprigen Weg entlang.

Margeaux ging nach draußen, um Frank und Matze willkommen zu heißen, und leinte den Dackel an. Das war sicherer im Erstkontakt mit Fremden, denn der junge Hund nahm seine Aufgabe, sein Frauchen zu beschützen, sehr ernst. Matze zog seinen Rucksack aus dem Wagen und kam freudig auf Margeaux zugestürmt. Der Dackel begann zu knurren, und Margeaux band den kleinen Kerl schnell an den Türknauf, um die Umarmung des jungen Mannes empfangen zu können, ohne dass dieser bis auf Hüfthöhe in Gefahr war.

»Margeaux!«, rief er ausgelassen.

»Dein Beschützer ist aber auch nicht ohne!« Frank kam auf sie zu und umarmte sie ebenfalls. »Wann darf man ihn denn begrüßen, oder bleibt der so?«, fragte er lachend.

Sie lächelte. »Warte einen Moment, dann wirst du dir wünschen, er wäre auf Abstand geblieben. Wenn er zutraulich wird, will er spielen und gestreichelt werden, und es ist ihm völlig egal, ob du das dann auch möchtest! Wollt ihr erst reinkommen und einen Aperitif nehmen, oder möchtet ihr zuerst auf eure Zimmer und euch ein wenig frisch machen?«, fragte sie die von der Reise etwas zerknittert wirkenden Männer.

Die beiden entschieden sich für Variante zwei und holten ihr Gepäck aus dem Auto. Hilde wartete bereits am Eingang, und Margeaux machte alle miteinander bekannt. Die Haushälterin ließ es sich nicht nehmen, Frank und Matze nach oben zu begleiten und ihnen alles zu zeigen. Margeaux begab sich derweil in den Wohnraum und sperrte den Dackel in seine Box. Bis er sich an den Besuch gewöhnt hatte, war er dort besser aufgehoben. Sie setzte sich noch kurz an den PC, um ihre letzten Notizen zu prüfen und die Speicherung der gesetzten Zeitmarker zu checken. Dann stand der Besuch auch schon im Raum und blickte sich begeistert um.

»Kein Wunder, dass du lieber hier bist als in Stuttgart!«, meldete sich Frank zu Wort. Matze grinste nur und hielt beide Daumen hoch. Die leichte Stimmung, die die beiden mitbrachten, sprang auf Margeaux über, und sie vergaß für einen kurzen Augenblick die Bedrohung, die über ihr schwebte.

Hilde war ganz in ihrem Element, mixte die Getränke und reichte dazu ein paar selbst gebackene Rosmarinstangen mit Tapenade aus grünen Oliven. Die Olivenpaste, die mit Anchovis und Kapern zubereitet wurde, gehörte zu einem Aperitif dazu und schmeckte einfach immer köstlich. Margeaux hatte in ihrem Garten einen Baum, der schwarze Früchte trug. Manches Jahr gab es Tapenade aus der Ernte und manches Jahr Olivenmarmelade.

»Wo soll ich das Zeug aufbauen?« Matze biss herzhaft in die Leckerei, deute auf seinen Rucksack und einige Kisten, die Frank aus dem Auto hereingeholt hatte, und brachte damit die ernste Stimmung zurück.

Margeaux wies auf einen Tisch, den sie bereits mit Hilde hergerichtet hatte. »Reicht der, oder brauchst du mehr Platz?«, erkundigte sie sich.

Matze ging zum Tisch und fing an, seine Sachen auszupacken.

»Das passt«, bestätigte er, »ich brauche nur noch ein paar Steckdosen.«

Hilde erfüllte den Wunsch des jungen Hackers sofort, und so war er kurze Zeit später startklar.

Frank wandte sich an Margeaux: »Wie wollen wir denn jetzt am sinnvollsten vorgehen?«

»Wollen wir uns zuerst mit dem, was ich herausgefunden habe, befassen, und dann macht sich Matze auf die Suche?«, schlug sie vor und verschob damit die Offenbarung des Paketinhaltes auf etwas später, um der erneuten Konfrontation auch selbst besser begegnen zu können.

Die Männer bejahten die Vorgehensweise, und Margeaux dirigierte sie hinter ihren Arbeitsplatz und öffnete den ersten Mitschnitt mit Pfeilmann. Sie zeigte nur die von ihr ausgewählten Zeitmarker und stoppte an den entsprechenden Stellen, um ihre Beobachtungen auszuführen und die Bilder Frame-für-Frame zu zeigen. Sie ließ die Bilder erst einmal wirken. Beide kannten Pfeilmann ebenso gut wie sie, und beide kannten Angerer.

Frank meldete sich als Erster zu Wort: »Was ist mit Sebastian passiert? Der ist ein anderer Mensch geworden!« Matze schien noch immer perplex zu sein, und der sonst so vorlaute junge Mann blieb erst einmal stumm und schüttelte nur den Kopf.

»Alter! Das ist krass!«, brach es dann aus ihm heraus. »Der Mann steht unter Strom, und zwar total! Der nimmt doch hoffentlich nichts?«

Sie erläuterte die Emotionen, die sie decodiert hatte, und ging auf die weiteren körpersprachlichen Signale ein, die der Besucher aufzeigte. Bevor sie sich auf den interpretativen Spielraum einlassen würden, den jede Ermittlung benötigte, wollte sie noch das zeigen, was sie von Brettschneider bisher gesehen hatte. Auch hier waren sie alle drei einer Meinung. Der letzte Mitschnitt zeigte eine veränderte Persönlichkeit.

Margeaux hatte hier noch nicht großartig begonnen, die beobachteten Muskelbewegungen einer Emotion zuzuordnen. Das war eine Aufgabe, die jetzt anstand.

»Sebastian hat also Angst und ist sehr besorgt?«, hakte Frank nach.

»Das ist mehr als Besorgnis«, erläuterte Margeaux, »dieses Auftreten von Angst und Trauer in dieser schnellen Abfolge deutet darauf hin, dass er zudem Schuld empfindet. Die Angst ist hochgradig. Wenn ich sie nach dem Ekman-System klassifiziere, dann habe ich Ausprägungen in den Bereichen D und E. Stärker geht es nicht. Die Zeichen der Trauer sind ebenfalls stark ausgeprägt, aber nur im oberen Bereich des Gesichts sichtbar. Das ist aber eine zuverlässige Muskelbewegung für Trauer, daher ist der interpretative Spielraum hier wirklich gering!«

»Wenn wir uns jetzt also auf Mutmaßungen einlassen«, überlegte Frank, »dann befürchtet er etwas sehr Schlimmes oder hört etwas äußerst Beunruhigendes, und er fühlt sich dafür verantwortlich und wird etwas verlieren, was ihm wichtig ist?« Er zögerte ein wenig bei seinen Ausführungen, so, als schien ihm das doch alles sehr weit hergeholt.

Margeaux nickte: »Das ist genau das, was ich auch denke!«

»Hat er sich irgendwie von Angerer erpressen lassen und hat jetzt Angst, seinen Job zu verlieren?«, fragte Matze.

»Das wissen wir eben nicht. Wir wissen nur, dass er nach diesem Gespräch verschwunden ist. Der Nachbar hat ihn wahrscheinlich sogar nach dem ersten Gespräch das letzte Mal gesehen. Und seine Freundin ist auch weg! Als ich in der Wohnung war, sah es irgendwie nicht so aus, als würden viele Sachen im Schrank fehlen. Sie hat ihn also nicht verlassen, oder für eine längere Reise gepackt«, führte Margeaux aus.

»Haben wir die Freundin schon mal gecheckt?«, fragte König. »Vielleicht hat sie Dreck am Stecken?« Er ging zu seinem Arbeitsplatz und drückte rasch einige Knöpfe, um seine Gerätschaften in den Arbeitsmodus zu versetzen.

»Prima Idee!«, lobte Frank und zückte eine Liste mit Aufgaben für den Hacker aus seiner Hemdtasche. »Ich habe hier schon mal aufgeschrieben, was mir so alles eingefallen ist, worüber wir mehr wissen sollten!«

»Lass mal hören!«, forderte Margeaux ihn auf.

Frank las vor: »Rufnummern mit Einlogdaten checken – für Pfeilmann und Brettschneider –, Chats für Depressive in Frankreich und die Herkunft des Plastikteilchens der vermutlichen SIM-Karte überprüfen.«

»Jup!«, bestätigte Matze. »Und die Freundin von Sebastian checken, rausfinden, wo ihr Handy gerade ist und damit auch sie. Den Journalisten durchleuchten und … Sorry, Leute«, er wandte sich entschuldigend an die beiden Kollegen, »ich muss auch mal bei Werner Walter reinschauen, um rauszufinden, was Sebastian gerade so gemacht hat.«

»Mach, was nötig ist!«, gab ihm Frank Rückhalt, und Margeaux nickte ebenfalls.

»Ähm, Jungs«, Margeaux meldete sich jetzt zu Wort, »ich muss euch erst noch etwas zeigen. Bitte bleibt … entspannt!«

Hilde verließ bei diesen Worten schweigend die Küche.

Stille entstand. Margeaux holte das Paket und die Handschuhe und stellte es ohne Kommentar auf die Theke. Mit einer Geste forderte sie Kaiser und König zum Auspacken auf. Den beiden erging es wie den anderen vorher, als sie die Flasche mit Margeaux' Namen in den Händen hielten. Ihnen stand pures Entsetzen in die Gesichter geschrieben.

»Was ist das für ein kranker Scheiß?!«, rief Matze aufgebracht.

Willi begann, in seiner Box laut zu knurren, und Hilde schien im Flur irgendetwas kaputt zu machen. Zumindest hörte es sich so an.

»Es sieht so aus, als wolle ich mich demnächst umbringen!«, versuchte Margeaux, die Situation mit einem leichten Spruch und einem Lächeln zu entschärfen, was ihr aber nicht so recht gelang.

Frank zog eine Augenbraue hoch und sagte: »Also ich kann das nicht wirklich amüsant finden! Das ist eine offensichtliche Bedrohung deines Lebens, das kannst du nicht auf die leichte Schulter nehmen! Wir müssen die örtlichen Behörden darüber in Kenntnis setzen!«

»Das habe ich schon getan«, sagte Margeaux. »Aimé ist gerade in Tarascon bei dem zuständigen Commandante.«

Hilde kam zur Tür herein. In ihren Händen hielt sie irgendwelche Scherben, wahrscheinlich die eines Blumentopfes. »Margeaux«, tadelte sie, »das ist nur die halbe Wahrheit!«

»Was meint sie damit?«, wandte sich Frank fragend an Margeaux.

»Na ja«, sie schaute ihn schuldbewusst an. »Ich habe es Aimé gesagt, und er holt nun die Akte aus Tarascon. Aber Gilbert Brenot, dem Commandante, erzählen wir heute noch nichts davon. Erst müssen wir mehr wissen. Aimé kommt bestimmt gleich, und dann planen wir unsere weiteren Schritte«, sagte sie in einem Ton, der keine Widerrede duldete.

Frank zuckte mit den Schultern und bemerkte frech: »Madame le Commissaire hat gesprochen! Also los, Matze, packen wir den Dreck wieder ein, und du fängst an, die Drähte glühen zu lassen!«

»Bald gibt es Essen«, ließ Hilde verlauten. »Dann möchte ich von all dem hier nichts hören!«

Die Männer nickten verständig, und auch Margeaux warf Hilde einen liebevollen Blick zu. Das Paket war schnell verpackt, die Handschuhe abgestreift, und schon saß Matze vor seinen Bildschirmen und den anderen Gerätschaften, die mit blinkenden Lichtern ihre Arbeitsbereitschaft verdeutlichten. Er ging konzentriert ans Werk, und Margeaux und Frank beobachteten ihn still. Flink glitten seine Finger über die Tastatur und gaben in rascher Folge Befehle ein, sein Blick huschte über die Bildschirme, und er tauchte völlig in seine Welt ab.

Draußen war ein ankommendes Auto zu hören. Aimé war in Anmarsch, und seinem Pfeifen nach zu urteilen, war er in einer erfolgreichen Mission unterwegs gewesen.

Margeaux nutzte die Gunst der Stunde und entließ Willi aus seinem kleinen Gefängnis. Der Zeitpunkt war gut gewählt. Er rannte kurz zu den Besuchern und schnüffelte an ihnen, aber dann kratzte er an der Tür, und Margeaux ließ ihn hinaus. Das Fellbündel raste auf den Flic zu und begrüßte ihn, als sei er Jahre weg gewesen. Sie hätte es ihm gern gleichgetan, ging aber normalen Schrittes auf Aimé zu und umarmte ihn. Es war wichtig, dass er da war. Seine gewitzte und kluge Art gab ihr ein gutes Gefühl, und das war jetzt gerade sehr wichtig. Sie durfte nicht die Nerven verlieren und sich durch die Seelenflasche aus dem Konzept bringen lassen. Sie war sich sicher, dass dies genau das war, was der Täter beabsichtigte, und dem würde sie sich gewiss nicht fügen.

Aimé trug die dicke Akte unter dem Arm und konnte ihre spontane Liebesbekundung nur einseitig erwidern.

»Es war nicht leicht, aber ich konnte ihn überreden, mir die Akte zu geben. Er ist ein stolzer Mann, unser Gilbert!«

»Und er möchte gern unsere Ergebnisse als die seinen ausgeben und den Ruhm ernten!«, vervollständigte Margeaux.

Aimé nickte. Sie gingen nach drinnen, er legte die Akte auf die Theke, umarmte seine Frau zur Begrüßung und stellte sich dann den Männern vor. Matze blieb mit dem Blick auf den Bildschirm gerichtet etwas kurz angebunden, aber der Franzose ahnte, dass der Junge da etwas tat, was seine vollkommene Aufmerksamkeit verlangte.

Hilde begann, den großen Tisch zu decken, Margeaux ging ihr dabei zur Hand. Frank stand mit Aimé an der Tür zum Innenhof, und die beiden unterhielten sich leise. Wenn das Essen fertig war, würde Hilde keine Ausreden gelten lassen. Gutes Essen durfte man nicht warten lassen. Margeaux war gespannt, wie König darauf reagieren würde. Hilde würde ihn zur Not am Arm an den Tisch zerren. Der Gedanke daran ließ sie wiederum schmunzeln. Es tat gut, trotz der herausfordernden Situation Humor und Normalität zu bewahren. Ohne ihren Humor hätte sie die Krankheit ihrer Mutter überhaupt nicht ertragen können, aber das stand auf einem anderen Blatt.

»Das müsst ihr euch ansehen! Ich habe Sebastians Handynummer angepingt. Das ist heute echt kein Problem mehr, das kann jedes Kind mit einer App. Schwieriger ist es zu verfolgen, wann es in welchem Netzbereich eingeloggt wurde. Aber dafür habt ihr ja mich!«, fügte er stolz hinzu. Er deutete auf den Bildschirm. »Bis zum Donnerstag vor zwei Wochen war alles ziemlich normal. Das Handy war hauptsächlich in Wetzlar und Umgebung eingeloggt. Dann wissen wir, dass er in Stuttgart war, und das passt auch mit den Daten zusammen. Er ist am selben Tag wieder zurück, und Freitag war das Handy wohl aus«, er wies mit dem Finger auf den Datenstrom auf seinem Bildschirm. »Samstag war es auch lange aus, aber dann wurde es in Mulhouse in das französische Netz ›Orange F‹ eingeloggt. Für ungefähr eine Minute, dann war es wieder aus, denn sonst müssten wir Daten verschiedener Sendemasten erhalten. Und hier«, sein Finger unterstrich einen Eintrag, »hier wurde es wieder für eine Minute eingeloggt. Diesmal in Lyon! Seitdem ist es ausgeschaltet.«

»Was hat er in den Minuten gemacht, in denen es an war?«, fragte Margeaux.

»Das muss ich erst checken«, Matze zwinkerte ihr zu, »Telefongesellschaften machen es jemandem wie mir heute nicht mehr ganz so leicht!«

»Dann ist der Zeitpunkt ja jetzt ganz passend!«, mischte sich Hilde ein. Sie wies in Richtung Tisch und sagte: »Jetzt wird gegessen, und dann könnt ihr weiterdiskutieren!« Ihr Ton ließ keinen Widerspruch zu.

Matze stand auf, salutierte mit einer kleinen Verbeugung in ihre Richtung und begab sich zum Tisch.

Hilde musste über den jungen Mann lächeln. Sie mochte ihn offensichtlich.

Nach dem Dessert lehnte sich Matze zurück, strich sich über den Bauch und sagte: »So gut habe ich wirklich noch nie gegessen, aber das verraten Sie bitte nicht meiner Oma.«

Da war es vollkommen um Hilde geschehen. Sie bekam rote Wangen und lächelte zufrieden.

Frank schloss sich dem Lob an und hob sein Glas zu einem Toast: »Auf die geniale Köchin!«

Aimé wandte sich amüsiert an die Runde: »Dann willkommen in der Familie! Ich bin Aimé, aber das wisst ihr ja schon!«

Hilde hieß die Entscheidung ihres Mannes mit einem Nicken gut, fügte »Hilde!« hinzu und hob ihr Glas. Dann jagte sie die Truppe freundlich zurück an ihre Arbeit. Sie hatten auf Wein zum Essen verzichtet, um weiterhin produktiv und konzentriert vorgehen zu können. Frank wollte helfen, den Tisch abzuräumen, was sich die rührige Haushälterin freundlich verbat. Er stand ein wenig unschlüssig herum, bis Margeaux ihn an den abgeräumten Tisch dirigierte, sich dort mit ihm und Aimé setzte und sie die Akte zu studieren begannen. Jeder von ihnen bekam einen Fall mit allen dazugehörigen Informationen. Matze klapperte konzentriert auf seiner Tastatur, und im Raum bereitete sich geschäftiges Schweigen aus.

Margeaux vermisste ein großes Whiteboard, um eine Übersicht über Personen und Abläufe visualisieren zu können, denn das half ihr immer sehr dabei, einen Überblick zu gewinnen. Sie überlegte, welche Möglichkeiten es gäbe, stand auf und ging in die Scheune, um sich nach etwas Hilfreichem umzusehen. Nach kurzer Zeit wurde sie fündig: Die Rückwand eines alten Kleiderschrankes stand in einem der Abstellräume und wartete auf Wiederverwendung. Sie schleppte diese in den Wohnraum, und Frank, der gleich erkannte, was sie vorhatte, half ihr, die Wand auf einer Truhe standfest zu platzieren.

Sie kramte in ihren Stiften und fand einen abwaschbaren Marker. Sie nahm Bilder aus ihrem Teil der Akte und klebte sie vorsichtig mit Kreppklebeband an. Frank und Aimé taten es ihr gleich. Margeaux malte einen Zeitstrahl auf und zog Verbindungslinien. Dann ging sie zu ihrem Computer und druckte Bilder von Pfeilmann, Brettschneider und Angerer aus. Sie kopierte die Besucherliste und hielt kurz inne, um den Ausdrucken ein Bild von Anna Bauer hinzuzufügen. Sie dachte auch über Sebastians Freundin nach und gab ihren Namen bei Google ein. Es war erstaunlich, was das Portal alles über Aljona Mertesacker wusste. Über ihr öffentliches Facebook-Profil druckte Margeaux ein aktuelles Foto der jungen Frau aus. Die provisorische Ermittlungswand wurde immer voller.

Aimé warf hin und wieder einen besorgten Blick zu seiner Frau, denn die Bilder von den Tatorten der drei Toten waren keine leicht verdauliche Kost.

Margeaux, Frank und Aimé betrachteten die Wand, als Matze vor sich hin brummte: »Das ist komisch, das verstehe ich nicht – Mist blöder!«

Sie blickten in seine Richtung, und er nahm die Kopfhörer ab: »Das ist nicht schlüssig hier. Ich bin jetzt in seinen Anrufdaten. Er hat in den Zeiträumen, in denen er das Handy in Frankreich eingeschaltet hatte, nicht telefoniert. Es war einfach nur kurz an!« Er schüttelte verständnislos den Kopf.

»So, als wollte er ein Zeichen hinterlassen?«, warf Margeaux in den Raum. »Ist er vielleicht in Gefahr?«, fragte sie die Kollegen.

»Warum sollte er in Gefahr sein, und was macht er in Südfrankreich?« Frank fasste die elementaren Fragen in Worte. »Ist seine Freundin bei ihm?«, wandte er sich an den Hacker. »Kannst du das erkennen ... ihre Handynummer herausfinden und sie orten?«

»Klar kann ich das!« Matze klang fast ein wenig eingeschnappt und machte sich sofort an die Arbeit, um seinen Worten Ergebnisse folgen zu lassen.

Eine sonderbare Spannung machte sich im Raum breit. Auch die vollgespickte Wand tat das Ihrige dazu. Margeaux hatte die Fotos, die sie beim Auspacken des Paketes gemacht hatte, ebenso hinzugefügt, und sie mussten die Rückwand nun komplett aufklappen, um mehr Platz zur Verfügung zu haben. Aimé stabilisierte das jetzt etwas labbrige Bord mit einer Leiste und Panzertape, die er aus der Scheune geholt hatte. Matze schaffte es in null Komma nichts, die Nummer von Aljona Mertesacker herauszufinden, und stellte fest, dass ihr Telefon zuletzt in Wetzlar eingeloggt gewesen war. Am Mittwoch, bevor Pfeilmann bei Angerer in Stuttgart aufgetaucht war. Seitdem war es ausgeschaltet.

»Soll ich mal prüfen, mit wem sie so telefoniert hat?«, fragte er seine Mitstreiter.

»Das ist eine gute Idee«, bestätigte Frank, »vielleicht hat sie ja was damit zu tun, dass Sebastian so plötzlich zu Angerer gefahren ist!«

»Boah, ey, die hat quasi zehnmal am Tag mit ihm telefoniert, und an dem Mittwoch hat sie dreimal einen anonymen Anruf erhalten, ohne ihn anzunehmen. Beim vierten Mal hat sie ihn dann angenommen!«, beschrieb er seine Suchergebnisse. »Mit Trapp-Call kann ich sofort rausfinden, wer sie da angerufen hat«, erklärte er und tippte weiter. »Das ist komisch. Die anonyme Nummer ist auf Sebastian Pfeilmann registriert und gehört zu einem französischen Netzanbieter. Jetzt kapiere ich gar nichts mehr!« Matze blickte verwirrt zu den anderen. »Ähm ... und wartet mal, da ist noch was«, schob er nach, hämmerte dabei wild auf seine Tastatur ein und klickte auf die Maus. »Das ist die Nummer, die zu dem kleinen Plastikteil gehört, das Margeaux in Sebastians Wohnung im Müll gefunden hat!«

»Warum ruft er sie anonym von so einer Nummer an?«, fragte Frank.

»Warum hat er überhaupt eine französische Nummer?«, wunderte sich Aimé. »Was hat er geplant? Er muss es ja geplant haben, denn so eine Karte muss er ja erst mal bestellen.«

»Die kann man bei EBay kaufen. Das ist kein Problem«, meldete sich Matze wieder zu Wort. »Aber klar, die ist nicht in fünf Minuten bei ihm.«

»Lasst uns mal logisch vorgehen«, bat Margeaux die drei Männer. »Wir haben also am Mittwoch vor zwei Wochen anonyme Anrufe auf dem Handy von Aljona Mertesacker ...« Sie machte eine Notiz an die Wand. »Diese kamen von einer nicht angezeigten Nummer, die zu einem französischen Netzanbieter gehört und auf Sebastian Pfeilmann registriert worden ist. Wann ist das passiert?«, wandte sie sich an König.

»Zwei Tage vor den Anrufen«, kam es wie aus der Pistole geschossen.

»Okay«, Margeaux machte die nächste Notiz, »dann ist sie weg. Der Nachbar, Herr Meissner, bestätigte dies. Er sagte, sie sei wohl schon vorausgefahren. Dann tauchte Pfeilmann zweimal kurz hintereinander bei Angerer auf, ist panisch und wie ausgewechselt. Die Handydaten bestätigen seine Aufenthalte in Stuttgart und zu Hause. Ab Samstag ist das Handy aber nur noch zweimal an – und zwar in Mulhouse und in Lyon, je ungefähr eine Minute. Richtig?«, fragte sie in die Runde.

»Und seitdem ist es dauerhaft aus«, vervollständigte Frank.

Hilde hatte sich verabschiedet, und kurze Zeit später hörten sie ihr Auto über den Weg holpern. Keine zwei Minuten später klingelte Margeaux' Telefon, und Hilde rief aufgeregt: »Da ist Ärger im Anmarsch! Ich habe Thierrys Wagen auf der Gegenfahrbahn gesehen, da freut sich wohl jemand auf einen gemütlichen Restabend mit dir … Oje!«

Schon war das Rumpeln eines ankommenden Fahrzeuges zu hören, und Margeaux hatte keine Zeit mehr, etwas an der Situation zu ändern. Willi erkannte den Wagen und flitzte wedelnd zum Tor.

Dann stand Thierry vor ihr. In der Hand hielt er eine beschlagene Flasche Champagner und eine Tüte mit duftendem Gebäck. Er beugte sich zu ihr hinab und gab ihr einen Kuss. Sein Blick fiel auf den hell erleuchteten Wohnraum, und er fragte irritiert: »Was ist denn hier los? Ich habe mich schon über das deutsche Auto draußen gewundert!«

Margeaux wand sich ein wenig: »Frank Kaiser und Matze König, meine ehemaligen Kollegen aus der Angerer-Sonderermittlungskommission, sind da.«

»Und wann wolltest du mir das mitteilen?«, bemerkte er mit angespannter Miene.

»Du hast recht, das war nicht richtig von mir, dich nicht zu informieren. Bitte komm rein, ich werde dir alles erklären!« Sie nahm ihn an der Hand und zog ihn in Richtung Wohnraum. Leicht wiederstrebend ging er mit, und sie sah ihm an, dass ihm diese Situation mehr als unangenehm war. Er hatte sich auf ein paar entspannte und zärtliche Stunden eingestellt und kam nun in eine geschäftige Ermittlungszentrale. Sie sah, dass Aimé die

Situation rasch erfasst hatte. Er wandte sich der Wand zu und hängte wie selbstverständlich ein Foto ab und packte es in die Akte. Es war das Foto der Seelenflasche mit Margeaux' Namen darauf. Die Wand war auch so schon schlimm genug für einen Laien, aber das ließ sich nun nicht mehr ändern. Margeaux machte die Männer miteinander bekannt. Thierry konnte nur einige Brocken Deutsch, daher war der Austausch eher gering.

Die Männer beäugten sich und machten auf ihre Art deutlich, wer welche Rechte an Margeaux hatte. Frank zog sie in ein Gespräch über die Telefondaten, Matze zwinkerte ihr vertraulich zu, und Thierry hielt ihre Hand, während er mit schreckgeweitetem Blick auf die Wand starrte.

Na bravo, dachte Margeaux. Das habe ich gerade noch gebraucht. Testosterongeschwängerte Revierkämpfe!

Aimé lächelte milde vor sich hin und machte einen Vorschlag, um die Situation zu entspannen. »Margeaux geh doch mit Thierry eine Runde spazieren und weihe ihn ein!« Er sprach offensichtlich mit Absicht Französisch, obwohl er bisher die ganze Zeit Deutsch gesprochen hatte. Er war stolz darauf, die Sprache so gut zu beherrschen, und demonstrierte dies immer gern. »Wir kommen hier im Moment gut zurecht«, fügte er hinzu.

Thierry konnte seinen Blick kaum von der Wand lösen. Was er da sah, war grauenvoll, und das war genau das, was er immer verurteilt und was lange Zeit zwischen ihnen gestanden hatte: dieser Beruf voller Grausamkeiten und Gefahren. Es hatte alles so gut ausgesehen in den letzten Monaten, und jetzt war das Grauen wohl wieder da und sie mittendrin. Es war, als liebte sie blutrünstige Taten und die damit verbundene Jagd nach den Tätern – mehr als ihn. Ihr deutscher Kollege hatte ihm das durch sein Verhalten auch gleich zu verstehen gegeben: *Siehst du, das ist Margeaux' große Leidenschaft.*

Der Beruf der Ermittlerin war ihr Leben, und da gehörte der durchtrainierte dunkelblonde Mann dazu. Er nicht. Thierry beendete seinen inneren Dialog, seufzte und ging mit Margeaux nach draußen. Die Flasche hatte er in den Kühlschrank gestellt, die Tüte mit ihren Lieblingscroissants trug er bei sich. Er hatte sie extra frisch für Margeaux gebacken und wollte nicht, dass diese gefräßig aussehenden Deutschen die Leckereien aufaßen. Der Junge am Computer schien sympathisch zu sein. Thierry wartete ängstlich auf Margeaux' Bericht und war sich sicher, dass er heute Nacht schlecht träumen würde.

Margeaux zog ihn in die »stille Ecke«. Sie setzte sich nah zu ihm, legte ihm die Hand vertraut auf den Oberschenkel und erzählte alles, was sie bisher wussten.

Sie stand auf und setzte sich auf seinen Schoß. Er ließ es zu. Sie schmiegte sich zärtlich an ihn und senkte ihren Mund auf den seinen.

»Margeaux«, stöhnte er heiser in ihr Ohr, und sein warmer Atem jagte ihr ein Beben direkt in ihre Körpermitte, »das ist nicht der richtige Ort! Können wir nach oben gehen?« Er war gleichzeitig begierig und unsicher. Sie warfen einen prüfenden Blick in Richtung Haus und sahen, dass im Wohnzimmer alle beschäftigt waren. Margeaux zog ihn auf die Beine, und im mondbeschienenen Dunkel des provenzalischen Abends gingen sie leise den Flur entlang, die Treppe nach oben.

Er wollte sie nie mehr loslassen, wollte nicht, dass sie sich wieder in Gefahr begab und ihm dadurch wieder entglitt. Die Sorge um sie machte ihn verrückt. Er wusste, dass er sie nicht aufhalten konnte, und er würde sie nicht mehr vor die Wahl stellen, denn sie würde sich für ihre Aufgabe entscheiden und nicht für ihn. So, wie sie es getan hatte, als sie noch als Kommissarin in Deutschland gearbeitet hatte. Ihr Rechtsempfinden und ihr Sinn für Gerechtigkeit waren einfach stärker. Er liebte sie, das war alles. Sie spürte seine Umarmung und konnte seine Gedanken fühlen. Auch sie kannte ihn und seinen inneren Zwiespalt. Sie liebte ihn, aber sie würde keine Ungerechtigkeiten zulassen oder gar einem Mörder gestatten, sein Unwesen zu treiben. Ihre Berufung würde immer vorgehen und an erster Stelle stehen. Marie-Louises Erbe setzte sich hier voll durch, und Juliens Gene taten ihr Übriges.

Ihre Eltern waren immer ihrem inneren Drängen gefolgt. Kein Wunder also, dass die Tochter dieser beiden Menschen sich ihrer Berufung vollkommen widmete.

Sie lagen, nachdem sie miteinander geschlafen hatten, eine Zeit lang schweigend da und kuschelten sich zärtlich aneinander. Margeaux beugte sich über Thierry, küsste ihn und streichelte liebevoll über sein Gesicht – danach erhob sie sich. Sie sammelte ihre Bekleidung zusammen und sprang schnell unter die Dusche. Thierry betrat kurz nach ihr das Bad. Er umarmte sie innig, und so standen sie zusammen und betrachteten einander im Spiegel. Er ging duschen. Margeaux zog sich an und brachte ihre Haare in Ordnung.

Als auch Thierry wieder in Klamotten steckte, gingen sie nach unten und blieben noch ein paar Minuten draußen, um Kraft für das, was im Wohnraum auf sie wartete, zu schöpfen. Dann betraten sie Hand in Hand den erleuchteten Raum.

Hier schwirrten aufgeregte Energien umher. Margeaux suchte Aimés Blick und gab ihm zu verstehen, dass sie Thierry noch nichts von der leeren Seelenflasche mit ihrem Namen darauf erzählt hatte. Er hob kurz missbilligend eine Augenbraue an, wandte sich dann aber wieder Matze und Frank zu.

Matze gestikulierte wild, und seine Worte überschlugen sich fast: »Die französische Nummer von Pfeilmann ist in Deutschland aktiv gewesen, also nicht nur an dem Tag, an dem Aljona Mertesacker die anonymen Anrufe erhalten hat, sondern auch noch am Donnerstagmorgen und am Samstag. Und zwar in Stuttgart!«

»Also hängt Sebastian da irgendwie mit drin?« Frank klang ungläubig.

»Was ist mit dem Journalisten?«, meldete sich Margeaux zu Wort. Thierry hatte sich an die Theke gesetzt und versuchte, nicht dauernd auf die Fotos der blutüberströmten Opfer zu schauen.

»Den habe ich auch schon angefangen zu durchleuchten«, kam es von Matze. »Ist nicht ganz koscher. Sein Konto ist voll in den Miesen, und ich glaube, der hängt in Wettgeschichten mit drin!«

»Wie kommst du darauf?«, erkundigte sich Aimé neugierig. Es war wirklich spannend zu sehen, was der junge Mann alles im Netz rausfinden konnte.

»Ich habe mir mal seine E-Mails genauer angesehen, es war wirklich leicht, da reinzukommen. Echt unglaublich, wie schlecht manche Menschen ihre Accounts sichern!«, wunderte er sich. »Also, er hat da ein paar wirklich unfreundliche Mails von einem ›get-rich-now‹ bekommen. Der fordert ihn auf, umgehend eine nicht ganz unerhebliche Summe zu begleichen, die ihm der Typ wohl geliehen hat.« Er blickte von seinem PC zu den anderen. »Da liegen dubiose Spiele recht nahe, sonst bekommt man solche Mails eher selten!«, machte er deutlich.

»Sonst noch etwas, was von Interesse für uns sein könnte?«, hakte Frank nach.

»Brettschneider hat dem Typen geantwortet, dass er bald zahlen kann, da er – Achtung Wortwahl! – an einer *todsicheren Sache* dran wäre! Und es geht noch weiter. Also nicht mit den Mails, sondern mit Infos«, fügte er triumphierend hinzu. »Sein Handy war dreimal in einen Sendebereich hier um die Ecke eingeloggt, und er hat eine Menge Datenvolumen versendet!«

Einen Moment herrschte Stille im Raum. Margeaux erholte sich am schnellsten. »Brettschneider ist also hier und an einer todsicheren Sache dran?«, fasste sie zusammen.

Matze nickte bekräftigend: »Und er hat dreimal Daten verschickt. Viele Daten!«

»Leute«, Frank blickte in die Runde, »habe nur ich das Gefühl, dass wir unserem Täter näher kommen?«

»Nein, du hast recht, irgendwie schon, aber das erklärt das Verhalten und Verschwinden von Pfeilmann und seiner Freundin nicht. Und was will er von mir?«, fügte sie etwas leiser hinzu, obwohl sie sich sicher war, dass Thierry dem, was gesprochen wurde, nicht im Detail folgen konnte.

»Hier ist noch etwas anderes im Busch, da bin ich mir sicher! Ihr könnt jetzt sagen, was ihr wollt, aber das finden wir nur heraus, indem ich Angerer erneut konkret in die Zange nehme!« Sie stellte die Gruppe vor vollendete Tatsachen. »Diesmal kein freundlicher Schmusekurs, sondern deutliche Fragen, auf die ich klare Antworten einfordere. Er ist der Drahtzieher hinter allem. Ich weiß nur noch nicht, wie er das anstellt!« Ihre Stimme wurde fest und lauter.

Thierry blickte sie erstaunt an, und sie erklärte ihm, was sie vorhatte. Er atmete scharf ein und wollte aufstehen, besann sich dann aber und blieb sitzen. Wenn er jetzt ging, dann würde er nichts mehr mitbekommen, und das wäre schlimmer als Margeaux' erneuter Kontakt zu dem »irren Psychopathen«. Er schüttelte unwillig den Kopf, blieb aber still. Sie würde sowieso tun, was sie für angemessen hielt, und keiner hier im Raum würde sie davon abhalten können.

Margeaux ging zielstrebig auf die Wand zu und packte die Bilder von Pfeilmann mit dem Ausdruck von extremer Angst und Trauer, dazu nahm sie zwei Bilder von Brettschneider. Eines bei seinen Regelbesuchen und eines von jenem Dienstag, an dem er wie ein zerfledderter Vogel aussah. Sie vervollständigte die Sammlung durch das Bild von Aljona Mertesacker und ein Foto des Paketes, auf dem die vier Flaschen gut zu erkennen waren. Sie schob alles in eine Mappe, die sie aus ihrem Schreibtisch nahm, und sagte abschließend: »Dann wollen wir mal sehen, was er dazu zu sagen hat, und zwar gleich morgen!«

»Wie willst du das denn machen?«, wandte Frank ein. »Für morgen krieg ich keinen Besuchstermin.«

»Du nicht, aber unser allseits geliebter Werner Walter schon!« Margeaux machte klar, dass sie bereits einen Plan hatte. »Dem werde ich morgen früh den Samstag vermiesen und dann«, sie tippte auf ihrer Tastatur, »fliege ich um 8.50 Uhr von Marseille nach Stuttgart, und um 19.50 Uhr geht ein Flug zurück.«

Einige Eingabebefehle später waren die Flüge bereits gebucht.

»Ihr«, sie wandte sich nun an die verblüfften Männer, »grabt weiter in den Leben dieser Leute herum. Auch der Opfer. Und findet diesen vermaledeiten Chat!« Ihre Stimme war befehlsgewohnt.

»Aber ich verstehe nicht, was da geschrieben wird«, gab Matze zu Bedenken.

»Ich schon«, meldete sich Aimé selbstbewusst zu Wort. »Und ich habe morgen frei und kann euch helfen!«

»Wollen wir dann für heute Schluss machen?«, fragte Margeaux in die Runde und bekam zustimmendes Feedback. Matze speicherte seine Ergebnisse auf drei verschiedenen Datenträgern, und Frank dehnte sich gähnend. Aimé klemmte seinen Hut unter den Arm und verabschiedete sich. Margeaux schaute Thierry in die Augen, er verstand die unausgesprochene Frage und nickte leicht. Er würde bleiben. Auch wenn die Situation mit den beiden anderen Männern im Haus absonderlich für ihn war.

Margeaux verschloss umsichtig alle Türen, zog die Gardinen vor und löschte alle Lichter. Willi kam mit nach oben, wusste aber, dass das Bett für ihn tabu war, wenn Thierry dort schlief.

Mitternacht war bereits verstrichen, als sie endlich ins Bett sanken, und der Wecker würde früh klingeln. Bis zum Flughafen fuhr Margeaux eine Stunde, also würde sie spätestens um sieben Uhr losmüssen. Dank des hervorragenden Services der Flughafenparker, den sie immer mitbuchte, fiel das lästige Parkplatzsuchen weg, und das sparte immens Zeit.

Obwohl die Nacht kurz werden würde, liebten sie sich noch einmal leise und zärtlich und schliefen dann ermattet und eng umschlungen ein.

Viel zu schnell war der Morgen da, und Margeaux verließ eilig das Haus, während die anderen noch schliefen. Thierry brach mit ihr auf, da samstags in der Bäckerei viel los war und er seinen Mitarbeiter in der Backstube noch unterstützen wollte. Hilde würde bald kommen, mit den Vorbereitungen des Frühstücks beginnen und sich um den Hund kümmern. Die Gäste waren bei ihr in den besten Händen, und Aimé war bei den Recherchen eine perfekte Hilfe.

Sowie sie auf der befestigten Landstraße angekommen war, wählte sie die Nummer von Werner Walter. Schneller als erwartet war er dran und schnauzte ins Telefon: »Es ist sieben Uhr am Samstagmorgen! Was soll das?«

»Margeaux hier!«, gab sie mit fester Stimme zurück.

Augenblicklich schien er wach zu sein. »Was ist passiert?«, wollte er wissen.

»Der Mörder hat etwas vor«, leitete sie ein und erzählte ihm dann vom Inhalt des Paketes. »Ich muss noch einmal zu Angerer, der steckt da mit drin«, formulierte Margeaux ihre Forderung. »Wir sind uns sicher!«

»Ihr?« Walter horchte auf.

»Ja, die örtliche Polizei und ich.« Margeaux reagierte schnell und glich ihren Fauxpas aus. Walter ahnte sicher, dass Franks plötzliche Erschöpfung und der damit verbundene Spontanurlaub etwas mit ihr zu tun hatten, aber er wusste es nicht hundertprozentig, und solange er nicht konkret fragte, gab es auch nichts zu erzählen.

»Ich kümmere mich gleich Montag früh darum«, versprach er, »und …«

Margeaux fiel ihm ins Wort: »Nicht Montag! Heute! Ich bin spätestens gegen 11.15 Uhr in Stammheim!« Am anderen Ende herrschte Funkstille.

»Bin ich Harry Potter?«, blaffte Walter in die Leitung.

»Das sicher nicht.« Margeaux grinste und dachte, dass er das sicher gern wäre. »Aber mit deinem Dienstgrad wird es ein Leichtes für dich sein, das für mich zu arrangieren«, schmeichelte sie ihm.

Er grummelte etwas Unverständliches vor sich hin, und sie hörte an den Geräuschen im Hintergrund, dass er wohl aufgestanden war und sich einen Kaffee zubereitete.

»Wann geht deine Maschine?«, fragte er übergangslos.

Sie nannte ihm die Zeit, und er versprach, sich noch vor dem Abflug bei ihr zu melden. Sie hatte ihn an seiner Ehre gepackt, und er würde nun nicht zögern zu beweisen, wie weit sein Arm reichte.

Das Gespräch war beendet, und Margeaux fuhr zügig in Richtung Marseille. So früh am Samstag war noch wenig los. Sie kam gut durch, konnte noch einen Café au Lait in einem der Flughafenbistros trinken und ihre Gedanken sortieren. Der Anruf von Walter kam wie versprochen noch vor dem Boarding, und sie stand, wie erwartet, auf der Besuchsliste des Serientäters. Walter verlangte als Gegenleistung von ihr, dass sie ihn auf dem Laufenden hielt, und beendete das Gespräch mit einem sarkastischen Gruß an die »französischen Kollegen«.

Margeaux stieg in das recht leere Flugzeug ein und legte die Mappe mit den Unterlagen parat, um die Zeit während des Fluges produktiv zu nutzen.

Verlorene Seele

Er wusste, dass er bald den letzten Schritt gehen musste. Und er wollte ihn nicht gehen. Er wollte gar nichts mehr, außer hier liegen zu bleiben und nie mehr aufstehen zu müssen. Aber er wusste, was davon abhing, dass er aufstand und den Plan vollendete – und ihm war klar, dass er die Entscheidung nur in eine Richtung würde treffen können. Es ging nicht anders. Jede Faser seines schmutzigen Körpers und seiner kranken Seele machte ihm das deutlich. Er hatte sich seit Dienstag nicht mehr gewaschen, das konnte man auch riechen. Sein Haar hing ihm fettig vom Kopf, seine Züge wirkten ausgemergelt. Die Ringe unter seinen Augen bezeugten seine Schlaflosigkeit, und seine Hände zitterten stark. Er war am Ende. Körperlich und seelisch am Ende. Ein vollkommenes Wrack. Lange würde es nicht mehr dauern. Der Plan machte dies greifbar. Lange würde er auch nicht mehr durchhalten. Gestern hatte er sich kurz nach draußen geschleppt, um sich etwas zu essen und eine Flasche Wasser zu besorgen. Er musste bei Sinnen bleiben, daher verbot er sich, Alkohol zu trinken, und zwang sich, regelmäßig zu essen. Die Leute hatten ihn schief angeblickt und Abstand zu ihm eingehalten. So, als würden sie ahnen, dass seine Seele verloren war. Früher, wann war das eigentlich gewesen? Vor ein paar Wochen waren die Menschen noch gern in seiner Nähe gewesen. Hatten ihn unterhaltsam und eloquent genannt.

Alles hatte seinen Preis. Jeder hatte seinen Preis. Das wusste er nun. Bald würde er aufstehen müssen, aber bis dahin wollte er nichts hören und nichts sehen. Er kniff die Augen zu, presste seine Hände auf seine Ohren und rollte sich unter der Decke zusammen.

Er sah nichts mehr, er hörte nichts mehr, aber seine Gedanken liefen wie ein Film in seinem Kopf ab und schrien hinter seinem Trommelfell.

Es gab keinen Ausweg für ihn. Seine Seele war für immer verloren.

Im Nirgendwo

Warum fiel es ihr heute so leicht, die Augen zu öffnen? Die Lider waren nicht mehr verklebt und schwer. Sie konnte alles im Raum erkennen, und es kam ihr so vor, als hätte sie die Umgebung schon einmal gesehen. Sie war sich aber nicht sicher. Dort stand ein Kühlschrank. Ihr Blick glitt zu den Wänden, die aus festgestampfter Erde zu sein schienen. Sie lag auf einem Stuhl wie beim Arzt. Warum war sie hier?

Sie wollte aufstehen und sich strecken, musste aber feststellen, dass sie festgebunden war, und wie ein Faustschlag in die Magengrube kamen die Erinnerung und der Schmerz zurück. Sie kniff die Augen fest zu. Hier war sie schon oft aufgewacht und hatte geweint, gebettelt, gefleht, getobt, bis ihr die Sinne wieder geschwunden waren. Sie war in der Hölle und wusste nicht, warum. Sie war immer ein braves Mädchen gewesen, nachdem die helfenden Hände sie aus den Trümmern gehoben hatten. Sie hatte den Eltern gehorcht, war fleißig gewesen, hatte sogar Preise errungen und niemals über die Stränge geschlagen. Warum war sie dann in dieser Hölle? Sie hatte sich niemals, ohne zu lieben, verschenkt, und ihrem Freund war sie bis in die tiefsten Fasern ihres Körpers und bis in den letzten Winkel ihrer reinen Seele treu gewesen. Warum hatte Gott sie verlassen, und wie konnte es geschehen, dass sich der Teufel ihrer bemächtigt hatte?

Sie bäumte sich auf und wollte diesen Irrtum aufklären. Sie gehörte nicht hierher. Fühlte es sich so an, wenn man gestorben war? Wie eine verschobene Realität, in der man noch Schmerz und Kummer, Hunger und Durst spüren konnte. In der man noch alle Sinne zur Verfügung hatte.

Als die Panik sich ein wenig zurücknahm, bemerkte sie, dass sie keinen Hunger verspürte und nur ein wenig Trockenheit im Mund. Ihre Nase blähte sich auf und nahm den Duft von Seife und Parfüm wahr. Sie roch frisch und gut. Sie riss die Augen wieder auf und versuchte, so gut wie möglich in der Dämmerung des Raumes an sich hinabzublicken. Alles an ihr schien sauber zu sein. An ihrem rechten Bein prangte ein dicker Verband, aus dem sich ein durchsichtiger Schlauch wand. Sie konnte nicht sehen, wohin er führte. Eine Decke lag lose über ihrem linken Bein und reichte ihr bis zum Brustansatz. Sie erschrak furchtbar, als ihr bewusst wurde, dass sie eine Windel trug. Vielleicht lebte sie ja doch noch? In der Hölle wurde man bestimmt nicht gewickelt wie ein Baby.

Langsam tropfte diese Tatsache in ihr Bewusstsein, und ihr wurde überdeutlich klar, dass sie jemand wickelte und wusch. Sie nackt vor sich liegen hatte. Ihr wurde schlecht. Bittere Galle stieg ihr in den Mund, aber sie konnte sich nicht übergeben. Sie versuchte, ruhig zu atmen, um nicht komplett durchzudrehen. Das hatte sie in jahrelanger Therapie geübt, um mit den Träumen und den Flashbacks zurechtzukommen. Sie zwang sich, kontrolliert ein- und auszuatmen, und als dies einigermaßen funktionierte, startete sie erneut mit der Inspektion des Raumes und sah diesmal auch die Kamera, die in der Ecke auf einem Stativ stand. Ein kleines Schild war daran befestigt.

Lies diesen Satz vor, und du wirst überleben: TU, WAS SIE DIR SAGEN!

Das rote Licht der Kamera blinkte auffordernd. Der Satz sickerte langsam in ihr Bewusstsein. Sie war nicht in der Hölle des Teufels. Es war die Hölle eines Mörders, jemand würde sie töten, wenn sie nicht gehorchte. Sie wollte leben, sie wollte zurück zu ihrer Familie, zu ihrer großen Liebe, in ihr ganz normales Leben. Sie würde gehorchen, wusste aber, dass dieses Erleben hier alle Traumata der Kindheit in vollem Ausmaß zurückbringen würde. Ein Déjà-vu, als würde sich alles wiederholen und der Kampf aufs Neue beginnen. Mit zitternder, rauer und kaum gehorchender Stimme las sie stolpernd und stotternd den kurzen Satz vor, der über ihr Überleben entscheiden sollte!

Stuttgart-Stammheim – Samstag, 26. Juli

»Ein Déjà-vu, ein Déjà-vu«, sang Angerer, als er hereingeführt wurde. »Margeaux in meinen heiligen Hallen zu Besuch, und das zweimal in einer Woche. Wunderbar! Womit habe ich denn dieses Glück verdient? Vielleicht wegen der Morde, die in Südfrankreich geschehen? Dies wurde mir von meinen Fans zugetragen!«

Er schaute ihr geradezu zärtlich lächelnd ins Gesicht. Der Serientäter empfand wirklich eine unerklärliche, tiefe Zuneigung für sie. Margeaux begriff nach wie vor nicht, warum dies so war und was sie tatsächlich dazu beigetragen hatte, dass diese Gefühle bei ihm entstanden waren und sich gefestigt hatten. Und zwar so, dass er keinen Groll über seine Festnahme und Inhaftierung zu empfinden schien und immer bereitwillig mit ihr »plauderte«. Wieder erinnerte sie sich kurz an das Interview, das er einst gegeben hatte, in dessen Verlauf er von ihr als »der Tochter, die er nie gehabt hatte« gesprochen hatte. Er hatte hingebungsvoll und bewundernd ihre Intelligenz gelobt, ihren Spürsinn und ihre stilvolle Attraktivität.

Jetzt setzte er sich und ließ sich am Tisch fixieren, dann richtete er seinen Blick auf sie: »Sprich, meine Liebe! Was kann ich heute für dich tun?«

Margeaux legte ihre Hände auf die Mappe auf dem Tisch und erwiderte seinen Blick bedeutungsvoll.

»Es gibt einige Dinge, die ich mir nicht erklären kann, und ich benötige Ihre Expertise«, kam sie gleich auf den Punkt und packte ihn an einem seiner wichtigsten Triggerpunkte: seiner überragenden Intelligenz. Angerer hätte damit bestimmt auch viel Gutes tun können, aber er hatte an irgendeinem Zeitpunkt in seinem Leben eine andere Wahl getroffen und diese Gabe gegen die Menschheit eingesetzt.

»Am Dienstag sprachen wir bereits über die Besuche der Herren Pfeilmann und Brettschneider. Leider war das Ergebnis unseres Gespräches nicht sehr aufschlussreich, daher bitte ich heute erneut um Ihre werte Unterstützung.« Margeaux passte sich seiner Wortwahl an, um das Gespräch durch einen guten Rapport zu fördern, also die Fähigkeit, die Welt eines anderen zu betreten, eine Brücke zu ihm zu bauen und Widerstände abzubauen, um einen tiefen Kontakt zu dem Unterbewusstsein des anderen aufzubauen. Diese Technik beschleunigte den Vorgang einer empathischen Gesprächsführung ungemein, vor allem gepaart mit ihrer Fähigkeit, Emotionen beim Gegenüber treffsicher wahrnehmen und benennen zu können. Sie klappte die Mappe auf und entnahm ein Bild von Sebastian Pfeilmann. Der Ausdruck von extremer Angst war absolut greifbar.

Sie schob es Angerer hin und fragte: »Was genau in Ihrem gemeinsamen Gespräch bewirkte dieses Gefühl bei Herrn Pfeilmann?«

Angerer nahm das Bild in die Hände und betrachtete es eingehend. »Er scheint große Angst zu haben! Ich erinnere mich, dass er sehr aufgeregt war, er wollte unbedingt von mir wissen, welche Details für die Seelenentnahme mir besonders wichtig waren. Selbstverständlich habe ich ihm diese einzigartige Technik gern erläutert.« Er zeigte seinen Stolz unverhohlen.

»Wie kam er darauf, das zu erfragen?«, bohrte sie nach.

»Er schien mir ein wenig, wie soll ich es sagen, verwirrt zu sein. Er redete äußerst unzusammenhängend, und häufig sprach er von einem Plan, den er umsetzen müsse!«

Margeaux horchte auf. »Ein Plan? Was war das für ein Plan?«, hakte sie nach.

»Hierauf kann ich dir keine erschöpfende Antwort geben, meine Liebe.« Angerer schüttelte unglücklich den Kopf. »Du weißt, wie gern ich dir zu Diensten bin, aber leider führte er dies nicht weiter aus.«

»In welchem Kontext erwähnte er den Plan?«, forschte Margeaux weiter.

Angerer lehnte sich etwas zurück und dachte nach: »Mit Sicherheit kann ich dies nicht mehr sagen. Wie bereits erwähnt, war er ein wenig verwirrt, der Gute, aber ich glaube, mich zu erinnern, dass er vor allem im Zusammenhang mit der Reinheit der Seele in der Flasche darauf zu sprechen kam!«

»Es wäre sehr bedeutend für mich, mehr über diesen Plan zu erfahren«, insistierte Margeaux. Sie schob ihm das nächste Foto von Pfeilmann hin, hier war der Ausdruck von Trauer zu sehen. Schon bei der Betrachtung des Bildes spürte ein empathischer Mensch, wie verzweifelt der Mann war.

Der Serientäter betrachtete auch diese Aufnahme konzentriert und fügte an: »Ja, genauso erschien er mir. Verwirrt, panisch und resigniert. So, als müsse er etwas tun, und der Motivator sei die Furcht oder eine Schuld.« Angerer dachte laut nach. »Er gab mir keine Informationen, er fragte nur und raufte sich oft das Haar. Seine Hände umklammerten den Stuhl oder die Tischkante. Er wirkte über die Maßen angespannt.«

Der Inhaftierte war schon immer ein sehr genauer und guter Beobachter gewesen. Das hatte dazu geführt, dass er viel geredet und es als Bereicherung empfunden hatte, wenn Margeaux seine Beobachtungen geteilt oder durch weitere Details angereichert hatte. Diese Art Spiel zwischen zwei klugen und aufmerksamen, aber doch mit vollkommen unterschiedlichen Wertefundamenten ausgestatteten Menschen, hatten sie während langer Sitzungen im Verhörzimmer perfektioniert. Er hatte nur mit ihr gesprochen. Bei anderen allerdings beharrlich geschwiegen.

Daher gab sie ihm nun ganz bewusst recht. »Diese Beobachtungsergebnisse teile ich vollkommen!« Sie hielt inne. »Welche Mutmaßungen über die Ursache seines Zustandes würden Sie äußern?«, forderte sie ihn auf weiterzureden.

Selbstverständlich nahm er diese Aufforderung gern an. »Nun, meine Liebe, ich denke, er fühlte sich unter einem äußeren Druck, diese Informationen von mir zu erhalten, und sein Inneres war geplagt von Schuld und Pein. Ist er es, der dort draußen quasi in meinem Namen mordet?«, wollte er von ihr wissen.

»Das ist nicht klar, bestätigt ist nur, dass die Vorgehensweise der Morde in Südfrankreich der Ihren entspricht!«

Angerer hob die Hände abwehrend in die Höhe, so weit es ihm möglich war: »Das ist zu viel des Ruhmes! Sicher waren meine Taten besonders, aber ich habe nie jemanden gebeten, es mir nachzutun! Das zerstört meine Einzigartigkeit!« Er schien wirklich verärgert zu sein, denn kurz hatte er seine Augenbrauen zusammengeschoben und seine Lippen aufeinandergepresst.

»Das ist in der Tat wahr, es macht sie ein wenig beliebig!« Provozierte sie daher.

Sein Kopf fuhr aufgeregt in die Höhe: »Margeaux!« Er gab seiner Stimme Nachdruck. »Du weißt, dass mir das gar nicht recht wäre. Hätte ich das gewollt, so hätte ich schon vor Monaten auf Briefe dieser Art reagieren können. Denn meine Fans empfinden mich anscheinend als durchaus nachahmenswert!«

Margeaux bohrte nach: »Das bedeutet im Klartext, dass Sie Sebastian Pfeilmann nicht auf irgendeine Art erpressen, um Ihr Werk fortzuführen?«

»Dies kann ich absolut bestätigen. Ich bestehe vollkommen auf die Einzigartigkeit meiner Taten und hoffe, dass dieser Dilettant sich deutlich von mir unterscheidet bei dem, was er da verbricht – und Erpressung entspricht keinesfalls meinem Stil!«

Angerer vertrat ein sonderbares Rechtsverständnis. Margeaux hatte noch weitere Fragen in petto und wollte ihn nicht so sehr verärgern, dass er die Freude an der Unterhaltung verlor. Daher schwenkte sie nun zu Brettschneider um. »Bitte berichten Sie mir doch kurz, was den Journalisten so aus der Fassung gebracht hat, denn er machte ebenfalls einen aufgeregten Eindruck bei seinem letzten Besuch.«

Er knackte mit den Fingern und blickte seine Hände an. »Ich verabscheue die Tatsache sehr, dass ich mit meinen Händen meine Sprache nicht besser illustrieren kann. Das ist wirklich außerordentlich unerfreulich für mich!« Scheinbar übergangslos fügte er an: »Erfreulich hingegen war für mich das Interesse dieses Schreiberlings, denn durch ihn werde ich noch berühmter. Sein Buch über mich wird dafür Sorge tragen, dass er reich wird und ich unsterblich!«

Der Stolz in seiner Stimme war unüberhörbar, aber auch die leichte Geringschätzung, als er über den anstehenden Reichtum Brettschneiders sprach. In seinem Gesicht zeigte sich dies ebenfalls deutlich, denn er hatte kurz auf der rechten Seite den Mundwinkel eingezogen, während er gesprochen hatte. Margeaux wartete ab.

»Er war aufgewühlt, und auch er wollte weitere Details von mir erfahren. Als hätten wir nicht bereits alles erläutert!«, fuhr er fort.

»Welche Details waren das genau?«

Angerer beugte sich vor, und seine Stimme wurde leiser, fast flüsternd: »Das war wirklich mysteriös, Margeaux!«

Provence – Samstag, 26. Juli

Frank und Matze hatten ausgiebig gefrühstückt. Hilde hatte den Tisch so üppig bestückt, dass es auf der großen Tafel kaum mehr einen freien Platz gegeben hatte.

Als sich die Männer stöhnend streckten und beteuerten, nun wirklich satt zu sein, erklärte sie sich einverstanden, sie erst wieder mit einem späten Mittagessen zu beglücken. Beide waren wirklich so vollgefuttert, dass sie sich kaum vorstellen konnten, nun intensive Ermittlungsarbeiten aufzunehmen, aber der Vormittag war erschreckend schnell vorangeschritten, und sie mussten sich dringend an die Arbeit begeben.

Matze schaltete seine Apparaturen ein, und Frank überblickte noch einmal die Ergebnisse auf der Ermittlungswand, als auch Aimé pfeifend zu ihnen stieß. Er ließ seinen Blick nach einer kurzen, aber herzlichen Begrüßung ebenfalls über die visualisierten Ergebnisse schweifen. Der zeitliche Ablauf wurde durch die bildhafte Darstellung klarer, aber wer was warum tat, erschloss sich den Männern in der Betrachtung der Resultate nach wie vor nicht. Der Hacker tippte enthusiastisch auf seine Tastatur ein, und Aimé und Frank besprachen leise den Stand der Dinge und hofften, Margeaux würde aus ihrem Gespräch mit Angerer Wegweisendes mitbringen.

Hilde klapperte in der Küche mit den Tellern und meldete sich zu Wort: »Heute Morgen, als ich den Käse und die Eier bei Monique geholt habe, habe ich Corinne aus Chateaurenard zufällig getroffen. Sie hat erzählt, man habe einen Fremden mit wüstem Haar im Ort gesehen, der einen hilflosen Eindruck gemacht habe, und das an dem Tag, an dem die Tote gefunden worden ist!«

Was getratscht wurde, war nicht immer ernst zu nehmen, aber man durfte es auch nicht ignorieren. Beide Männer hatten auf den aktuellsten Bildern Probleme gehabt, ihr Haar in Ordnung zu halten, insofern war dieser Hinweis nicht wirklich zielführend. Eine genauere Beschreibung des Mannes hätte geholfen, da Pfeilmann groß, breitschultrig und dunkelhaarig war, während Brettschneider eine normale Statur hatte und sein Haar eher als dunkelblond durchging. Der Zustand, in dem sie sich auf den Besuchervideos befanden, war bei beiden Männer aufgeregt und teilweise verwirrt. So gab auch dieser Teil der Beschreibung keine wirklichen Anhaltspunkte.

»Vielleicht macht es Sinn, mit dieser Corinne persönlich zu sprechen«, schlug Frank vor, aber Hilde verdeutlichte ihm, dass auch Corinne die Geschichte wiederum nur gehört hatte, und bei solchen Erzählungen wisse man nie wirklich, wer der Urheber sei. Es könne auch sein, dass der verwirrte, ungekämmte Mann in Wirklichkeit eine gepflegte Frau war. Es war einfach zum Verrücktwerden. Sie traten auf der Stelle.

Frank wandte sich zu Matze und fuchtelte mit den Händen umher, um den jungen Mann auf sich aufmerksam zu machen. Unwillig schob König die Kopfhörer von seinen Ohren. Das beförderte sein Haar aus seinem Gesicht, und er sah noch jünger aus, als er war.

»Was is'n?«, nuschelte er leicht genervt.

»Was genau machst du gerade?«, fragte Frank.

»Ich will endlich den Chat finden, und dazu muss ich eine Keyword-Suche programmieren. Ich habe mich an den Texten des Angerer-Falls orientiert und wiederkehrende Begriffe extrahiert – wie damals. Aber jetzt musste ich sie übersetzen lassen, und es ist nicht klar, ob unser Täter diese französischen Begriffe nutzen wird!« Während er sprach, fiel ihm scheinbar auf, dass er sowohl Aimé als auch Hilde als Referenz für die Begriffe nutzen konnte, um so auch Umgangssprachliches berücksichtigen zu können. Er zog die beiden zurate, änderte einige Worte in seiner Suchmatrix ab und schickte diese dann durch die unendlichen Weiten des

World Wide Web. Der Computer würde sich melden, wenn er etwas Passendes gefunden hatte, aber es blieb eine Suche nach der Stecknadel im Heuhaufen. Jeder konnte Begriffe wie Abschiedsbrief, »handgeschrieben« oder Todessehnsucht benutzen. Sie würden geduldig bleiben und abwarten müssen. Derweil wandte er sich den anderen Personen auf der Liste zu. Er wollte Brettschneider noch einmal genauer unter die Lupe nehmen und loggte sich erneut in dessen E-Mail-Account ein. Besonders spannend war es grundsätzlich, sich im Papierkorb der Accounts umzusehen und Spuren kürzlich gelöschter Mails zu verfolgen. Manchmal fanden sich die Schätze aber auch ganz einfach dort, weil sich der Ordner nicht von selbst leerte und die Menschen vergaßen, das regelmäßig zu tun. Er scrollte ein wenig umher und hatte tatsächlich Glück.

Im Papierkorb befand sich eine weitere Mail von »get-rich-now«. Der Verfasser teilte dem Journalisten in sehr gewählten und freundlichen Worten mit, dass seine Geduld langsam am Ende sei und dass er »zufällig« vor Kurzem Brettschneiders sehr attraktive Mutter gesehen habe und auch dessen hübsche Schwester ihm nicht fremd sei. Matze machte Aimé und Frank auf sich aufmerksam und las das bedrohliche Schreiben vor.

»Der wird doch keinen Scheiß machen, um an Kohle zu kommen, weil jemand seine Schwester oder seine Mutter bedroht?«, warf er fragend in den Raum.

»Die Möglichkeit besteht. Er hat sich da wohl mit ein paar echt miesen Zeitgenossen eingelassen!«

»Aber was hat das jetzt mit unseren Toten hier zu tun?«, fragte sich Aimé.

»Ich konstruiere mal wild einen Zusammenhang«, begann Frank. »Brettschneider ist spielsüchtig und verprasst viel fremdes Geld, das er sich von bösen Leuten leiht. Er schafft es nicht, seine Schulden im vereinbarten Zeitraum zurückzuzahlen, also bedrohen sie seine Familie. Vielleicht haben sie schon eine der Frauen in ihre Gewalt gebracht, und nun wird er panisch. Und da er ja wohl schon länger plant, ein Buch über Angerer herauszugeben, gibt er der Story Dynamik. Noch dramatischer wird es, wenn er eine Art

Showdown einplant und Margeaux da mit reinzieht. Dann ist er quasi an dem Tag, an dem das Zeug online geht, Millionär!«

»Es geht also nur um Geld?« Matze schüttelte verständnislos den Kopf. »Und dafür bringt er drei Leute um?«

»Es haben schon Menschen für weniger getötet«, erklärte Frank, »außerdem gibt es noch die Komponente der Gefahr für seine Lieben, das kann ein zusätzlicher Motivator sein.«

»Ja, das stimmt schon.« König nickte. »Aber dann haben wir ja jetzt irgendwie zwei Verdächtige, und Brettschneider hat ein Motiv, aber Sebastian nicht. Ich verstehe nicht, warum der so etwas tun sollte und dann auch noch Margeaux bedrohen würde, nach allem, was wir gemeinsam erlebt haben!«, fügte er, eine Erklärung suchend, hinzu.

»Da habe ich tatsächlich momentan auch noch keine wirkliche Idee. Vielleicht hat es was mit seiner Freundin zu tun? Aber die kommt aus Hessen und hatte mit der ganzen Angerer-Sache keinerlei Berührungspunkte. Die Frage ist nur: Wo sind die beiden hin? Und warum ruft er sie von einer französischen Nummer anonym an? Das ist wirklich nicht ganz koscher!«

Hemmungslos

Die Stimme gab ihm Informationen, und diese Informationen würden für ihn Gold wert sein. Sein Hemd war ihm näher als seine Jacke und sein Fleisch und Blut allemal mehr wert, als irgendwer, der das Leben nicht zu schätzen wusste. Also war klar, dass er sich an den Plan halten würde, und zwar minutiös. Er würde nicht ein winziges Bisschen davon abweichen und damit die Gefahr eingehen, einen Fehler zu machen, der dann wirklich schlimme Konsequenzen für ihn haben würde. Was er als wirkliche Herausforderung empfand, war, Stillschweigen über sein Tun zu bewahren. Die Taten zu vollbringen wäre leichter für ihn, wenn er sein Wissen teilen konnte. Das hatte ihm seine Arbeit bisher immer sehr erleichtert.

Diesmal war es eben anders. Er war auf sich allein gestellt, und wenn der Plan dies so vorsah, dann musste es auch so laufen. Er lehnte sich an die Wand, an der das Bett stand, schaltete das Handy wieder aus und nahm den Laptop zur Hand. Er wollte zum richtigen Zeitpunkt am richtigen Ort sein, um den Showdown mit einzuleiten. Es war ihm klar, dass es einige kritische Momente gab, die diese Situation erschweren konnten, aber alles hatte sich wirklich idiotensicher angehört, und er machte sich bereit für den letzten hemmungslosen Schritt auf diesem blutigen Weg.

Stuttgart-Stammheim – Samstag, 26. Juli

Angerer bekam einen leicht verklärten Blick und meinte: »Er wollte wissen, wie die Seele klar bleibt. So, als habe er sich bereits intensiv mit der Frage auseinandergesetzt, eine Seele zu konservieren. Du weißt, dass meine Art wirklich besonders ist, und es war mir immer wichtig, dass das auch so bleibt. Deshalb habe ich mich darüber nie genauer ausgelassen.«

Margeaux nickte wissend. Es waren ja nicht alle Informationen veröffentlicht worden. Die neugierige Menge hatte zwar ein extremes Interesse an allem gehabt, was den »Schächter« betroffen hatte, aber die Behörden waren sich ausnahmsweise einmal einig gewesen, dass es nicht sinnvoll war, alle Informationen an die Öffentlichkeit zu geben.

»Haben Sie ihm in einem der vorangegangenen Gespräche Anhaltspunkte zu dieser Thematik gegeben?«

»Ich habe das Thema niemals aus eigenem Antrieb angesprochen. Er hätte es sicher für eine billige Kampagne genutzt und damit das Buchprojekt gegebenenfalls gefährdet.«

»Als er Sie darauf gezielt ansprach, haben Sie ihm das Geheimnis preisgegeben?«, vergewisserte sich Margeaux.

»Ja, denn bevor er Halbwissen publizieren würde, musste ich selbstverständlich einschreiten! Aber das war nicht das ganze Mysterium. Das war nur der zweite Teil. Ich wurde bereits einige Tage vorher von deinem aufgeregten Kollegen eben zu genau dieser Thematik genauer befragt.«

Margeaux wurde hellhörig. Beide Männer, die sie im Visier hatte, hatten eine ganz besondere Information von Angerer haben wollen. Wie konnte das sein, und warum diese Parallele zu diesem

Zeitpunkt? Standen Brettschneider und Pfeilmann miteinander in Kontakt? Bisher war die einzige Verbindung zwischen den Männern, dass sie Angerer im Gefängnis besucht hatten. Die Besuche hatten sich nie zeitlich berührt oder gar überschnitten. Somit konnte man eigentlich ausschließen, dass sie einander im Gefängnis begegnet waren. Brettschneider war keiner der Journalisten, die während der Jagd auf Angerer in ihrem Umfeld aktiv gewesen waren, auch während des Prozesses konnte sie sich nicht daran erinnern, dass ihr der junge Mann aufgefallen wäre.

»Hat Herr Pfeilmann geäußert, was ihn zu diesem speziellen Interesse führte?«, bohrte sie daher nach.

»Nun, wie bereits ausführlich erläutert, war er sehr aufgeregt und daher nur teilweise zugänglich für Fragen meinerseits. Das Wort ›Plan‹ erwähnte er, wie bereits ausgeführt, mehrmals, aber nie in einer weiterführenden Intensität, die in mir einen Gedanken hätte entzünden können, was dieser besagte Plan möglicherweise beinhaltete!« Angerer schien fast ein wenig enttäuscht über diese Erkenntnis zu sein. Dann fügte er aber hinzu: »Margeaux, du kennst mich so gut wie sonst niemand. Ich habe dir nie etwas vorgemacht, und ich versichere dir, dass ich nicht weiß, was hier vorgeht!«

Sie zog das Bild von Pfeilmanns Freundin aus der Mappe und legte es vor ihn. Er betrachtete das Bild und blickte dann verständnislos zu Margeaux: »Wer ist diese durchaus ansehnliche junge Dame?«

»Sie haben Sie nie gesehen? Bitte schauen Sie sich das Bild genau an, ob sie Ihnen nicht vielleicht doch bekannt vorkommt?«

Er studierte das Bild einige Minuten und schüttelte dann erneut den Kopf: »Diese Dame ist mir vollkommen unbekannt. Wer ist sie? Ein Opfer dieses Dilettanten, der mich nachäfft?« Er bekam einen bitteren Zug um den Mund, presste die Lippen zusammen und zeigte auch in der oberen Gesichtshälfte durch die zusammengeschobenen Augenbrauen und die Anspannung im Unterlid alle typischen Zeichen von echter Verärgerung.

Sie schüttelte vereinend den Kopf. »Das ist Pfeilmanns Lebensgefährtin, und sie ist ebenso verschollen wie er.« Dann suchte sie für einen Moment Angerers Blick voller Ernsthaftigkeit und schwieg. Er hielt den Augenkontakt, und sie bemerkte, dass er begriffen hatte, dass nun etwas außerordentlich Wichtiges kommen würde. Er stützte seine Unterarme fest auf den Tisch und gab seiner Körperhaltung damit eine stärkere Spannung. Er legte den Kopf leicht schräg, und seine Aufmerksamkeit war vollkommen bei ihr. Sie öffnete die Mappe langsam und bedeutungsvoll, nahm das letzte Bild heraus und legte es ohne Kommentar vor ihm ab.

Sie beobachtete ihn genau. Seine Augenbrauen schnellten nach oben, und sein Mund öffnete sich. Er war wirklich überrascht, denn sein Gesichtsausdruck wechselte sofort zu einer Mischung aus Zorn und Erschrecken. Er hob seinen Blick, schaute ihr direkt in die Augen, und sie konnte auch in seiner Stimme die Entrüstung hören: »Margeaux! Was soll das? Du bist in Gefahr! Das darf nicht sein!«

Er hatte sich beinahe überschlagen, so schnell waren die Worte aus seinem Mund gepurzelt. So hatte sie ihn bisher noch nicht erlebt. Er hatte bis dato nie die Beherrschung oder gar seine Eloquenz verloren.

Provence – Samstag, 26. Juli

Frank war genervt. Stagnierende Ermittlungen machten ihn verrückt und zehrten an seinen Nerven. Wenn er unterwegs sein und das Geschehen aktiv beeinflussen konnte, war er in seinem Metier. Fragend blickte er zu Aimé, der am Tisch saß und den Inhalt der Akten vor sich ausgebreitet hatte.

»Gab es ein Muster, nach dem Angerer seine Opfer ausgewählt hat?«, fragte er in Franks Richtung.

Der schüttelte vehement den Kopf: »Nein! Außer dass sie alle in dem Chatroom unterwegs gewesen waren und eine Äußerung zum Thema Suizid gepostet hatten, gab es keine Überschneidungen. Es waren mehr Frauen als Männer, aber Frauen erkranken auch häufiger an Depressionen, beziehungsweise stehen eher dazu. Trotzdem waren auch drei Männer unter den acht Opfern. Alle Opfer waren unterschiedlich alt, kamen aus unterschiedlichen sozialen Schichten und waren quer über das Land verstreut. Sie kannten einander nicht und hatten auch im Chat keinen persönlichen Kontakt miteinander.« Er machte eine kurze Pause. »Sie hielten sich in unterschiedlichsten Schwerpunktforen auf, waren äußerlich völlig unterschiedlich, und auch ihre Lebensläufe unterschieden sich. Wir konnten anhand dessen kein Muster herausfinden. Er hat Margeaux dann ja auch erzählt, dass es ihm genau darum ging: Je unterschiedlicher die Menschen, umso besser für sein besonderes Experiment der Seelenextraktion. Er wollte erforschen, ob unterschiedliche Menschen unterschiedlich sterben und wie sich das auf den Moment, wenn die Seele den Körper verlässt, auswirkt. Der Mann ist einfach hochgradig wahnsinnig!«

Aimé hatte ihm konzentriert zugehört. Er tippte auf die Unterlagen vor sich auf dem Tisch. »Das haben wir auch hier. Die Opfer sind völlig unterschiedlich, kommen aus unterschiedlichen Orten, sozialen Kreisen, waren unterschiedlich lange krank. Teils ärztlich diagnostiziert, teils nicht. Wir müssen den Chat finden, das kann doch nicht so schwer sein!«, fügte er mit Nachdruck hinzu.

»Das habe ich gehört«, meldete sich Matze mit leichter Empörung zu Wort. »Es gibt Massen solcher Angebote und dann ebenfalls massig Unterforen. In denen ›unterhalten‹ sich Menschen. Nicht jede Unterhaltung führt dazu, dass ein gestörter Mörder sich sein Opfer rauspickt, und wenn er das dort macht, dann schreibt er nicht: ›Hey, ich hab Bock, dich zu schlachten, komm doch bitte in mein Hotel!‹« Matze war aufgebracht.

»Okay! Okay!« Aimé hob entschuldigend die Hände. »Mir geht es wie Frank«, erklärte er, »das Nichtstun macht mich nervös! Tut mir leid, ich wollte nicht unhöflich sein!«

»Ich habe die Suche losgeschickt, wir müssen auf die Auswertung warten. Ich nehme mir jetzt noch mal Sebastian und seine Freundin vor, und dann versuche ich, etwas über Mutter und Schwester von Brettschneider in Erfahrung zu bringen.« Er wandte sich wieder seinem Computer zu und klapperte schnell auf der Tastatur umher. Aimé stand auf und ging in Richtung Tür, er überlegte, ob es nicht besser wäre, nach seinen Oliven zu schauen, um nicht am Nichtstun zu verzweifeln. Einen Augenblick lang hatte er sogar darüber nachgedacht, Hilde beim Saugen der Gästezimmer behilflich zu sein, aber das wäre seiner Frau gar nicht recht gewesen. Schließlich käme sie ja auch nicht in sein Büro und würde seine Fälle lösen, pflegte sie zwinkernd zu sagen, wenn er ihr zur Hand gehen wollte.

»Hey, Aimé«, rief Matze, »du kannst nicht gehen, ich brauche dich doch, wenn es Hinweise zur Suche gibt. Ich verstehe doch außer ›Je t'aime‹ kein französisches Wort und Frank, glaube ich, auch nicht!« Er schickte seinen Worten ein leicht schiefes Lächeln hinterher.

»Dann gehe ich eben wenigstens eine Runde mit dem Hund, da bin ich nicht weit weg. Aber ich kann jetzt wirklich nicht mehr hier herumsitzen.«

Aimé ging hinaus und nahm die Leine in die Hand. Der Hund, der brav im Wohnzimmer gelegen hatte, kam wie eine Kanonenkugel angesaust und kratzte an der Haustür.

»Warte«, rief Frank hinter ihm her und schaute entschuldigend zu dem jungen Mann am Computer, »ich komme mit!«

Matze hob nur kurz den Blick und zuckte dann mit den Schultern. Er war in seiner eigenen Welt unterwegs und würde sich melden, wenn es etwas zu berichten gab.

Stuttgart-Stammheim – Samstag, 26. Juli

Sie sah ihm an, dass er am liebsten aufgesprungen wäre, so sehr regte ihn das Foto auf. »Allein anhand dieser Tatsache muss dir doch bereits vollkommen klar sein, dass ich nichts damit zu tun habe, mein liebes Kind. Ich würde es niemals zulassen, dass dir etwas geschieht! Niemals!«

Margeaux war sich sicher, dass sein Gefühlsausbruch echt war.

»Ich scheine wohl das Dutzend vollzumachen. Ich soll die zwölfte Seele sein, die sich der neue Seelenfänger holt!«, erklärte sie sachlich.

»Sag das nicht so dahin, als sei das nicht ernst zu nehmen«, brauste Angerer auf. »Das ist eine Morddrohung!« Er wurde so laut, dass der Beamte, der vor der Tür Wache stand, beunruhigt die Tür öffnete und in den Raum trat. Margeaux gab ihm ein Zeichen, und er zog sich wieder zurück. Angerer atmete laut und aufgeregt. Das Foto in seinen Händen bekam knittrige Kanten, so fest umfing er es. Er war ein hochgradig gefährlicher Serienkiller, und es war naheliegend erschienen, dass er in irgendeiner Form Einfluss auf die neue Serie genommen oder sie gar initiiert hatte, aber sie nahm von dieser Annahme nun Abstand. Er war unbeteiligt. Das war ihr eigentlich schon in dem Moment klar geworden, in dem sie die vierte Flasche aus dem Paket gezogen hatte. Er hatte sie nie tot sehen wollen!

Nach wie vor hoffte sie, dass er irgendeine Idee haben würde, warum beide Männer plötzlich mit den spezifischen Fragen zur Reinhaltung der Seele zu ihm gekommen waren. Hierzu musste es eine Initialzündung gegeben haben. Irgendjemand da draußen wusste, dass Angerer immer akribisch darauf geachtet hatte, dass die Opfer nichts Fettes aßen, bevor er sie mit in sein Hotelzimmer nahm. Das Blutplasma, das er in den Flaschen aufbewahrte, hätte sonst eine leichte Trübung bekommen. Der Massenmörder hatte es mit einer kleinen Zentrifuge, die man überall im Internet erwerben konnte, extrahiert. Er war davon überzeugt gewesen, damit die Seelen der Sterbenden eingefangen zu haben, nachdem er sie qualvoll hatte verbluten lassen.

Und dieser Jemand hatte die beiden Männer darauf angesetzt, Angerer persönlich zu diesem Aspekt zu befragen.

Provence – Samstag, 26. Juli

»Ey, Leute!« Matze stieß einen erfreuten Ruf aus, zog sich die Kopfhörer von den Ohren und wollte soeben lossprudeln, als ihm auffiel, dass die beiden anderen Männer ja mit Willi nach draußen gegangen waren. Er war hibbelig und aufgeregt, denn er hatte etwas wirklich Wichtiges gefunden. Eine echte Spur.

Er sprang von seinem Stuhl auf, warf einen Blick auf die Ermittlungswand und das sortierte Papier aus den Akten auf dem Tisch und dachte bei sich, wie einfach es war, mit dem Computer zu arbeiten und nicht Tausende beschriebene Blätter sortieren zu müssen. Er streckte sich, nahm eine Karaffe mit frisch gepresstem Orangensaft von der Theke und goss sich ein Glas ein, das er durstig leerte. Er fand es klasse hier, auch wenn der Anlass kein bisschen lustig war. Trotzdem war er mitten in der Provence, wurde von einer tollen Haushälterin verwöhnt, hatte ein schickes Zimmer, ein top ausgestattetes Bad, und er durfte seiner großen Leidenschaft frönen und in den Tiefen des Netzes nach versteckten Informationen suchen. Es war extrem aufwendig, man benötigte sehr viel Geduld, und manchmal fand man auch nichts. Aber wenn er auf eine Spur stieß, dann konnte das durchschlagend sein und manchmal sogar Menschenleben retten. Dieser Gedanke machte ihm wieder deutlich, was sie alle irgendwie ganz weit in ihren Hinterstübchen verborgen hatten: dass Margeaux sich in Gefahr befand.

Er steckte sich noch ein paar Nüsse in den Mund, die die fürsorgliche Hilde ihnen hingestellt hatte, und nahm sein Telefon zur Hand. Er wollte gerade Franks Nummer wählen, als er feststellte, dass sein Netzempfang quasi nicht vorhanden war. Genervt ging er in den Hof, um eine Stelle zu finden, an der der Balken wieder fetter werden würde.

Stuttgart – Samstag, 26. Juli

Margeaux kam zu dem Entschluss, dass Angerer ihr nicht mehr würde sagen können. Er wusste nichts über die Fälle und konnte somit auch nichts Erhellendes mehr zu den Ermittlungen beitragen. Sie befürchtete, dass irgendwo da draußen ein Strippenzieher unterwegs war, aber wer diese Person sein könnte, blieb völlig im Dunkeln. Sie bedankte sich höflich bei Angerer und verabschiedete sich rasch. Er gab ihr noch einmal zu verstehen, dass er sich um sie sorge, und bat sie inständig, vorsichtig zu sein. Dann gingen sie auseinander.

Margeaux atmete erleichtert auf, als sie vor der Haftanstalt im Freien stand. Die Atmosphäre in einem Gefängnis war immer beklemmend für sie. Unfreiheit war etwas, was für sie unvorstellbar war. Sie winkte ein Taxi heran und schaute auf die Uhr, sie hatte noch ewig Zeit bis zum Abend und überlegte, was sie nun mit dieser anfangen sollte. Sie war hungrig und würde irgendwo eine Kleinigkeit zu sich nehmen müssen. Leider gab es im »Zauberlehrling« keinen Mittagstisch, aber sie würde bestimmt im neu gestalteten Dorotheenquartier in der Innenstadt etwas Leckeres finden.

Als sie an ihren Abend im »Zauberlehrling« dachte, fiel ihr die junge Psychologin Anna Bauer wieder ein. Obwohl sie Angerers Psychologin war, war sie aktuell tatsächlich erst einmal aus dem Blickfeld des Teams herausgefallen. Margeaux entschied, dass es durchaus sinnvoll sein könnte, mit Bauer über das ein oder andere, was Angerer betraf, zu reden, ohne dass diese ihre Verschwiegenheitsklausel verletzen musste. Sie kramte die Nummer der sympathischen Frau heraus und wollte sie um ein gemeinsames spontanes Mittagessen bitten. Vielleicht hatte sie sogar eine Empfehlung, denn Margeaux hatte ja bereits bemerkt, dass Anna Bauer einen guten Geschmack hatte.

Es dauerte nicht lange, und das Gespräch wurde angenommen. Margeaux brachte ihr Anliegen vor, und Anna Bauer war sichtlich betrübt, da sie leider nicht zu einem Mittagessen abkömmlich war. Sie hatte einen Klienten, der nur samstags zu Therapiesitzungen kommen konnte.

»Aber ich freue mich, wenn Sie anschließend auf eine Tasse Tee und ein Schwätzchen zu mir kommen«, schlug sie vor. »Von mir ist es auch nicht so weit zum Flughafen, ich wohne etwas außerhalb von Bernhausen, da sind sie im Anschluss recht schnell dort.«

Margeaux war angetan von der Idee, und so verabredeten sie sich für den frühen Nachmittag. Anna Bauer empfahl, besser am Schlossgarten im »Cube« zu essen als in der »Sansibar« in dem neuen schicken Viertel, das Margeaux im Auge gehabt hatte. Margeaux nahm diese Empfehlung gern an und bat den Taxifahrer, sie dorthin zu bringen.

Das Gespräch mit Angerer ging ihr durch den Kopf, und sie würde es gleich mit ihren Männern in der Provence noch einmal durchsprechen. Doch das war etwas, was sie keinesfalls im Taxi tun wollte.

Der Fahrer ließ sie an einer Ecke der Königstraße, Stuttgarts beliebter Fußgängerzone, aussteigen, und sie ging ein paar Schritte zu Fuß durch die belebte Straße und genoss die milden Temperaturen.

Sie zückte ihr Handy und drückte Franks Kontakt. »Salut, Frank, du bist draußen?«, rief sie fragend in das Mobilgerät, als er den Anruf annahm und man den Wind rauschen hörte.

»Margeaux, gut von dir zu hören«, antwortete Frank. »Ja wir – also Aimé und ich – sind gerade ein Stück mit Willi unterwegs. Uns fiel die Decke auf den Kopf!«

»Matze hat noch kein Glück gehabt?«, schlussfolgerte sie.

»Nein! Das dauert eben alles seine Zeit«, sagt er. »Aber erzähl du mal, was hast du bei Angerer herausgefunden?«

Margeaux gab das Gespräch wieder, und er fasste es für Aimé zusammen. So lief sie weiter durch den Schlosspark als geplant, da sich das Gespräch hinzog. Als sie zu dem Punkt kam, dass sowohl Pfeilmann als auch Brettschneider Angerer zur Reinheit der Seelen befragt hatten, bemerkte sie Franks Erschrecken. »Woher weiß dieser Journalist das? Das ist nie veröffentlicht worden. Sebastian kennt die Geschichte, das ist klar. Aber es ist wirklich sonderbar, dass beide im Gefängnis auftauchen und ihn konkret dazu befragen!«

Margeaux hörte ihn mit Aimé reden, der dann etwas zu antworten schien, was aber durch einen lauten scharfen Ruf nach dem Hund unterbrochen wurde. Scheinbar musste er zurückgerufen und angeleint werden. Margeaux lauschte dem Treiben, und dann war Frank wieder aufmerksam am Telefon: »Aimé stellte gerade die Frage, ob da jemand im Hintergrund die Strippen zieht und die beiden Männer nur seine Marionetten sind?«

»Das habe ich auch schon in Erwägung gezogen, aber mir kommt partout keine Idee, wer das sein könnte und warum. Außer einem verschrobenen Fan, aber der müsste dann ja von Brettschneiders Problem wissen und zusätzlich etwas gegen Sebastian in der Hand habe!«

»Matze wollte sich Sebastian und seine Freundin noch einmal genauer anschauen«, berichtete Frank.

»Das ist eine gute Idee.« Margeaux hatte mittlerweile den Weg zurück in Richtung Restaurant angetreten. »Ich gehe jetzt eine Kleinigkeit essen, und dann treffe ich mich mit Anna Bauer, vielleicht weiß sie etwas, das uns weiterhelfen kann!«

»Gute Idee. Wir sehen uns dann ja heute Abend. Aber ruf auf jeden Fall kurz durch, wenn du mit ihr geredet hast!«

Margeaux versprach es und sagte: »Gibst du Matze Bescheid? Wann seid ihr denn wieder im Haus?«

Frank erklärte ihr, wo sie gerade liefen, und damit war klar, dass sie in ungefähr zehn bis fünfzehn Minuten wieder bei Matze sein würden.

»Dann rufe ich ihn rasch an. Salut!«, beendete sie das Gespräch und wählte Königs Nummer. Sie bekam nur die Mailbox an die Strippe und entschied, Frank eine Nachricht zu senden, dass sie Matze nicht erreicht hatte.

Sie entschied sich, doch lieber irgendwo draußen zu essen als hoch oben in dem verglasten Restaurant, das Ihr Anna Bauer empfohlen hatte, und setzte sich in ein nett aussehendes Bistro mit Blick auf den Schlossgarten und das geschäftige Treiben in der Fußgängerzone. Hier würde sie nun wirklich nur eine Kleinigkeit zu sich nehmen, um nicht zu spät zu ihrer Verabredung mit Anna Bauer zu kommen.

Bernhausen lag hinter dem Flughafen, und sie würde mit einem Taxi aus der Stadt heraus je nach Verkehr sicher zwanzig bis fünfundzwanzig Minuten brauchen. So bestellte sie ein Wasser und ein mit Mozzarella überbackenes Ciabatta. Sie verbannte alle Gedanken an den Fall aus ihrem Kopf. In Deutschland war sie vor dem Mörder sicher, der sein Unwesen in der Provence trieb. Zudem sah sie sich auch dort nicht wirklich in Lebensgefahr, denn bisher hatte er nie Gewalt anwenden müssen, um die Opfer in seine Fänge zu bekommen. Auch Angerer hatte in diesem Stadium niemals Gewalt angewendet, und bei ihr würde der Täter definitiv Gewalt anwenden müssen, um sie zu überwältigen, denn sie wusste, wie man sich zur Wehr setzt. Krav Maga war schließlich eine zielsichere Methode, um ein Gegenüber außer Gefecht zu setzen, daher machte sie sich hier tatsächlich weniger Sorgen als die Männer in ihrem Umfeld, der Serientäter in der Haftanstalt eingeschlossen!

Das Ciabatta kam und duftete verlockend, sie gab sich komplett dem Wohlgefühl der fettigen Gaumenfreude hin. Dann nahm sie mit einem kurzen Blick auf die Uhr wahr, dass es an der Zeit war aufzubrechen, um ihre Verabredung pünktlich einzuhalten. Sie zahlte, gab ein großzügiges Trinkgeld und ging in Richtung Taxistand davon.

Schicksal und Fügung

Wenn also jemand in einem dieser Fälle schuldig ist,
so soll er bekennen, wodurch er sich verfehlt hat.

3. Mose 5,5

Manche Dinge wurden irgendwie von ganz allein geklärt. Also bedeutete dies, dass das Universum das Ganze guthieß. So könnte man es auslegen. Es war in dieser Art nicht Teil des Plans gewesen, aber Spontaneität musste man eben auch beweisen können. Es diente einer größeren Sache. Jetzt musste alles wirklich umsichtig geregelt werden, nicht dass sich durch diesen Zufall Probleme ergeben würden und alles ins Wanken geriet. Das wäre eine absolute Katastrophe, denn bisher war der Plan minutiös eingehalten und eins zu eins umgesetzt worden.

Das gab allen Beteiligten eine gewisse Sicherheit, und die war unter den gegebenen Umständen wirklich nötig. Für diese spezielle Situation musste jetzt ein Plan B erdacht werden, durfte aber keinesfalls schludrig entstehen. Zu viel stand auf dem Spiel, als dass es jetzt auf der Zielgeraden Fehler geben durfte, die den Triumph gefährdeten. Der Plan war so komplex gestaltet und über Monate vorbereitet, dass er die ausgeprägte Intelligenz des großen Vorbildes sogar noch übertraf. Er würde sicher von dem letzten Teil erst einmal nicht so begeistert sein, aber dann würde er erkennen, dass die Wirklichkeit um einiges besser war.

Die Inhalte für Plan B nahmen Formen an. Alles würde funktionieren.

Höllentor

Es war so weit. Die Informationen waren da. Das Ende wäre in Kürze erreicht. Die Tortur in der Hölle beendet. Er würde alles tun, genau so, wie es angewiesen worden war. Es war seine Aufgabe, den Plan einzuhalten, nur so war es möglich, das aus seiner Sicht Schlimmste aufzuhalten.

Als er das Video gesehen hatte, war er dem Zusammenbruch nahe gewesen. Er saß nun auf der Bettkante, er war ein gebrochener Mann, aber er war bereit.

Provence – Samstag, 26. Juli

Matze hatte vergeblich versucht, ein Netz zu bekommen. Er hatte sich sogar zu dem Irrsinn hinreißen lassen, mit dem Handy in der nach oben gestreckten Hand herumzuhüpfen. Dann musste er über sich selbst lachen. Er würde die Informationen gleich weitergeben.

Aimé und Frank waren ja nicht aus der Welt, sondern nur mit dem Hund um die Ecke. So ging er erst einmal zur Toilette.

Seine beiden Kollegen bogen gerade mit dem zufriedenen Dackel um die Ecke, als Matze sich wieder an seinen Platz setzen wollte. »Mensch, da seid ihr ja endlich. Ich habe versucht, euch zu erreichen, aber ich hatte irgendwie kein Netz.« Er überschlug sich beinahe beim Reden. »Ihr müsst euch unbedingt anschauen, was ich herausgefunden habe!«

Im Nirgendwo

Die Kamera war genauso geheimnisvoll wieder verschwunden, wie sie aufgetaucht war, und die Umgebung war wieder dunkel. Die Müdigkeit und die Schwäche schienen zu einem dauerhaften Begleiter geworden zu sein, genau wie das zähflüssige Denken und die Orientierungslosigkeit.

War sie seit gestern hier oder schon immer? Würde sie diesen Raum jemals verlassen dürfen?

Sie hatte getan, was ihr aufgetragen worden war, und ihr sollte nichts geschehen – das hatte man ihr versprochen. Ob das aber implizierte, wieder in die Helligkeit zurückkehren zu dürfen, das wusste sie nicht.

Ihre Stimme war wie ein gehauchtes Flüstern. Sie hatte es mehrfach ausprobiert, aber mehr war nicht zu schaffen. Nichts wollte ihr mehr so richtig gehorchen, und nach den kurzen wachen Augenblicken kam die Dunkelheit zurück und nahm die Dämmerung, in der der Geist irgendwie ein wenig zum Leben erwacht war, wieder mit sich.

Es war anders als damals unter den Trümmern. Das wusste sie mittlerweile genau. Jetzt hatte sie Hoffnung zu überleben. Die hatte sie als Kind nicht gehabt.

Das Licht des Kühlschrankes leuchtete wie das rote Auge des Teufels, und sie glitt wieder ins tiefe Dunkel hinein.

Goldgräber

Wenn er jetzt noch ein wenig die Füße still halten würde, dann wäre es geschafft. Er hatte die Dateien auf unterschiedlichste Weisen gesichert, sie konnten ihm nicht verloren gehen, und in ihnen steckte das große Geld. Nur noch ein wenig Geduld war nötig, und dann wäre es geschafft.

Das würde in vielerlei Hinsicht Sicherheit bringen. Noch ein kurzer Stillstand und dann mit schnellen Schritten die Zielgerade entlang – und der Höhepunkt seines Lebens würde erreicht sein. Er hatte nichts getan, was andere in seiner Situation nicht auch tun würden. Da war er sich sicher, denn schließlich ging es um sehr viel.

Er war bereit.

Provence – Samstag, 26. Juli

Matze deutete auf seinen Bildschirm. Hier war ein junges, recht hübsches Mädchen in einem Zeitungsbericht einer regionalen hessischen Zeitung abgebildet. Der Teenager hatte bei einem Literaturwettbewerb der Fantastischen Bibliothek in Wetzlar einen Preis gewonnen. Frank und Aimé blickten sich verwundert an. Was war so bahnbrechend an dieser Information?

»Wenn ihr den Bericht komplett lest, dann erfahrt ihr, dass Aljona Mertesacker, um die es hier geht, als kleines Kind Anfang der 90er ein schweres Unglück in ihrem Heimatland Georgien überlebt hat. Es kam wohl einem Wunder gleich, daher haben die Medien wie irre darüber berichtet. Sie war drei Tage verschüttet gewesen und als einziges Kind lebend gerettet worden. Ihre Eltern sind auch gestorben. Irgendwie hat es wohl damals das halbe Land zerlegt.« Die beiden Zuhörer blickten ihn noch immer leicht verständnislos an. »Dann wurde sie von Deutschen adoptiert«, führte er aus, »und hier im Bericht steht, dass sie oft von den Geschehnissen damals träumt und sie diese Albträume in ihrem Beitrag zum Wettbewerb auch mitverarbeitet hat. Die Juroren waren beeindruckt, aber auch schockiert von dem, was dem armen Mädchen widerfahren ist – und ihre Adoptiveltern waren stolz wie Bolle.«

»Ich stehe vollkommen auf dem Schlauch!«, gab Frank verwirrt zu, und Aimé wiegte seinen Kopf leicht hin und her, als sei auch er noch auf der Suche nach dem Sinn.

»Mensch, Leute«, stellt euch doch nicht so an, »eine solche Frau macht Sebastian verwundbar. Das ist nicht einfach nur eine normale junge Frau, sondern ein Mädchen mit einem schlimmen

Trauma. Wir haben die ganze Zeit überlegt, was Sebastian bewegen könnte, sich auf so was einzulassen. Hier ist die Antwort, und ihr steht da herum und starrt mich an.« Er war mittlerweile leicht genervt. »Die Schwester von Brettschneider ist putzmunter auf Facebook aktiv, und daher ist davon auszugehen, dass es ihr gut geht, nach der Mutter suche ich noch«, schob er hinterher.

Frank nahm den Faden als Erster wieder auf und berichtete von dem Gespräch mit Margeaux und deren Erkenntnissen.

»Da hast du es doch«, triumphierte König, »wenn es da einen Strippenzieher gibt, dann muss der ja etwas in der Hand haben, um die Puppen nach seinem Willen tanzen zu lassen.«

Aimé verstand nun offensichtlich auch, worauf er hinauswollte, aber ihm war nicht klar, warum Aljona Mertesacker prädestinierter zu sein schien als Brettschneiders Mutter. Matze verdrehte die Augen über die beiden Typen, die anders dachten als er. Der Computer gab ein leises »Ping« von sich, und seine Aufmerksamkeit richtete sich sofort auf das Geschehen auf dem Bildschirm.

»Meine Algorithmussuche hat etwas gefunden!«, rief er. Er drückte ein paar Tasten und sagte: »Aimé, mein Freund, nun bist du dran.« Er machte den Platz für den Flic frei.

»Wenn das unser Mörder ist, dann ist Französisch nicht seine Muttersprache«, sinnierte Aimé. »Da sind einige Formulierungen drin, die ein Franzose nicht benutzt, aber hier wird klar, dass sich eine Person mit einer anderen in der echten Welt auf einen Kaffee verabredet. Sie wollen einander ›stützen in ihrer schwierigen Lebenssituation‹.

»Warum müssen Menschen so bescheuerte Namen in Chats benutzen?«, wandte er sich empört an den Hacker.

Der zuckte nur mit den Schultern. »Guck mal«, er deutete auf den Namen auf dem Bildschirm. »Ein Opfer heißt Simone Chatelon, geboren am 26.8.1985, und der Name, unter dem die Person hier schreibt, ist ›monchat85‹. Das wäre wirklich ein arger Zufall, wenn sich mein System hier vertan hätte. Die Suchworte passen, und der Name ist bestimmt der des Opfers!«, gab er mit Nachdruck zu verstehen.

»Kannst du jetzt auch noch herausbekommen, zu wem der Name des anderen Schreibers gehört? Also der, der die Verabredung vorschlägt?«, fragte Aimé.

»Das ist ja der Sinn der Sache. Wir machen das, um ihn zu finden!« Matze machte eine wedelnde Bewegung mit der Hand und verscheuchte Aimé von seinem Platz.

»Margeaux trifft sich gleich noch mit der Psychologin von Angerer«, schob Frank ein. »Vielleicht weiß die ja zufällig etwas, was wir noch nicht wissen.«

»Und sagt es hoffentlich auch«, gab Aimé zu Bedenken. »Diese Psychologen und ihre Regeln sind eine Nummer für sich!«

»Mensch, die wollte ich mir ja auch noch mal genauer ansehen.« Matze stöhnte auf, alles hing hier an ihm. Das war einerseits stressig, aber andererseits auch irgendwie toll, denn ohne ihn wäre das Team in diesem Stadium echt verloren. Dafür ging er gern den Gefahren aus dem Weg. Da durften die Polizisten und Margeaux gern voranpreschen. So hatte jeder seine Kompetenzen, und das Team wurde erst durch das Zusammenwirken rund.

Der alte Flic gefiel ihm sehr gut, er war richtig pfiffig und humorvoll. Matze machte sich an die Arbeit. Jetzt ging es dem Mörder langsam an den Kragen. Der erste Schritt in diese Richtung war durch das Auffinden des Chats gemacht!

Stuttgart – Samstag, 26. Juli

Das Taxi fuhr über die Weinsteige aus Stuttgart heraus, und Margeaux nutzte die Zeit, um Thierry anzurufen. Der Fahrer würde sie bestimmt nicht verstehen können, da war sie sich ziemlich sicher. Thierry freute sich, ihre Stimme zu hören, und sie dankte ihm für seine Geduld und sein Verständnis.

Er wiegelte ab und sagte: »Margeaux, du weißt, was ich für dich empfinde, und das ist mir sehr ernst. Ich will, dass es diesmal zwischen uns funktioniert, und dann muss ich akzeptieren, dass du das liebst, was du da tust. Auch wenn ich es nicht gut finde!«

Sie lächelte freudestrahlend. »Ich liebe dich, Thierry, und wenn das hier vorbei ist, dann wünsche ich mir, dass wir über unsere gemeinsame Zukunft genauer nachdenken!« Sie hörte an seiner Stimme, wie glücklich ihn ihre Worte machten. Dann berichtete sie ihm noch kurz von dem anstehenden Besuch bei der Psychologin und verabschiedete sich zärtlich von ihm. »Sehen wir uns heute Abend, wenn ich zurück bin? Ich vermisse dich nämlich!«

Er versprach, später am Abend zu ihr zu kommen und auch über Nacht zu bleiben. Er verriet ihr wohlweißlich nicht, dass er das auch tat, um sie zu beschützen, denn das hätte sie rigoros abgelehnt.

Der Fahrer nahm die Bundesstraße 27 und bog dann Richtung Bernhausen ab. Er durchquerte den Ort und ließ das Ortsschild hinter ihnen. Margeaux sah sich verwundert um. Er bemerkte ihren Blick im Rückspiegel und sagte: »Die Adresse, zu der Sie wollen, liegt etwas außerhalb.« Margeaux entspannte sich, schrieb ihrem Vater eine kurze Nachricht und erkundigte sich, ob bei ihm alles okay sei.

Als sie das nächste Mal aufblickte, sah sie ein hübsches Haus, das in einem kleinen Wäldchen aus hohen Birken stand. Es lag etwas einsam, aber wunderschön. Weiter hinten gab es noch einen Schuppen, der ebenfalls gepflegt aussah. Das Haus der Psychologin hatte wirklich eine einmalig schöne Lage und machte einen außerordentlich schmucken Eindruck, ohne jedoch spießig zu wirken.

Unschuld und Maskenspiel

Eine sanfte Zunge ist ein Lebensbaum,
eine falsche Zunge bricht das Herz.

Sprüche 15,4

Anna Bauer erwartete Ihren Gast bereits gespannt in ihrem stilvollen Zuhause, auf das sie sehr stolz war. Sie war als Kind immer recht ruhig und unkompliziert gewesen.

Ihre Mutter zog sie allein groß und opferte sich für sie auf. Sie hatte meist zwei Jobs, damit die kleine Anna zum Klavierunterricht gehen konnte, Ballett lernen durfte und auf dem Gymnasium zu den Mädchen mit den schicken Klamotten gehörte. Sie ermöglichte es der Tochter sogar, das Abitur auf einem privaten Gymnasium zu machen, dessen Träger die Kirche war.

Die Kleinstadt war wie ein Dorf und sie liebte ihre Mädelsclique, mit der sie regelmäßig unterwegs war. Die Freundinnen störte es auch nicht, dass Anna sehr gute Noten in der Schule bekam und nebenbei spielend Sprachen lernte, hervorragend Klavier spielte und wie eine Göttin tanzen konnte. Doch je älter sie wurde, umso mehr wurde ihre überragende Intelligenz zum Problem. Alle anderen Mädchen hatten einen Freund oder eine Liebschaft am Laufen, und das war das Thema Nummer eins, aber vor Anna schienen sich die Jungs zu fürchten. Sie war ausgesprochen hübsch, extrem klug und hatte schon als Teenager Stil. Ihre Mutter wäre selbst in einem Sack herumgelaufen, wenn es finanziell nötig gewesen wäre, um Anna entsprechend einzukleiden. Sie wollte, dass es dem Mädchen an nichts fehlte. Sie sollte alle

Chancen dieser Welt haben, denn den einen bohrenden Schmerz, den das Kind durchleiden musste, würde sie ihm niemals nehmen können. Anna sehnte sich nach ihrem Vater. Egal wie oft Anna auch fragte und versuchte, mehr zu erfahren, ihre Mutter weigerte sich, ihr Auskunft zu geben. Mal sagte sie gar nichts, und mal sagte sie, es sei ein ihr unbekannter Mann gewesen, eine Zufallsbekanntschaft. Sie wuchs also bei einer Mutter auf, die alles möglich machte, aber eben ohne Vater.

Anna studierte nach ihrem hervorragenden Abitur in Tübingen Medizin, merkte aber kurz nach dem Physikum, dass das nicht der Beruf war, in dem sie arbeiten wollte. Sie studierte noch zwei Semester fleißig weiter, entschied dann aber, auf Psychologie umzusatteln. Das war zwar für viele in ihrem Umfeld nicht nachvollziehbar, aber Anna erschien es wie ein innerer Ruf, dem sie Folge leisten musste. Einige Scheine wurden angerechnet, so war sie rasch fertig und bekam sofort eine Anstellung in einem der Uni nahen Institut. Sie verdiente recht gut. Auf lange Sicht wollte sie sich selbstständig machen.

Kurz nachdem sie ihre Anstellung erhalten hatte, wollte sie ihrer Mutter einen lang gehegten Traum erfüllen: Carla wollte unbedingt einmal nach Kreta. Anna buchte einen Flug und ein Hotel an der Nordküste der Insel, in dem beschaulichen Örtchen Agia Pelagia. Carla konnte ihre Freude kaum fassen und schmiedete Pläne, suchte Sehenswürdigkeiten heraus, beobachtete die Wetterprognosen und begann schon Wochen vorher, ihre Garderobe zu sondieren. Anna hätte ihr keine größere Freude machen können.

Dann kam der Anruf. Anna war auf der Arbeit und bereitete gerade eine komplizierte Studie vor, als das Telefon klingelte und man ihr mitteilte, die Mutter sei auf der Arbeit zusammengebrochen und mit dem Krankenwagen unterwegs in das Klinikum nach Tübingen. Anna raste in die Klinik, die nicht weit entfernt lag. Die Mutter hatte einen schweren Herzinfarkt erlitten und lag auf der Intensivstation. Die Ärzte waren aber guter Dinge, dass sie sich erholen würde. Einen Tag später teilte man Anna mit, die Mutter sei stabil und man würde sie später am Tag verlegen, Anna möge doch bitte ein paar notwendige Dinge mitbringen, wie Handtücher, Körperpflegemittel und angemessene Bekleidung. Sie schöpfte Hoffnung und rappelte sich auf, um die Sachen rauszusuchen. Ganz hinten in der Schublade mit der Unterwäsche stieß sie plötzlich auf ein Buch. Es war ein abgegriffenes, schlichtes Tagebuch, das mit einem kleinen Schloss versperrt war. Sie zögerte einen Moment. Das Buch schien alt zu sein. Was verbarg die Mutter hier unter ihrer Wäsche im hintersten Winkel der Schublade? War es ein Zeichen, dass Anna es gefunden hatte? Bedeutete dies, dass sie es lesen sollte?

Es gelang ihr noch weitere vierundzwanzig Stunden, ihre Neugier im Zaum zu halten, dann kramte sie es unter der Wäsche hervor und machte sich mit einer aufgebogenen Büroklammer ans Werk. Das kleine Schloss war schnell geöffnet.

Atemlos las sie, was ihre Mutter Anfang der Achtzigerjahre erlebt und empfunden hatte. Sie kam sich wie ein Eindringling in die Seele ihrer Mutter vor, aber die Neugier war stärker und auch die Hoffnung, vielleicht etwas über ihren Vater zu finden.

Manche Einträge waren so persönlich, dass sie sich schämte, ihrer Mutter diesen Vertrauensbruch anzutun, aber der Zwang, wissen zu wollen, woher sie stammte, war einfach stärker und übertönte die warnende Stimme in ihr.

Ihre Mutter war zunächst glücklich verliebt gewesen, doch dann änderte sich langsam die Atmosphäre in den Einträgen. Carlas Freund wirkte von einer Seite auf die andere nicht mehr lieb und freundlich, sie schrieb immer öfter, dass er ihr Angst mache und dass seine Klugheit sowohl Fluch als auch Segen sei. Dann fand Carla in seinem Schreibtisch ein Dokument, auf dem er handschriftlich eine Abhandlung über das Sterben verfasst hatte. Danach änderte sich alles. Die Verliebtheit wurde von einer stillen Furcht vertrieben, und Carla beschrieb ihren emotionalen Rückzug mit immer klareren Worten. Auf den letzten Seiten kam das, wonach Anna ihr Leben lang gesucht hatte. Die Mutter war schwanger geworden, und anstatt voller Freude zu sein, plante sie ihre Flucht vor dem einst so geliebten Mann, der sie nur noch zu ängstigen schien. Anna hatte ihren Vater gefunden.

Die Mutter wurde einige Tage später aus dem Krankenhaus entlassen, und die Ärzte erlaubten ihr sogar den Flug nach Kreta. Anna verschob die Suche nach ihrem Vater auf einen Punkt nach dem Urlaub, denn sie musste sich erst einmal eine Strategie überlegen, was sie tun würde, wenn sie ihn gefunden hatte. Er konnte nicht so einfach einen Platz in ihrem Leben einnehmen, solange die Mutter so instabil war. Und was, wenn er vielleicht gar nicht mehr am Leben war? Auch das musste sie einplanen.

Eine Woche vor dem geplanten Flug erlitt Carla ihren zweiten schweren Infarkt und erholte sich nicht mehr. Sie starb an jenem Tag, an dem der Flug nach Kreta hätte stattfinden sollen.

Eine furchtbare Zeit begann für die junge Psychologin, die Suche nach dem Vater geriet erst einmal ins Hintertreffen bei all dem, was sie nach dem Tod der Mutter zu regeln hatte. Ihre wunderbare fürsorgliche Mutter war nicht mehr da. Sie hatte ihr ganzes Leben für Anna gegeben und eine hohe Lebensversicherung abgeschlossen, die nun an Anna ausgezahlt wurde. Sie war plötzlich für ihre Verhältnisse wirklich reich. Sie flog nach Kreta und zelebrierte die Reise, die sie mit der Mutter hatte machen wollen. Es war schön und schmerzhaft zugleich. Die Insel und das Meer zogen sie in ihren Bann: Die Buchten mit den feinen Sandstränden und dem glasklaren Wasser, das in allen möglichen Blautönen schimmerte. Die Promenaden mit den typisch griechischen Tavernen, die Gastfreundschaft der Griechen und die Sonne, die dafür sorgte, dass alle regionalen Produkte diesen intensiven Geschmack bekamen.

Die sonnengeküssten Tage machten es ihr leichter als die Abende voller Sentimentalität und Trauer. Trotz allem schmiedete sie Pläne. Das viele Geld wollte mit Verstand angelegt sein, und so entschied sie sich, nach einem Haus zu suchen und aus der Region rund um Tübingen, in der sie alles an ihre Mutter erinnerte, fortzugehen und auch endlich den Traum von der eigenen Praxis zu verwirklichen. Noch von Kreta aus gab sie einem Makler den Auftrag.

So kam sie an das Kleinod außerhalb von Bernhausen. Es war einiges daran zu richten, aber das machte ihr nichts aus.

Sie hatte von ihrem guten Gehalt auch eine recht ansehnliche Summe zusammensparen können, und so hatte sich letztlich alles zum Guten gefügt. Die Kreta-Urlaube waren zu einem festen Bestandteil ihres Lebens geworden. Und endlich hatte sie sich stark genug gefühlt, den Namen des Vaters in die Suchmaschine einzugeben.

Bernhausen – Samstag, 26. Juli

Margeaux drückte auf die Klingel und hörte kurze Zeit später das Klackern von Absätzen. Die Tür wurde schwungvoll geöffnet, und Anna Bauer stand wie aus dem Ei gepellt in der Tür. Sie trug heute eine perfekt sitzende graue Marlene-Hose, dazu eine hellgraue Bluse mit ganz zarten silbernen Streifen und einem Volant über der Knopfleiste. Dazu hatte sie schlichte schwarze Pumps gewählt, die leicht unter der weiten Hose hervorlugten. Sie war eine absolute Augenweide, und Margeaux freute sich, sie wiederzusehen. Anna Bauer begrüßte sie beinahe überschwänglich und bat sie herein. Ihre Augen glitzerten triumphierend, als sie Margeaux in den geschmackvollen Wohnraum geleitete. Die bodentiefen Fenster boten einen überwältigenden Blick auf die nahe gelegenen Felder und Wiesen.

»Wo möchten Sie Platz nehmen?«, fragte die Gastgeberin.

Margeaux sah sich um und wählte das Sofa, von dem aus sie sich an dem wunderbaren Blick nach draußen erfreuen konnte. »Sie haben es wirklich wunderschön hier, Anna«, bemerkte sie. »So ein Kleinod erwartet man hier draußen gar nicht!«

»Danke, es war nicht leicht, so etwas zu finden, und es steckt auch wirklich sehr viel Arbeit drin. Darf ich Ihnen Tee anbieten? Ich habe einen wunderbaren griechischen Bergtee, den ich immer von meinen Kreta-Reisen mitbringe.«

»Ich bin zwar keine große Teetrinkerin, aber ich probiere ihn sehr gern.« Margeaux machte es sich bequem und legte ihr Handy auf den kleinen Tisch vor dem Sofa, während Anna den Tee zubereitete.

»Mit dem Handynetz haben wir hier auf dem Land hin und

wieder Probleme«, erklärte sie entschuldigend. »Falls Sie einen Anruf erwarten, also nicht wundern, wenn der gleich auf der Mailbox landet. Deshalb habe ich tatsächlich noch ganz klassisch einen Festnetzanschluss – und natürlich für die Praxis«, schob sie hinterher.

Margeaux hatte wieder kurz den Eindruck, so etwas wie Triumph bei ihrem Gegenüber wahrzunehmen. So wie an dem Abend im »Zauberlehrling«. Da dieser Ausdruck aber immer wieder auftrat, war es wohl die sogenannte Baseline der jungen Frau. Also ein Normverhalten, und das ließ man außen vor, wenn man eine Person analysierte. Aber sie war auch nicht hier, um Bauer zu analysieren.

So kam sie dann auch rasch zum Grund ihres Besuches. Als Anna Bauer mit dem Tee an den Tisch kam, fragte Margeaux geradeheraus: »Haben Sie eine Idee, woher die beiden Männer, die Ihren Klienten besucht haben, von bisher geheimen Details unserer Ermittlungen wissen können?«

Bauer schaute ihr gerade ins Gesicht und antwortete: »Ihr Kollege weiß das ja sicher noch aus der Zeit, als er Teil des Sonderermittlungskommandos war, aber woher der Journalist sein Wissen zieht, weiß ich nicht.« Sie zuckte mit den Schultern, und ihr Kopf machte eine winzige Bewegung, die fast wie ein Kopfschütteln aussah. So, als würde sie das Gesagte verneinen. Es konnte aber auch als Bestätigung des Nichtwissens gedeutet werden.

Der Tee schmeckte kräftig und leicht bitter, und Margeaux musste sich mit kleinen Schlucken an ihn gewöhnen. Sie sinnierten einige Zeit, ob es Fans geben könnte, die durch die Polizeiakte an dieses Wissen geraten sein könnten, somit also aus den Reihen der Polizei stammten. Es bestand aber auch die Möglichkeit, dass Pfeilmann und Brettschneider Kontakt miteinander hatten. Was auch immer Auslöser und Ursache für eine solche Kooperation sein konnte, war ihr nicht klar. Es machte aber Sinn, alle Eventualitäten in Betracht zu ziehen.

Provence – Samstag, 26. Juli

Matze hatte sich nicht zum Mittagessen überreden lassen, obwohl es wunderbar duftete, was Hilde da brutzelte. Es gab Lammkoteletts vom Grill, dazu in der Pfanne geschwenkte Bohnen, die leicht mit Knoblauch aromatisiert waren und ein leckeres Baguette. Matze starrte wie gebannt auf seinen Bildschirm. Plötzlich war er wie elektrisiert. Das konnte doch nicht wahr sein. Er klickte, vergrößerte, klickte weiter, vergrößerte wieder.

»Ich hab das fehlende Puzzlestück gefunden!«

Die anderen sprangen vom Tisch auf und waren sofort bei ihm. Es verschlug ihnen die Sprache, denn das, was sie dort sahen, ließ wirklich nur eine Schlussfolgerung zu. Es war eine Meldebescheinigung eines kleinen Ortes im Schwarzwald von 1985 und eine Geburtsurkunde aus Tübingen von Januar 1986. Sie waren sich alle sofort bewusst, was das bedeutete. Es gab nur eine Möglichkeit. Frank riss sein Handy heraus und wählte Margeaux' Nummer. Er landete auf der Mailbox, hinterließ eine Nachricht und rief sofort wieder an. Wieder sprang die Mailbox sofort an.

»Ich kann sie nicht erreichen!«, rief er verzweifelt. »Wo ist sie? Finde das Handy!«, befahl er Matze harsch. Frank versuchte es erneut ohne Erfolg und tippte vor lauter Verzweiflung eine Nachricht, die er ihr schickte.

Verlorene Seele

Er nahm das Handy in die Hand und las die eingegangene Kurznachricht: »Bereithalten! In Kürze ist es so weit!«

Er atmete hektisch und hatte das Gefühl, seine Lunge würde zerplatzen. Er dachte an sie und wusste, dass er trotz aller Bedenken bereit sein würde, denn hier ging es nicht um ihn. Seine Seele war sowieso verloren. Aber sie hatte noch alle Chancen auf ein glückliches Leben!

Niedertracht und Tugend

Ja, wie ein Räuber lauert sie auf
und mehrt die Verräter
unter den Menschen.

Sprüche 23,28

Das Handy der Französin lag auf dem Glastisch. Sie war zur Toilette gegangen und hatte es nicht mitgenommen. Warum auch? In einem Funkloch war das ja sinnlos. Anna hatte ihr auch nicht erklärt, dass es temporär durchaus eine Verbindung gab. Das Handy summte plötzlich leise, und eine Kurznachricht erschien auf dem Display. Neugierig beugte sich die Psychologin vor und erschrak. Das war zum momentanen Zeitpunkt gar nicht gut. Sie stand auf und schob eine der »Psychologie heute«-Zeitschriften, die auf dem Tisch lagen, über das Telefon.

Dann griff sie in ihre Tasche, die auf einem Stuhl am Essplatz stand, lauschte auf die Geräusche aus der Toilette und nahm eine kleine braune Glasflasche heraus. Mit dieser ging sie schnell zu Margeaux' Teetasse und entleerte das Fläschchen mit einer geübten Bewegung. Sie rührte den Inhalt in der Tasse um und hatte gerade die leere Flasche wieder zurück in ihre Handtasche gleiten lassen, als sich hinten im Flur die Tür öffnete und Margeaux den Flur entlang kam.

»Ich würde Ihnen gern den wunderschönen Garten zeigen, bevor Sie losmüssen«, sagte Anna. »Lassen Sie uns rasch unseren Tee leeren und nach draußen gehen, solange das Licht noch so kräftig ist!« Sie griff auffordernd nach ihrer Tasse. Margeaux schien etwas verwundert, tat es ihr aber gleich und leerte die bittere Flüssigkeit in einem Zug.

Dieser Tee würde keinesfalls ihr Lieblingsgetränk werden. Als sie die Tasse abstellte, sah sie plötzlich erneut deutlich den Triumph in Anna Bauers Gesicht und Haltung aufblitzen. Sie blickte sich suchend nach ihrem Handy um und konnte es nicht sehen. Es hatte auf dem Tisch gelegen, ganz sicher. Sie entdeckte es unter einer Zeitung. Sie griff danach, nahm es hoch und schaltete es ein. Eine Kurznachricht erschien auf dem Display. Margeaux blickte auf und sah in die gefährlich glitzernden Augen der Psychologin. Auf deren Lippen lag ein böses Lächeln.

Das Handy glitt aus Margeaux' Hand und schlug polternd auf dem Boden auf. Sie fühlte, wie auch sie fiel und hoffte, sie könne sich abrollen, um den Aufprall zu mindern, aber ihre Muskeln schienen ihr nicht mehr zu gehorchen. Dann wurde es dunkel.

Provence – Samstag, 26. Juli

Matze trackte Margeaux' Handy, es war an einem Mast in der Nähe des Stuttgarter Flughafens eingeloggt. Er würde noch etwas Zeit benötigen, um den genauen Standort des Telefons herauszufinden. Parallel suchte er die Adresse der Psychologin heraus. Er schaute Frank fragend an. Was war nun zu tun? Sollten sie die Kollegen der Kriminalpolizei vor Ort informieren? Welche Konsequenzen würde das für Margeaux haben? Sie befand sich wahrscheinlich in Lebensgefahr, das war allen klar. War es ratsam, ein Sonderkommando nach Bernhausen zu jagen? Sie mussten erst genau wissen, wo Margeaux sich befand. Matze hämmerte auf sein Tool ein und verfluchte das lahme französische WLAN.

Verbissenheit und Treue

Denn ihre Füße laufen dem Bösen nach,
sie eilen, Blut zu vergießen.

Sprüche 1,16

Anna Bauer hatte die Schuhe ausgezogen, die ehemalige Polizistin unter den Achseln gepackt und in die Garage zu ihrem Auto geschleift. Jetzt musste alles wirklich schnell gehen. Unter großer Anstrengung hievte sie den leblosen Körper in den Kofferraum ihres Audis. Sie atmete angestrengt und musste zweimal Anlauf nehmen. Dann lag Margeaux zusammengekrümmt drin. Bauer fesselte ihr die Hände mit zwei Kabelbindern auf den Rücken und fixierte auch die Beine mit zwei reißfesten Kunststoffbändern. Sie hatte genug über die Fähigkeiten von gut trainierten Polizistinnen gelesen, um zu wissen, dass *ein* Kalbelbinder zu wenig war.

Ungefähr neunzig Minuten würde das S-Ketamin, das sie ihr in den Tee geschüttet hatte, wirken. Es blieb ihr also noch etwas Zeit.

Sie rannte ins Schlafzimmer und holte ihre Reisetasche. Sie würde nicht lange fortbleiben. Rasch schrieb sie in großen Lettern noch einen Zettel und eilte in den Garten. Unter dem Schuppen hatte sie, einige Monate, nachdem sie das Haus gekauft hatte, einen Erdkeller entdeckt. Sie öffnete die Luke, ließ die Leiter hinab und ging zur Tür. Alles war so ruhig, wie es sein sollte. Sie musste nun besonnen handeln. Sie schlich in den Raum, platzierte das Schild, entfernte die Verdunklungsfolie von dem winzigen Fensterchen oben in der Ecke. Dann schloss sie den Tropf und zog die Braunüle gekonnt heraus. Es floss ein wenig Blut, aber das konnte sie jetzt nicht ändern. Sie nahm das Skalpell unter dem Stuhl von der Ablage und durchschnitt das Fixierband an allen vier Stellen, sodass es sich mit wenigen Bewegungen öffnen lassen würde. Sie kontrollierte kurz den Puls der Frau auf dem Stuhl und verließ dann den Raum. Diesmal blieb die Leiter stehen. Sie hielt ihre Versprechen ein. Dann strich sie ihre Bekleidung glatt, schüttelte das Haar in Form und hastete in die Garage. Schnell trat sie sich die Füße auf der Schmutzfangmatte, die in Richtung Hauseingang lag, ab, schlüpfte in ihre Schuhe, warf die Reisetasche auf den Rücksitz und die Handtasche auf den Beifahrersitz.

Dann steuerte sie denn Wagen gekonnt aus der Garage und auf die Straße. Sie fuhr in Richtung Flughafen, den sie bei zügiger Fahrweise in zehn Minuten erreichen würde.

Provence – Samstag, 26. Juli

»Ich hab sie«, rief Matze triumphierend. »Sie bewegt sich in Richtung Flughafen. Ruf sie noch mal an!«, forderte er Frank auf. Dieser setzte sofort um, was ihm aufgetragen worden war. Margeaux nahm nicht ab. Nach einiger Zeit sprang die Mailbox an, und Frank sprach erneut eine Nachricht drauf, mit der inständigen Bitte, sie möge sich melden.

Hilde verlor die Nerven. »Ihr müsst etwas unternehmen! Ruft sofort die Polizei, meinem Mädchen darf nichts passieren!«, schrie sie aufgeregt. Aimé ging zu ihr und wollte den Arm beruhigend um sie legen, aber sie schüttelte ihn wild ab. »Seht ihr das denn nicht? Wie könnt ihr hier herumstehen und Däumchen drehen?«, fauchte sie ihn an.

Er hob beschwichtigend die Hände. »Sie kann in Gefahr sein, da hast du recht. Aber momentan bewegt sich das Handy wohl, und es sieht so aus, als sei sie auf dem Weg zum Flughafen«, erklärte er seiner aufgebrachten Frau. »Was sollen wir der deutschen Polizei sagen? Dass sie jedes Auto im Umkreis anhalten sollen?«

»Sie sollen eine Straßensperre errichten!«, rief Hilde stöhnend aus.

Frank meldete sich zu Wort: »Ich habe wirklich sehr viele sehr gute Kontakte, aber wir haben momentan keine stichhaltigen Beweise, außer dass sie sich gerade nicht meldet. Das reicht nicht aus, um eine solche Aktion einzuleiten.« Er klang selbst völlig verzweifelt.

»Das Handy ist jetzt am Flughafen.« Matzes Stimme klang erleichtert. »Also scheint alles okay zu sein. Vielleicht hat sie es nur lautlos gestellt oder so?«

Frank rief erneut an, lauschte und schüttelte resigniert den Kopf. Irgendwie hatte er kein gutes Gefühl, er konnte Hildes Reaktion sehr gut verstehen.

»Such mal die Nummer von Anna Bauer raus!«, gab er Matze den Auftrag.

Moral und Verderben

Stolze Augen, eine falsche Zunge, Hände,
die unschuldiges Blut vergießen.

Sprüche 6,17

Sie fuhr zügig auf die A8 auf und beglückwünschte sich im Stillen für die großartige Idee, Margeaux' Handy am Flughafen in den Mülleimer im Terminal 2 geworfen zu haben. Kurz vor Pforzheim gab es einen wenig genutzten Parkplatz, diesen würde sie anfahren und der Mitfahrerin im Kofferraum eine weitere Dosis Ketamin verabreichen. Intravenös gespritzt wirkte es noch schneller und besser, und sie würde es locker bis über die Grenze schaffen, ohne erneut anhalten zu müssen. Da die Betäubung jedoch keine Dauerlösung war, hatte sie schon einen Plan B vorbereitet. Hier ging es um mehr, als jemanden schlafend im Kofferraum durch die Gegend zu fahren. Hier ging es um Rache! Und um einen ganz persönlichen Verlust, für den Margeaux Surfin verantwortlich war!

Als sie sich auf die Suche nach ihrem Vater gemacht hatte, war sie so voller Hoffnung gewesen. Auf Google war meist Verlass und so fand die Suchmaschine recht schnell drei Männer. Einen konnte sie gleich ausschließen, denn er war österreichischer Politiker. Ein zweiter war in ihrem Alter und kam somit auch nicht infrage. Sein Facebook-Profil zeigte das Bild eines rundlichen jungen Mannes, der fröhlich in die Kamera grinste. Also blieb nur der dritte Eintrag. Hier gab es kein Bild und auch keine weiteren Details, nur einen Eintrag im Telefonbuch. Sie schrieb sich die

Adresse heraus und suchte den Ort auf Google Maps. Dann plante sie die Kontaktaufnahme. Sie hatte noch keine Idee, was sie wirklich tun würde, wenn sie vor Ort wäre. Aber sie wollte sehen, wie er lebte, und sie wollte ihm in die Augen schauen. Vielleicht würde sie sich ja sogar in ihm wiedererkennen. Die Mutter hat in ihrem Tagebuch geschrieben, dass ihr Vater extrem intelligent sei. Das war sie auch, also hatte sie die Intelligenz wohl von ihm geerbt und vielleicht ja auch mehr, sodass sie ihm sogar ähnlich sah.

Anna parkte vor dem etwas in die Jahre gekommenen Mehrfamilienhaus. Bis hierhin hatte sie geplant, wie es jetzt weitergehen würde, wusste sie nicht. Eine Frau mit einem Kind an der Hand trat aus dem Haus und ging zu einem parkenden Auto. Welchen Wagen würde ihr Vater wohl fahren? Sie blickte sich suchend um und sah in der Reihe einen BMW mit den passenden Initialen. Sie überlegte gerade, dass sie aussteigen und sich einfach ein wenig umsehen könnte, als ein Mann mittleren Alters aus dem Haus kam. Er trug eine braune leicht abgeschabte Reisetasche in der Hand, war schlank, groß und hatte mittelblonde kurze Haare. Er war gut gekleidet mit einer schmalen dunkelblauen Hose, einem hellblauen Hemd und einem kamelhaarfarbenen Kurzmantel. Dazu trug er passende Slipper. Ihr Herz machte einen Hüpfer, als der Mann zu eben jenem BMW ging. Der Zufall wäre doch zu groß, wenn das nicht der Mann war, den sie suchte. Er warf seine Tasche ins Auto, schwang sich elegant auf den Fahrersitz und rangierte den Wagen vom Parkplatz. Einer Eingebung folgend fuhr sie ihm einfach hinterher.

Es war gar nicht so leicht, wie es in Filmen immer aussah, tatsächlich ein Auto zu verfolgen. Auf der Autobahn hätte sie ihn beinahe verloren, denn er war ein zügiger Fahrer und schien in Eile zu sein. Sie folgte ihm von der Kleinstadt an der hessischen Bergstraße bis nach Kassel. Sie mussten einmal tanken, und das klappte wider Erwarten recht gut. Sie stand an der Kasse zwei Personen hinter ihm und musterte seinen Körperbau, seine Stimme und sein Gesicht aus der Nähe. Nun wurde sie immer sicherer, dass er ihr Vater war. Noch würde sie sich nicht zu erkennen geben, denn das war jetzt wirklich nicht die passende Situation. »Hallo, ich bin Ihre Tochter, und ich folge Ihnen schon seit ein paar Hundert Kilometern!« Das wäre wohl kein guter Start für eine herzliche Vater-Tochter-Beziehung. Also folgte sie ihm weiter. In Kassel suchte er ein Motel auf. Nachdem er im Haus verschwunden war, checkte sie spontan auch online dort ein, da es keine Rezeption gab. Man bekam mit einem Code Zutritt zu dem Haus und dem Zimmer.

Im Anschluss setzte sie sich mit einer Zeitung ins Foyer und wartete ab, was nun geschehen würde. Es dauerte nicht lange, und er kam durch die Aufzugtür, blickte sich kurz um und ging zielstrebig auf den Ausgang zu. Sie legte die Zeitung beiseite und folgte ihm wieder.

Er traf sich in einem kleinen Café mit einer Frau. Sie schienen sich bereits zu kennen, denn die Begrüßung war herzlich, aber distanziert. Nach einer guten Stunde standen sie auf und gingen gemeinsam in Richtung Motel. Obwohl die Begrüßung eher freundschaftlich zurückhaltend gewesen war, gingen sie nun gemeinsam auf sein Zimmer. Sie war peinlich berührt. Das Zimmer war auf der dritten Etage, das konnte sie am Stoppen des Aufzuges sehen. Ihr Zimmer lag im Erdgeschoss. Sie wusste nicht, wie sie weiter verfahren sollte, und kam sich auf einmal albern vor. Das war eine wirklich dumme Aktion, die sie hier gestartet hatte, und morgen würde sie nach Hause fahren und dann noch einmal neu mit der Kontaktaufnahme beginnen.

Provence – Samstag, 26. Juli

»Sie ist irgendwo rund um Stuttgart recht zügig unterwegs!« Matze hatte das Handy von Anna Bauer geortet. »Margeaux' Handy ist am Flughafen«, sagte er. »Kannst du nicht jemanden von deinen Kollegen bitten, Margeaux am Flughafen auszurufen? Vielleicht stimmt was mit dem Telefon nicht, und wir können sie deshalb nicht erreichen?«, wandte er sich auffordernd an Frank. Frank nickte bedächtig, dachte einen Moment nach und tippte dann eine Nummer auf seinem Display ein.

»Weißt du schon etwas zum Standort des Chattypen?«, fragte Aimé.

»Da habe ich jetzt vor lauter Handyortung nicht mehr nachgeschaut«, entschuldigte sich König, »die Suche läuft im Hintergrund. Warte, ich schaue kurz nach!«

Frank telefonierte mit jemandem in Deutschland und bat darum, Margeaux am Flughafen ausrufen zu lassen. Scheinbar hatte er mit seiner Bitte Erfolg, denn er hob den Daumen in die Höhe.

»Die Suche läuft noch, aber der Radius wird immer enger. Auf jeden Fall hier in der Provence. Braucht sicher nicht mehr lange, um die IP zu finden.« Er klang sehr sicher, und Aimé stapfte nervös auf und ab.

»Ein Kollege von der Streife schuldet mir noch etwas«, veranschaulichte Frank seine Aktion, »er fährt rasch zum Flughafen und lässt sie ausrufen!«

Also war wieder Geduld gefragt. Etwas, wovon sie alle nicht mehr viel zur Verfügung hatten. Die Zeit verging schleichend. Matze beobachtete die Handys und prüfte die Suche nach dem mutmaßlichen Mörder. Bauers Handy war unterwegs auf der A8 und Margeaux' blieb am Flughafen. Der Radius um die IP wurde immer kleiner, aber noch waren es nach wie vor etwa 30 Kilometer, und in diesem Kreis war es unmöglich, einen PC einfach so zu finden. Der Server der Seite saß in Belgien, und so musste Matze sein ganzes Können einsetzen, um fündig zu werden.

Unbarmherzig

Er hatte die Fotos, wie befohlen, an die französische Nummer geschickt. Den Mann hatte er mehrfach bei seiner Arbeit fotografiert, und auch mit der Frau zusammen hatte er einige Schnappschüsse erstellt.

Die Bilder der ehemaligen Kommissarin allein schienen nicht von Interesse zu sein. Es ging um den Bäcker, der wie ein Anzugmodel aussah. Unterm Strich war es ihm auch hier egal, worum es letztlich ging. Er würde Informationen verkaufen können, die reines Gold wert waren, und nur das war wichtig.

Er wartete auf weitere Instruktionen. Es würde nicht mehr lange dauern, bis alle Fäden zusammenliefen.

Vollendung

Er suchte das Hotel auf der Karte und bereitete den Check-in vor. Über das Internet war alles so einfach heutzutage. Dass die Leute das anspruchslos hinnahmen, wenn sich jemand über das Netz anmeldete, war ihm unverständlich geworden, nun, da er wusste, welches Unglück man damit anrichten konnte. Er würde in dem Zimmer warten. Der Schlüssel lag an der Rezeption, da diese nur temporär besetzt war. Das Geld für die Bezahlung würde er in einem Umschlag in den Briefkasten stecken. So, wie er es die letzten Male auch gemacht hatte. Nichts war nachverfolgbar, denn die Personen, die das Zimmer gebucht hatten, lagen tot darin!

Wenn der heutige Tag um war, dann hatte er alles getan, wozu man ihn gezwungen hatte, und sein braves Handeln würde sich auszahlen. Diese Hoffnung hatte er, und nur dies ließ ihn weitermachen und den Plan bis zuletzt einhalten, obwohl er schon lange keine Kraft mehr hatte.

Er fürchtete sich vor dem heutigen Tag fast noch mehr als vor dem Moment, in dem er den Auftrag und das erste Video erhalten hatte.

Liebe und Verblendung

Manch einem scheint sein Weg der rechte,
aber am Ende sind es Wege des Todes.

Sprüche 16,25

Anna Bauer fuhr zügig. Für einen Samstagnachmittag war recht wenig los. In ihren Gedanken glitt sie zurück zu dem alles verändernden Ereignis.

Sie schlief damals unruhig in dem einfach eingerichteten fremden Zimmer. Gegen Morgen war sie so erschöpft, dass sie noch einmal einnickte und dann harsch von einem gellenden Schrei geweckt wurde. Eine Frau schrie und rief immer dasselbe Wort in einer fremden Sprache: »Murtuv! Murtuv!« Immer und immer wieder rief sie hysterisch das Wort. Anna setzte sich im Bett auf und rieb sich die verklebten Augen. Was, um Gottes willen, war hier los? Brauchte jemand Hilfe? Sie schwang sich rasch aus dem Bett und schlüpfte, ohne großartig nachzudenken, in die Sachen von gestern, schnappte sich ihre Schlüsselkarte und lief auf den Flur. Dort war nichts zu sehen, also begab sie sich ins Foyer.

Hier war die Quelle des Aufruhrs rasch auszumachen. Eine Putzfrau stand in Tränen aufgelöst im Foyer, und ein Mann im Anzug versuchte vergebens, sie zu beruhigen.

Anna ging auf die beiden zu. »Ich bin Ärztin«, sie flunkerte ein bisschen, aber ein wenig stimmte es ja, »kann ich helfen?«

»Gott ja, bitte beruhigen Sie die Frau, bevor sie mir den ganzen Laden zusammenschreit!«, bat sie der Mann.

»Was ist denn geschehen?«, wollte Anna wissen.

»Sie hat in der dritten Etage eine Tote gefunden, und da ist wohl sehr viel Blut«, beschrieb der Mann die Situation. »Die Polizei und der Notarzt sind schon informiert!«

Anna versuchte, die aufgelöste Frau zu beruhigen, was ihr nur schwer gelang. Die Augen weit aufgerissen sagte sie immer wieder das unbekannte Wort und »Blut«. Dann wurde es hektisch im Foyer, die Polizei, der Notarzt sowie ein Krankenwagen trafen ein. Anna überreichte die Frau an einen Sanitäter und zog sich zurück. Von der Angst getrieben, dass auch ihrem Vater etwas geschehen sein könnte, blickte sie suchend nach draußen und bemerkte, dass sein Auto bereits weg war. Sie machte sich so gut wie unsichtbar und beobachtete das umtriebige Geschehen.

»Das war aber jetzt echt viel Blut«, hörte sie einen jungen Polizisten sagen, der recht blass um die Nase war. »Warum muss eine so hübsche Frau sich so eklig umbringen?«

»Ja, das ist echt widerlich«, bestätigte sein Kollege, »und dass sie sich dazu auch noch so schick gemacht hat mit dem blauen Kleid.« Er schüttelte verständnislos den Kopf, und sie gingen nach draußen.

Anna erstarrte. Die Frau, mit der ihr Vater aufs Zimmer gegangen war, hatte ein schickes blaues Kleid getragen. Was war passiert, und wo war *er* hin? Sie eilte in ihr Zimmer, machte sich rasch fertig und schlüpfte ungesehen aus dem Hotel.

Verwirrt fuhr sie nach Hause und überlegte sich, wie sie nun weiter vorgehen sollte. Ihr wurde klar, dass sie mehr über diesen Mann erfahren musste, und so fing sie an, tiefer zu graben. Sie fand einen etwas älteren Bericht, der ihn als CEO einer erfolgreichen Werbeagentur zeigte, aber keinerlei private Informationen.

So fing sie an, ihn zu stalken, denn das Geschehen in Kassel hatte sie einerseits verunsichert, anderseits aber auch viele Fragen aufgeworfen. Es grenzte schier an ein Wunder, dass er sie nicht bemerkte, aber er war so mit sich und seinem Tun beschäftigt, dass ihm die Aufmerksamkeit für sein Umfeld zu fehlen schien. Er fühlte sich sicher. So erfuhr sie Schritt für Schritt, dass ihr Vater ein Mörder war. Ein gefährlicher und sehr kluger Serienmörder.

Sie entwickelte eine Art verwirrte Begeisterung für ihn und seine Taten. Und dann warf ihn etwas aus dem Konzept. Nicht etwas, sondern eine Frau.

Die Kommissarin Margeaux Surfin aus Stuttgart begann, Jagd auf ihn zu machen. Anna begann, die Frau erst kritisch zu betrachten, dann abzulehnen und zuletzt sogar zu hassen.

Anna hatte ihren Vater gefunden, bewunderte und fürchtete ihn aber zugleich. Hatte sich ihm zu erkennen geben wollen, aber im Zusammenhang mit seiner gefährlichen Passion nicht mehr gewusst, wie sie das am geschicktesten vollbringen sollte, und dann kam diese Deutschfranzösin dahergestöckelt und nahm ihr den Vater, bevor sie ihn hatte kennenlernen dürfen. Das Interview, das ihr Vater gegeben hatte, in dem er von Margeaux als seiner erträumten »Tochter« sprach, brachte das Fass zum Überlaufen. Anna hasste Margeaux so sehr, dass sie kaum mehr atmen konnte.

Die Ermittlerin fasste ihren Vater, nachdem er mit seiner unnachahmlichen Präzision acht Seelen ergattert hatte. Er wurde eingesperrt. Anna hatte ihn verloren, bevor sie ihn gewonnen hatte, und das alles hatte sie nur Margeaux und ihrem Team zu verdanken.

Sie sann auf Rache, und die musste kalt genossen werden. So ging sie erst einmal auf Abstand, und der Plan wuchs langsam in ihr heran.

Dass die Polizistin den Dienst quittiert hatte und nach Frankreich gegangen war, hatte ihr dabei sogar noch in die Hände gespielt. Auch dass einer der Ermittler sich nach Hessen hatte versetzen lassen und dort mit seiner großen Liebe zusammengezogen war, hatte hervorragend ins Bild gepasst. Der Plan war perfekt gewesen.

Die gut durchdachte Konzeption nahm zwar nun ein etwas anderes Ende, als ursprünglich vorgesehen, aber unterm Strich war das kein Problem. Sie würde das Dutzend Seelen mit Margeaux vollmachen, und ihre Genugtuung wäre erreicht. Dann würde sie sich dem Vater zu erkennen geben und ihn trösten und ihm die Tochter sein, die er verdient hatte. Wenn er erst erfahren würde, dass er ein leibliches Kind hatte, das seine Gene in sich trug, dann würde er die deutsch-französische Xanthippe sofort vergessen.

Anna fuhr den Parkplatz bei Pforzheim wie geplant an und stellte fest, dass er tatsächlich leer war. Noch nicht einmal ein Lkw parkte, um seine Ruhezeit einzuhalten. Sie entnahm ihrer Tasche eine Spritze, ein Tourniquet und das Fläschchen mit dem S-Ketamin. Dann stieg sie aus, blickte sich um und öffnete den Kofferraum. Alles musste schnell gehen, nicht dass jemand sie hier erwischte. Margeaux war nach wie vor ohne Bewusstsein. Anna musste sich etwas anstrengen, den Arm abzubinden und die Vene zu finden, da sie die Frau im Kofferraum ja mit Kabelbindern gefesselt hatte. Sie bekam es trotz der schwierigen Grundbedingungen hin. Sie war ja geübt und konnte sich nun sicher sein, dass sie die nächsten anderthalb bis zwei Stunden Ruhe haben würde. Dann würde sie die nächste Stufe einleiten. Die Ex-Polizistin sollte erfahren, wie es sich anfühlte, wenn man Angst hatte, jemanden zu verlieren, den man liebte.

Sie schlug den Kofferraum schwungvoll zu, entsorgte die Spritze und das leere Fläschchen in den Müll und stieg wieder ins Auto. Das Band verstaute sie in ihrer Tasche, und ihr Blick fiel auf ihr Handy. Es war an der Zeit, es auszuschalten und das Telefon mit der französischen SIM-Karte einzuschalten. Dann fädelte sie sich in den Verkehr ein und fuhr weiter.

Provence – Samstag, 26. Juli

»Das kann doch nicht wahr sein!« Frank brüllte in sein Telefon, dass die Scheiben im Haus gefühlt erzitterten. »Wo ist sie? Matze, wo ist das verdammte Handy? Kannst du das nicht genauer orten?«, schnauzte er den Hacker an.

»Hey, ich verstehe, dass du Angst hast, aber brüll mich nicht an!«, setzte sich dieser zur Wehr.

»Ich habe da mal was gelesen«, schaltete sich Aimé ein und erntete einen missbilligenden Blick von Frank. Doch bevor dieser etwas sagen konnte, fuhr er fort: »Wenn das Telefon angerufen wird, dann sendet es ein weiteres Signal und ist genauer zu orten!«

Matze schlug sich gegen den Kopf. »Ja, genau, wie konnte ich das vergessen? Woher weißt du so was, Flic?«, fragte er den Franzosen.

»Wir leben hier ja auch nicht hinterm Mond«, erklärte Aimé, »und wir haben auch Spezialisten. In unserem Intranet gibt es immer spannende Berichte.« Man merkte ihm den Stolz an, dass er auf diese Idee gekommen war.

Frank blickte fragend zwischen den Männern hin und her.

Matze nickte und befahl: »Du bleibst weiter mit dem Streifenpolizisten in Verbindung und Aimé, du rufst Margeaux' Handy an – und ich pinge. Los jetzt!« Die beiden taten, was er ihnen aufgetragen hatte, und Matze fing an, das Gebiet immer mehr einzugrenzen. Der Polizist in Stuttgart wurde von Frank dirigiert, und als er bis auf zwei Meter an das Ziel in Terminal 2 herangekommen war, gab es nur eine Möglichkeit: der Mülleimer! Er kramte darin herum.

»Das Handy liegt im Müll! Wir brauchen jetzt echt Unterstützung!«, stöhnte Frank entsetzt in den stillen Raum.

Hilde klammerte sich so an der Küchenanrichte fest, dass ihre Knöchel ganz weiß wurden. Aimé fuhr sich durch das Haar, bis es wild vom Kopf abstand, und Matze fluchte leise vor sich hin. »Ich habe noch eine schlechte Nachricht«, wandte er sich an die Gruppe, »Bauers Handy ist aus!«

Frank fing an, wie ein gefangener Tiger im Zimmer herumzulaufen. Er brachte eine solche Nervosität in den Wohnbereich, dass der Hund leise zu winseln anfing. »Verdammt! Was machen wir denn jetzt? Wir brauchen eine Ringfahndung, aber wonach suchen wir? Was fährt Anna Bauer für ein Auto? Matze, wissen wir das?«, fragte Frank aufgeregt.

»Auf Anna Bauer ist kein Auto gemeldet!«, kam es von König wie aus der Pistole geschossen.

»Wie fährt sie dann umher?«, wollte Aimé wissen. »Mit einem Taxi?« Er hob fragend die Augenbrauen.

»Eher unwahrscheinlich«, dachte Matze laut nach, »ist mit einer Geisel eher blöd!«

Hilde stieß bei dieser flapsigen Formulierung zischend ihren Atem aus, und der junge Mann zog schuldbewusst die Schultern hoch.

»Wenn wir nicht wissen, was wir suchen sollen, haben wir nichts in der Hand!«, fasste Frank die verzwickte Situation zusammen.

»Wir sollten uns also darauf konzentrieren, den Chat-Typen zu finden, denn das ist definitiv unser Mörder, und was auch immer mit Margeaux geschieht, wird etwas mit ihm zu tun haben. Über die Rolle von Anna Bauer können wir nur mutmaßen. Daher ist das unser Weg«, fasste Aimé pragmatisch zusammen.

Matze beugte sich über seinen PC und dachte nach, wie er das Verfahren beschleunigen und verfeinern konnte.

Minuten später rief er erregt aus: »Wenn ihr mir noch ein paar Minuten Zeit lasst, dann kann ich euch sagen, woher das Signal beim letzten Chateintrag mit dem letzten Opfer kam.« Matze tippte und klickte in rasender Abfolge. Die Informationen aus dem Darknet hatten ihm immens geholfen. Dort bekam man wirklich alles. Er hantierte sehr vorsichtig damit, denn er wusste, dass man sich schnell in dieser Dunkelheit verlieren konnte und irgendwann nicht mehr davon loskam. »So! Ich habe das Signal der IP-Adresse verfolgt und kann es auf einen Radius von zehn Metern eingrenzen!«, triumphierte er. »Was machen wir jetzt?«, fragte er seine beiden Mitstreiter.

»Wir fahren dorthin«, Aimé war schon auf dem Weg zur Tür. »Und am besten bewaffnet!«, fügte er etwas leiser hinzu.

Frank folgte ihm, und Hilde rief ihnen hinterher: »Seid vorsichtig, bitte!«

»Bleibt mit mir in Kontakt!« Matze folgte ihnen auf den Hof und fügte hinzu: »Ich leite euch vom Handy aus, das Netzproblem konnte ich mit ein paar Tricks lösen. Ich orte Frank, und dann kann ich euch genau sagen, wo ihr hinmüsst!«

Die beiden Polizisten nickten, stiegen in Aimés Auto und brausten los. Der Flic steuerte den Wagen sicher über die felsige Strecke und schlug zuerst den Weg in Richtung Barbentane ein. Frank schaute ihn fragend an. »Du darfst hier keine Waffe tragen«, klärte Aimé ihn auf, »ich aber wohl, und in unserer Asservatenkammer haben wir sogar kugelsichere Westen. Die hat nach dem Anschlag von Paris jeder Posten bekommen!«

Er fuhr die Landstraße in einem Höllentempo entlang, und Frank klammerte sich am Türgriff fest. Die schmale Straße schien ihm für diese Geschwindigkeit nicht geeignet zu sein. Sie erreichten das Revier schnell, und Aimé sprang behände aus dem Auto und verschwand in dem Gebäude. Um seine Waffe mit sich führen zu dürfen, müsste er eigentlich Uniform tragen, aber das würde sehr viel Aufsehen erregen, und das war gerade das Letzte, was sie brauchten. Sie wollten den Mörder erwischen und ihn nicht aufschrecken. Also nahm er zwei Westen aus dem Regal. Diese waren mit »Police municipale« beschriftet, das musste ausreichen. Dann ging er zu seinem Spint und entnahm seine Dienstwaffe.

Samstags war hier nie viel los, und wahrscheinlich trank sein

Kollege gerade in der Bar an der Ecke seinen Café noir. Aimé schloss die Tür wieder ordentlich hinter sich zu und ging zum Auto. Die Westen legte er Frank auf den Schoß, seine Waffe hatte er in seinem Holster sicher verstaut.

Er hatte so sehr darauf geachtet, nicht von einem Kollegen gesehen zu werden, dass ihm ein anderer Beobachter entgangen war. Dieser jemand hatte die Westen entdeckt und war stutzig geworden.

Aimé lenkte das Auto vom Parkplatz und fuhr Richtung Maillane. Der Hacker hatte das Signal inmitten des beschaulichen kleinen Bergdorfes geortet, in dem der berühmte Künstler Frederic Mistral geboren worden war. Frank nahm nach der Hälfte der Strecke sein Handy zur Hand und rief Matze an, damit dieser ihn besser finden konnte.

»Wir haben jetzt noch rund sieben Kilometer bis zum Ortskern«, beschrieb er ihre Lage. »Gleich sind wir wohl in Graveson, sagt Aimé gerade.«

»Okay, ich tracke dich.« Matze machte sich ans Werk. »Das kann ein paar Minuten dauern, aber ich denke, ich hab dich gleich.«

Frank lauschte auf die Geräusche der Tastatur und blickte sich derweil ein wenig um. Auch wenn die Situation äußerst angespannt war, so konnte er doch sehen, dass es hier landschaftlich sehr schön war. Der Abendhimmel war von einem unfassbar klaren Blau, die Sandsteinhäuser schimmerten cremefarben in der untergehenden Sonne, und die bunten Fensterläden waren alle weit geöffnet, um die kühler werdende Abendluft in die Räume zu lassen. Menschen saßen in Bars und prosteten sich zu oder gingen Hand in Hand in sommerlicher Bekleidung auf gemütlich aussehende Restaurants zu. Sollten sie das hier gut überstehen, würde er hier tatsächlich gern Urlaub machen.

Er wurde durch einen plötzlichen Tumult an seinem Ohr aus den Gedanken gerissen. Der Bäcker schien da zu sein und brüllte auf Französisch herum. Geistesgegenwärtig schaltete Frank das Handy laut, und so konnte Aimé ihm übersetzen, was da gerade vor sich ging. Thierry hatte den Flic mit den Westen gesehen und rasch verstanden, dass hier etwas Unangenehmes im Busch war. Er hatte seine verblüffte Mitarbeiterin beauftragt, den Laden allein zu versorgen, sich dann rasch in sein Auto geschwungen und war zum Weiler gerast. Jetzt stand er dort und forderte Hilde auf, ihm zu sagen, was los ist.

Aimé wusste, dass seine Frau nun alles erzählen und ihrer angemessenen Sorge ebenfalls gebührend Ausdruck verleihen würde. Hilde redete schnell auf Thierry ein, und der wurde immer stiller. Dann stieß er einen markerschütternden Schrei aus und begann zu toben. Aimé konnte gar nicht so schnell übersetzen, wie Margeaux' Freund Flüche ausstieß.

Dann meldete sich Matze zu Wort. »Hallo! Ich kann so nicht arbeiten! Frank, ich hab dich jetzt!«, fügte er genervt hinzu. Thierry und Hildes Stimmen schienen sich zu entfernen. »Ui, Leute, ich glaube, der hat richtig miese Laune!«, bemerkte der Hacker sarkastisch.

»Zu Recht«, verteidigte Aimé ihn, »seine Freundin ist in Gefahr, und wir lassen ihn außen vor. Das ist nicht fair!«

Frank wiegte nachdenklich den Kopf, musste dem älteren Franzosen dann aber zustimmen. Er würde es auch wissen wollen, wenn ein geliebter Mensch in Gefahr wäre.

Sie waren nun kurz vor dem Ziel und mussten sich konzentrieren. Aimé steuerte den Wagen langsam in die Zone, die Matze markiert hatte, und der junge Mann bestätigte ihnen die Richtigkeit anhand des Trackings. Sie fuhren langsam durch die Straße und blickten sich suchend um. Die Häuser in Maillane waren teilweise an den Berg gebaut und gaben ein idyllisches Bild ab. An einem schmalen Bau hing ein Schild, das verdeutlichte, dass man hier Zimmer mieten konnte.

Frank tippte den Fahrer an und deutete auf das Haus. »Matze«, fragte er, »sind wir nah dran?«

»Der Radius ist noch immer zehn Meter, aber das könnte passen«, hörten sie ihn sagen.

Aimé parkte den Wagen ein paar Meter weiter. Sie stiegen aus, zogen die Westen unauffällig an und gingen langsam auf das Haus zu.

Unaufhaltsam

In dem Zimmer passte alles. Es gab zwei Sessel, die er nun entsprechend ausrichtete. Er leerte seinen Rucksack und überprüfte die Utensilien. Er wollte nichts falsch machen. Aljona musste auf jeden Fall überleben. Ihr durfte nichts geschehen, und dazu war es notwendig, dass er alles tat, was von ihm verlangt wurde. So wie bisher auch. Jetzt würde er warten. Er hatte keinerlei Vorstellung, wie er das Vorhaben umsetzen sollte. Nach drei vollbrachten Taten war ihm jeder Handgriff weiterhin fremd, so als handle ein abgespaltener Teil von ihm und nicht er selbst. Wahrscheinlich war das auch gut so, denn sonst wäre seine große Liebe schon längst tot. Nur ihretwegen hatte er all das gemacht. Er wusste, welche Ängste sie in diesem Erdloch ausstehen musste, und der Kummer darum, dass er sie gefährdet und in diese Lage gebracht hatte, brachte ihn schier um den Verstand. Vielleicht war er deshalb auch verwirrt, und eine Art zweites Ich agierte wie ein Roboter, programmiert darauf zu töten. Seine verdammter Job hatte dazu geführt, dass er hier saß – und seine Liebe hatte ihn angreifbar gemacht.

Fraglich war, wie ihre Psyche unter dieser erneuten Todesangst leiden würde, aber sie war stark und lebensfroh, obwohl ihr so viel Schreckliches widerfahren war. Sie war liebevoll, und wenn sie sich abends im Bett an ihn schmiegte, dann vergaß er die bösen Bilder, die sein Beruf hinterließ. Sie gab ihm Ruhe und half ihm zu verarbeiten, was Menschen bereit waren, einander anzutun, sogar ihren Kindern. Er hielt sie, wenn die bösen Träume kamen, beschützend in seinen Armen. Sie taten einander gut und waren unglaublich glücklich miteinander. Nun war alles vorbei.

Gramvoll legte er den Kopf in seine Hände. Er wusste jetzt, wie sich ihre nächtliche Panik angefühlt haben musste. Sein Herz stolperte und raste in seiner Brust, eine Schraubzwinge legte sich um seinen Kehlkopf, und er konnte kaum noch atmen. Ihm wurde furchtbar übel, und er erhob sich mit letzter Kraft, rannte in die Toilette und übergab sich.

Und nun Margeaux! Wie sollte er das fertigbringen?

Verlockung und Gnade

Hass weckt Streit,
Liebe deckt alle Vergehen zu.

Sprüche 10,12

Sie fuhr über die Grenze, und das Navigationssystem zeigte eine staufreie Strecke in Frankreich an. Lediglich die Mautstellen würden etwas Zeit kosten, aber auch das sollte an einem Samstagabend nicht so problematisch sein. Sie würde einen der Parkplätze anfahren, die groß und verwinkelt waren, davon gab es ja an den französischen Autobahnen genug. Hier würde sie zur nächsten Stufe übergehen. Sie machte ein wenig Musik an und dachte an ihren Vater. Er mochte Tschaikowsky, genau wie sie. Oder mochte sie es, weil er es mochte? Sie wusste es nicht mehr genau. Es war ein wunderbarer Schachzug gewesen, sich als Psychologin anzubieten. Sie war ihm so nah gewesen und hatte so viel über ihn erfahren können. Langsam hatte sie sich in den Sitzungen auch an seine Vergangenheit herangetastet und erfahren, wie sehr er ihre Mutter geliebt hatte und wie sehr es ihn getroffen hatte, dass sie aus seinem Leben verschwunden war. Anfangs hatte er sie suchen wollen, aber das Land war groß, daher hatte er dann Abstand davon genommen und akzeptiert, dass sie die Beziehung aufgegeben hatte. Er hatte Groll verspürt und auch darüber nachgedacht, ob er sie zerstören sollte – nicht töten, nur unfähig für weitere Beziehungen machen, denn es schmerzte ihn, sie sich mit einem anderen Mann vorzustellen. Aber dann hatte er einen guten Job bekommen und viele Affären mit sehr attraktiven

Frauen gehabt. Das hatte ihm irgendwie Genugtuung gegeben, und er hatte begonnen, Carla zu vergessen.

So hatte Anna erfahren, wer ihr Vater war, was ihn bewegte, was ihn ausmachte, und sie hatte sich ihm noch näher gefühlt als durch die pure Beobachtung seiner Taten. Er faszinierte sie, und sie hatte sich große Mühe gegeben, sich nicht anmerken zu lassen, wie sehr sie ihn vergötterte und liebte. Ja, das Gefängnis hatte ihr diese Möglichkeit geboten, aber wie viel mehr hätten sie einander sein können, wenn diese Frau ihn nicht dorthin gebracht hätte?

Sie stellte den Tempomat auf 140 km/h. Sie wollte nicht angehalten werden mit einem gefesselten Menschen im Kofferraum. Es war eine gute Idee gewesen, das auf die Mutter zugelassene Auto zu behalten. Niemand hatte danach gefragt. Sie überwies pünktlich die Steuer und die Versicherung, und das schien zu genügen. So war sie nun mit dem Audi mit Tübinger Kennzeichen unterwegs. Sie war gespannt auf das Gesicht dieser Margeaux und darauf, wie schnell sie klein beigeben und brav auf dem Beifahrersitz sitzen würde. Wie ein Lamm, das man zur Schlachtbank führte. Sie musste über diesen passenden Vergleich lächeln. Die Lämmer auf dem Opferstein ließ man mit einem Schnitt durch die Kehle ausbluten, aber das ging viel zu schnell. Ihr Vater hatte es perfektioniert, die Menschen durch die Oberschenkelarterie den Tod kommen sehen zu lassen und es dann so zu verlangsamen, dass er den Moment, in dem die Seele ging, sehen konnte. Schade, dass sie nicht dabei sein würde, wenn die Seele der französischen Hexe Adieu sagte. Sie war dann bereits weit weg, und niemand würde ihr etwas nachweisen können.

Die SIM-Karten waren auf die beiden Männer selbst angemeldet und das Handy, das sie nutzte, auf die Freundin des Polizisten. Der einzige Makel an ihrem Plan war, dass diese Frau sich trotz all der Mittel in ihrem Blut an irgendetwas würde erinnern können. Die Mischung aus Zebrunalil und Propranolol sorgte laut amerikanischen Studien für die Löschung von Erinnerungen, aber eine hundertprozentige Sicherheit, dass es wirklich funktionierte, gab es nicht. Sie würde den Keller gleich morgen leeren und die Spuren beseitigen, aber ein Restrisiko blieb.

Ein Schild wies auf einen Parkplatz mit »pique-nique«-Möglichkeiten, und sie entschied, diesen anzusteuern.

Provence – Samstag, 26. Juli

Die untergehende Sonne warf einen Mantel graublauer Dämmerung über die Straße. Eine Laterne warf fahles Licht und half doch noch nicht wirklich zu erhellen. Aimé und Frank hatten sich Jacken über die Westen gezogen und gingen nun wie gemütliche Spaziergänger auf das schmale Haus zu. Frank hatte noch das Handy am Ohr und fragte zum gefühlt Zehntausendsten Mal: »Sind wir hier richtig, Matze?«

Dieser antwortete so gelassen wie möglich: »Es sieht ganz danach aus!«

Die Haustür konnten sie einfach aufdrücken. Zwar gab es in Maillane viele Touristen, aber die Menschen hier neigten dazu, ihre Türen nicht zu verschließen. Es roch leicht muffig im Eingangsbereich, und von den rohen Wänden bröselte der Sandstein auf den Boden. Es machte einen eher schäbigen Eindruck, und sie bekamen immer mehr das Gefühl, hier richtig zu sein. Einen solchen Ort würde man sich aussuchen, um unsichtbar zu bleiben.

Sie standen etwas unschlüssig im Aufgang, als sich weiter oben eine Tür öffnete und ein Mann mit zerknautschtem Gesicht und vom Schlaf verstrubbeltem Haar die Treppe mit einem Müllbeutel in der Hand heruntergeschlurft kam. Aimé packte die Situation beim Schopf und fragte auf Französisch nach dem jungen Deutschen. Der Mann blickte ihn verständnislos an. Frank versuchte es auf Englisch und sah ein verstehendes Aufglimmen in den Augen des Gegenübers. Der Mann deutete mit dem Daumen auf die Tür über ihm und setzte seinen Weg desinteressiert fort.

Aimé sprang die Stufen hinauf und klopfte. Nichts geschah. Er klopfte ein zweites Mal etwas fester. Auch jetzt tat sich nichts. Sie warteten, bis der Mann mit dem Müll zur Tür hinaus war. Frank griff in seine Tasche und zog sein Portemonnaie heraus. Mit einer Scheckkarte hatte er die Tür rasch geöffnet, und sie schlüpften atemlos hinein. Der Raum war noch trostloser, als es das Treppenhaus vermuten ließ. Ein einfaches Bett stand an der Wand, ein zerschlissener Teppich zierte den Boden, und an der Decke hing ein alter Ventilator, der träge seine Runden drehte. Das Zimmer war leer, und nichts deutete darauf hin, dass hier jemand wohnte. Frank sah sich um und ging zielstrebig auf den Mülleimer zu, Aimé steuerte derweil das kleine Bad an.

»Hier riecht es wirklich schrecklich«, kam er mit gerümpfter Nase wieder heraus, »ich glaube, hier hat sich jemand vor noch nicht allzu langer Zeit erbrochen. Die Toilette sieht zumindest ganz danach aus.«

Frank zog die Tüte aus dem Eimer und schüttete den Verpackungsmüll auf den Boden. Er konnte sein Glück kaum fassen, als er unter einer Sandwichtüte eine zerbrochene SIM-Karte fand.

Sofort winkte er Aimé herbei und schnappte sein Handy. Er machte einige Fotos, versendete sie an Matze und rief diesen dann an. »Vielleicht haben wir eine wichtige Spur gefunden«, rief er atemlos, »schau dir die Bilder an. Kannst du damit etwas anfangen?«

Matze schwieg einen kurzen Moment, tippte einige Befehle in seinen PC und sagte dann ein einziges Wort: »Sebastian!«

»Scheiße!«, entfuhr es Frank. »Kannst du da Anrufe zurückverfolgen?«, fragte er aufgeregt.

»Ich bin dran«, erklärte der Hacker, »gib mir ein paar Minuten!«

»Okay, wir warten.«

Thierry war außer sich über das, was er von Hilde erfahren hatte. Margeaux war verschwunden. Jemand hatte ihr Handy in einem Mülleimer am Flughafen in Stuttgart deponiert, und zuletzt war sie bei dieser Anna Bauer, der Tochter des irren Psychopathen, gewesen. Aimé und der deutsche Polizist waren irgendwohin unterwegs, trugen schusssichere Westen und waren wahrscheinlich bewaffnet. Margeaux war in Lebensgefahr, und niemand hatte es für nötig gehalten, ihn oder Julien darüber zu informieren. Er musste herausfinden, wo die beiden hingefahren waren, doch erst würde er etwas tun, wovon er sich nie hatte vorstellen können, dass dies in seinem Leben jemals geschehen würde.

Er fuhr nach Hause. Er war Südfranzose. Die Jagd gehörte zum Leben eines jeden Jungen in dieser Gegend. Sein Großvater und sein Vater hatten ihn bereits von Kindesbeinen an mitgenommen. Ab September war die Jagdsaison eröffnet, und jeder machte sich auf, um Rebhühner und Hasen zu jagen. Die Waffen und die Munition hatte er in seinem Jagdschrank eingeschlossen. Er war lange nicht mehr zur Jagd gegangen. Das Töten gefiel ihm nicht, aber er würde sich auf keinen Fall unbewaffnet auf die Suche nach Aimé und Frank machen und somit wahrscheinlich auch nach dem Mörder, der es auf seine Freundin abgesehen hatte. Hilde hatte ihm vollkommen aufgelöst von der leeren Flasche mit Margeaux' Namen berichtet.

Er riss den Schrank auf, entnahm eine Flinte und genügend Munition, rannte zur Tür, drehte dann aber noch einmal um, griff den Feldstecher und das Klappmesser und stopfte beides in die weiten Taschen seiner Jacke. Dann stürmte er wieder zum Auto. Er würde Hilde noch einmal anrufen und sie bitten herauszufinden, wo die beiden Männer sich befanden. Er würde nicht tatenlos mitansehen, wie Margeaux in Todesgefahr geriet.

Gewissenlos

Er würde sich irgendwann nachts bereithalten müssen, und dann hätte er den Rest für die beste Story seiner Karriere zusammen. Morgen würde er die ersten Dateien zum Verkauf anbieten und würde fürstlich dafür bezahlt werden, dessen war er sich sicher. Dafür war er schon lange genug im Geschäft. Der Countdown lief.

Verachtung und Demut

Böses zu meiden ist der Pfad der Rechtschaffenen;
wer auf seinen Weg achtet, bewahrt sein Leben.

Sprüche 16,17

Der Parkplatz war beinahe leer, und Anna fuhr die Schleife bis ganz nach hinten. Dann stieg sie aus, dehnte sich und sah sich um. Es blieb still. Sie öffnete den Kofferraum und sah, dass sie die Situation gut abgeschätzt hatte. Margeaux blinzelte und begann, sich zu bewegen.

»Ich mache dir einen Vorschlag, Schätzchen«, sagte sie abfällig, »du sitzt brav neben mir, und deinem hübschen Freund passiert nichts!« Sie zog das einfache Prepaid-Handy aus der Hosentasche und zeigte Margeaux ein Foto von Thierry, wie er vor seinem Laden stand und einer älteren Dame eine Tüte mit Backwaren reichte.

Margeaux blickte verwirrt umher. »Was soll das?«, krächzte sie mit belegter Stimme, das Ketamin sorgte für eine verminderte Erinnerungsfähigkeit.

»Das wirst du alles noch früh genug erfahren. Jetzt kommt es erst einmal darauf an, dass du deinen Bäcker beschützt und keine Mätzchen machst, wenn ich dich losschneide. Denn wenn ich mich nicht in Kürze mit einem Codewort melde, ist er dran.«

Ihre Stimme klang gehässig. Sie beugte sich vor, holte ein kleines Taschenmesser aus der anderen Hosentasche und schnitt die Kabelbinder durch. Dann trat sie einen Schritt zurück, sondierte erneut das Terrain und winkte Margeaux herrisch zu sich.

Margeaux versuchte, ungelenk aus dem Kofferraum zu klettern. Das lange Liegen in der verkrümmten Position hatte ihren Körper steif gemacht, und ihre Muskeln schmerzten wie nach einem Boxkampf mit einem Dinosaurier. Sie schaffte es unter den prüfenden Blicken dieser Psychologin heraus und musste sich Halt suchend am Auto abstützen. Ihre Sinne kehrten langsam zurück, und das betäubte Gehirn begann wieder zu funktionieren.

Was war geschehen, warum war sie hier, und warum hatte es die Psychologin auf Thierry abgesehen? Was wollte sie von ihr? Margeaux schüttelte leicht den Kopf und richtete sich auf, sie würde erst einmal tun, was die Frau von ihr verlangte, denn keinesfalls wollte sie ihren Freund in Gefahr bringen.

Sie löste sich vom Auto und machte ein paar unsichere Schritte in Richtung Beifahrertür. Ihr Blick fiel auf das etwas weiter entfernt stehende Toilettenhaus, und eine Erinnerung blitzte dumpf in ihr auf. Sie war bei Bauer noch auf der Toilette gewesen. Wo war eigentlich ihr Handy, vielleicht konnte sie es ja schaffen, einen Notruf abzusetzen. Sie tastete die Taschen ihres Jumpsuits ab und fand nichts.

»Da wirst du nichts finden. Dafür habe ich gesorgt!« Anna lachte hämisch. »Niemand wird dich finden!«

Bauer ging zur Fahrerseite und setzte sich. Sie ließ den Motor an, und Margeaux beeilte sich, so rasch es ihr möglich war, auf den Beifahrersitz zu schlüpfen. Sie schnallte sich ungelenk an und wartete ab, was nun geschehen würde.

Provence – Samstag, 26. Juli

»Ich hab da vielleicht etwas gefunden. Es wurde eine größere Datenmenge übertragen. Kann ein Video gewesen sein, oder so etwas.« Matze hatte zügig gearbeitet.

»Und Anrufe oder irgendwelche Nummern? Irgendetwas, das uns weiterbringt?«, fragte Frank ungeduldig.

»Jetzt mach mal langsam«, bat Matze, »ich habe doch noch gar nicht alles berichtet. Die Nummer, von der das Video übertragen wurde, ist auf Aljona Mertesacker eingetragen, und an diese Nummer wurden von der SIM-Karte, die ihr gefunden habt, auch zwei Kurznachrichten versendet – und eine wurde empfangen. Eine gesendete Nachricht konnte ich schon finden, sie wurde erst vor Kurzem verschickt!« Er klang stolz. »Allerdings ist der Inhalt kurz und kryptisch: GHG17. Damit kann ich momentan nichts anfangen. Habt ihr vielleicht eine Idee?«

Aimé und Frank schüttelten synchron die Köpfe, was Matze allerdings nicht sehen konnte, und so fing er an, wild zu raten: »Kann das eine Ankunftszeit sein, eine Schließfachnummer, ein Ort, also ich meine irgendwie Koordinaten?«

Aimé horchte auf: »Ein Ort? Vielleicht ist die 17 eine Zimmernummer? Gab es da irgendwelche Übereinstimmungen bei den letzten Taten oder den Taten von diesem Irren in Deutschland?«

»Das ist eine super Idee, warte, ich schaue nach.« Matze rief die Akten der Ermittlungen auf und stieß einen erstaunten Pfiff aus. »Mensch, Aimé, du bist klasse, alter Mann!« Dann erklärte er den beiden, was er sah: »Jeder zweite Mord von Angerer deckt sich mit einer Zimmernummer der neuen Morde. Wenn ich zwei, vier und sechs vergleiche, stimmen die Raumnummern überein, und für Nummer acht habe ich in den Akten die Zimmernummer 17 vermerkt!«

»Dann wird wohl GHG der Ort oder das Hotel sein!«, schlussfolgerte der französische Polizist rasch.

»Was für Einfälle habt ihr?« Matze tippte offensichtlich schon einige Befehle in die Tastatur, forderte aber weiteren Input von seinem Team ein. Dann hörten sie ihn aufstöhnen: »Ich glaube, hier steht das nächste Problem an!«

»Was ist los?«, fragten die beiden unisono.

»Margeaux' Vater heißt doch Julien – oder?«, fragte der Hacker.

»Ja«, bestätigte Aimé, »ist der jetzt etwa auch da?«

»Ich glaube, deine Frau hat ihn am Telefon, und jetzt ist sie rausgegangen, um weiter zu telefonieren!«

»Das verheißt nichts Gutes!« Aimé war sich sicher, dass Hilde auch Julien die Wahrheit erzählen würde. Sie machte sich furchtbare Sorgen um Margeaux und würde unter diesen Umständen auf keinen Fall einsehen, warum sie deren Vater im Unklaren über die Situation seiner einzigen Tochter lassen sollte. Er musste kurz den Schrecken von sich schütteln, der ihn bei diesem Gedanken überkam. Er musste professionell bleiben, das war jetzt wichtiger denn je. Sie alle waren mit Margeaux emotional eng verbunden, wenn sie dies jetzt in den Vordergrund stellen würden, könnte das fatal enden.

»Ich werde Julien gleich anrufen und das klären«, versprach er daher sofort.

»Ich verstehe, dass ihr Vater jetzt durchdrehen wird, und Thierry wird sicher auch nicht begeistert sein, aber wir müssen uns jetzt auf die Ist-Situation konzentrieren. Gibt es ein Hotel oder einen Ort, der mit den drei Buchstaben GHG in Verbindung steht?«, schaltete sich Frank ein.

Auch Matze ballerte seine Fragezeichen nach draußen: »Oder ein Zeitcode oder Koordinaten? Könnte es überhaupt eine Abkürzung sein? Also vielleicht nur Anfangsbuchstaben oder so?«

Aimé konzentrierte sich und forschte in seinem Kopf nach einer

Lösung, aber er war gedanklich zu sehr darauf fokussiert, dass Julien irgendeine unbedachte Aktion vollbringen könnte.

»Leute, hört zu«, sagte er deshalb, »prüft mal diese Gedanken durch. Ich halte uns erst mal den Rücken frei und beruhige Julien so weit wie möglich. Dazu muss ich aber erst meine Frau anrufen und sie fragen, was sie alles preisgegeben hat! Es kann also ein paar Minuten dauern!« Er klang genervt. Ihm war klar, wie Hilde argumentieren würde und dass er hier den Kürzeren zog. Wenn es um »ihr Mädchen« ging, war sie unerbittlich! Er schnappte sich sein Telefon und begab sich in die Höhle des Löwen.

Demütigung und guter Glaube

Ein Tor lässt seiner ganzen Erregung freien Lauf,
aber ein Weiser hält sie zurück.

Sprüche 29,11

Die Fahrt verlief zügig, selbst an den Mautstellen war nichts los. Margeaux fühlte sich benommen und hatte das Gefühl, ihr Kopf sei in Watte gebettet. Manche Gedanken durchdrangen die weichwabernde Empfindung, und andere schienen einfach darin steckenzubleiben. Sie war sich nicht sicher, wie sie in diese Situation hatte gelangen können. Eine sonderbare Leere hatte sich in ihrem Schädel breitgemacht. Sie versuchte, die Erinnerung durch den zähen Nebel zu zerren, aber es funktionierte nicht. Sie räusperte sich.

»Anna«, ihre Stimme klang rau, »was soll das alles? Was tun Sie hier, und warum bedrohen Sie mich?«

Bauer verzog die Augenbrauen und raunte abfällig: »Das wirst du noch früh genug erfahren!«

Margeaux versuchte, hinter der milchigen Wand die Realität zu ertasten. Zarte Erinnerungsfetzen tauchten wie verwehende Wolkenbilder auf: Sie war von der Toilette zurückgekommen, und etwas war anders gewesen. Worte tauchten vor ihrem inneren Auge auf und verblassten wieder: *Anna … Bauer … Achtung!* Sie wusste, dass da noch mehr war, konnte es aber nicht greifen. Erneut versuchte sie, ihre Entführerin dazu zu bringen, ihr ihre Beweggründe zu verraten. »Was erfahre ich noch früh genug? Was haben Sie mit mir vor? Lassen Sie Thierry aus dem Spiel!«, fügte sie mit nun festerer Stimme hinzu.

Bauer blickte geradeaus und fuhr unbeirrt weiter. »Verlust tut weh, und er tut dann noch besonders weh, wenn er einem die Chance auf eine besondere Beziehung raubt. Ich habe zu viel verloren, und jetzt muss ich mir so viel wie möglich zurückholen. Ob Liebe oder Anerkennung ist mir erst einmal egal. Beide Emotionen bilden ein Fundament«, philosophierte sie.

»Ich komme wirklich nicht ganz mit.« Margeaux schüttelte verständnislos den Kopf, versuchte aber weiterhin, im Gespräch zu bleiben. Es war wichtig, Menschen am Reden zu halten. Aber neben ihr saß eine Psychologin, und die wusste das auch.

Noch immer fühlte sie eine Art zähe Watte in ihrem Gehirn, die ihre Denkfähigkeit einschränkte. Sie starrte ins Leere und suchte das fehlende Puzzlestück. Was war ihr verloren gegangen?

Provence – Samstag, 26. Juli

»Das war ein hartes Stück Arbeit!« Aimé wischte sich aufatmend den Schweiß von der Stirn. »Er war nur schwer davon zu überzeugen, dass es hier für ihn zu gefährlich ist und wir zu dritt noch mehr auffallen könnten. Allerdings musst du ihm regelmäßig Lageberichte per Kurznachricht schicken«, sagte er, an Matze gewandt, »das ist der Deal. Spätestens morgen um neun alarmiert er die Kavallerie!«

Frank zog genervt einen Mundwinkel ein und rollte mit den Augen: »Können wir jetzt hier weitermachen?«

»Einen Ort in der Umgebung, auf den diese Buchstabenkombination passt, habe ich nicht gefunden, aber ich habe drei Hotels hier, bei denen es passt. Das ›Guardion Hotel Gordes‹, das ›Guest House Ginous‹ und das ›Great Hostel Gard‹.«

»Mensch, Matze, lass dir doch nicht jede Info aus der Nase ziehen«, motzte Frank ungeduldig, »wo sind diese Hotels?«

»In Gordes, in Rognonas und in Rochefort-du-Gard.« Matze las die Namen ungelenk vor.

»Gordes und Rochefort sind an sich zu weit, der Radius war ja bisher recht nah um den Weiler, und da ist Rognonas der nächste Ort!«, erklärte Aimé ortskundig.

»Dann los!« Frank rannte aus der Wohnung, durchquerte das Treppenhaus und eilte auf das Auto zu. Aimé musste sich ranhalten, um mitzukommen.

Sie fuhren in Richtung Rognonas, ohne zu wissen, was sie dort erwarten würde.

Seelenlos

Er saß und wartete, und während er dies tat, hatte er das Gefühl, dass er immer weniger wurde. Als wäre er nur noch eine Hülle und alles, was ihn ausgemacht hatte, gäbe es nicht mehr. Die Seelen zu nehmen hatte ihn nicht gestärkt. Ganz im Gegenteil – mit jeder Seele, die er in einer Flasche gefangen hatte, war er ein bisschen weniger geworden.

Nun sollte die vierte Seele folgen. Das Dutzend sollte voll werden mit *ihr.* Sie war das allumfassende Opfer und sollte den Kreis schließen. Danach wäre er nichts mehr. Das wusste er. Schon jetzt atmeten seine Lungen für eine Hülle, pumpte sein Herz Blut durch die Adern, die umgeben waren von verdorbenem Fleisch. Von dem, was er einmal gewesen war, war nicht viel übrig geblieben. Nur die tiefe Liebe für dieses wunderbare Mädchen, das ihm der Himmel geschickt hatte.

Jetzt würde ihn die Hölle erwarten. Das wusste er.

Verspottung und Willenskraft

Wie ein Verrückter, der Brandpfeile schleudert,
Pfeile und Tod, so ist einer, der seinen Nächsten täuscht
und dazu sagt: Ich mach doch nur Spaß.

Sprüche 26, 18–19

Sie grübelte verzweifelt über das, was ihrem Gedächtnis fehlte, und war sich im Klaren darüber, dass dies die Wirkung von Ketamin war, den sogenannten K.-o.-Tropfen. Sie würde Zeit brauchen, um sich zu erinnern. Schlimmstenfalls würden die Lücken sogar bleiben. Margeaux versuchte, Stück für Stück vorzugehen: Anna Bauer war Psychologin und wohnte in einem schönen Haus auf dem Land, das Haus lag einsam. Sie hatte sie dort besucht und mit ihr über Angerer und über seine beiden Besucher reden wollen. Sie war dort mit einem Taxi hingefahren. Sie hatten etwas getrunken, und dann war sie zur Toilette gegangen. Dieser Gedankenfetzen war da. Nun bewegte sie den Ablauf bis dahin immer wieder in ihrem Kopf hin und her und starrte dabei in die Dunkelheit.

Die Frau auf dem Fahrersitz schien guter Laune zu sein und fuhr den Wagen sicher durch die Nacht. Sie hatten Lyon bereits vor einiger Zeit passiert, und Margeaux war damit klar, dass es in ihre französische Heimat ging. Was hatte Bauer mit Thierry und mit ihr vor – und vor allem, warum?

Ein Bild tauchte vor ihrem inneren Auge auf: Sie greift nach ihrem Handy, das irgendwo druntergerutscht war, dann fällt sie und wacht im Kofferraum des Wagens gefesselt auf.

Provence, »Guest House Ginous« – Samstag, 26. Juli

Aimé hatte das Auto in der Nähe des »Guest House Ginous« geparkt, und sie versuchten, einen Schlachtplan zu schmieden. Was sollten sie tun? Das Zimmer stürmen? Was, wenn sie falsch lagen?

Aimé hatte wenig Lust, kurz vor seiner Pensionierung seinen Job zu riskieren und eine unüberlegte wilde Aktion zu starten. Frank war sich ebenfalls im Klaren darüber, dass sein Einsatz von niemandem positiv bewertet werden würde. Er war ein deutscher Polizist im Urlaub, und das deutsche Beamtenrecht zeigte sich da nicht gerade tolerant. Sie beschlossen, erst einmal abzuwarten.

Matze war noch dabei, die fehlenden Kurznachrichten wiederherzustellen. Vielleicht würden diese noch weitere wichtige Informationen enthalten. Die Uhr bewegte sich kontinuierlich auf Mitternacht zu, und sie bemerkten, dass sie hungrig und durstig waren. Auch Erschöpfung machte sich während des Wartens breit.

Aimé griff hinter sich und zog eine Wasserflasche hervor. Im Anschluss kramte er aus dem Handschuhfach ein Packung Minisalamis. Die Männer kauten schweigsam vor sich hin und teilten sich das Wasser.

Was war die richtige Vorgehensweise? Würde Margeaux hierherkommen? Frank zerbrach sich den Kopf: War Sebastian der Mörder? Konnte der zuverlässige Kollege so grauenvoll handeln? Hatte Matze recht, wenn er die Freundin des jungen Polizisten als Schwachstelle mit ins Spiel brachte? Es klang nicht unlogisch, trotzdem war es für ihn unvorstellbar, dass Pfeilmann Menschen ausbluten ließ und ihre Seelen anschließend in Flaschen abfüllte.

»Sollen wir vielleicht einfach das Zimmer nebenan mieten?«,

fragte Aimé. »Dann sind wir näher dran und hören eventuell sogar etwas? Was meinst du?« Er blickte Frank fragend an.

»Gute Idee!« Frank sah Licht am Horizont. »Ich miete das Zimmer auf meinen Namen, und du kommst nach. Kennt man dich hier?«, wollte er noch wissen.

»Man könnte mich überall in der Region kennen, aber ich war noch nicht hier im Hotel. Also könnten wir Glück haben.« Aimé war guter Dinge. Frank rollte seine Weste in seine Jacke und stieg aus. Er ging zielstrebig in das Hotel und musste feststellen, dass die Rezeption nicht besetzt war. Man musste wohl online einchecken und bekam dann einen Zugangscode. Jetzt wurde es schwierig, das Nachbarzimmer zu erhalten. Er sah sich nach einer Telefonnummer um und fand sie auch. Ein Telefonat später bekam er Zimmer 15 und den Zugangscode.

Erleichtert winkte er Aimé zu, der nun ebenfalls ausstieg, und zügig begaben sie sich zum Zimmer.

Auf dem Flur war alles ruhig. Aus einem Raum hörten sie Musik, aber mehr war nicht zu vernehmen. Sie würden Geduld haben müssen. Gott sei Dank gab es eine Minibar, und so hatten sie wenigstens ein paar Knabbereien und Getränke.

Franks Telefon klingelte, und Matze war dran.

Seine Stimme überschlug sich fast: »Ich habe es geschafft, ich bin wirklich ganz große klasse. Ich habe die SMS wiederhergestellt. Echt krass, wie gut ich bin!«

»Mensch, Matze, komm wieder runter«, versuchte Frank, ihn zu beruhigen. »Ja, du bist gut. Sogar richtig gut, aber was steht drin?«

»Eine lautet: *Finale führt zu Freiheit!* Also, du kannst sagen, was du willst, aber ich glaube an meine Theorie. Die Freundin von Sebastian ist eine Geisel, und damit wird er erpresst, diesen Wahnsinn zu vollbringen. Und wenn ihr mich fragt, dann steckt diese Anna Bauer hinter all dem, und Margeaux ist das große Finale!« Matze beschrieb seine Theorie sehr ernst.

»Du meinst also, Bauer hat Aljona Mertesacker seit über zwei Wochen als Geisel und erpresst damit Sebastian. Als eine Art

Rache? Und Margeaux soll sterben, weil ja, warum eigentlich? Warum nicht ich oder du? Wir waren alle an der Verhaftung von Angerer beteiligt!«

»Ja, aber zu euch hat unser Vorzeigeverbrecher keine persönliche Beziehung aufgebaut. Die hat er nur zu Margeaux«, schlussfolgerte Aimé. »Vielleicht ist das ihre Rache? Die Rache der Tochter, die von der Polizistin ausgestochen wurde, von der Frau, die den Vater inhaftiert hat. Und diese Tochter ist nun rasend vor Eifersucht und lässt Margeaux büßen.«

Halbdunkel

Ihr war schlecht, und ihr Kopf tat unendlich weh. Auch der Rest ihres Körpers schmerzte unaufhörlich. Sie versuchte, die Augen zu öffnen. Ihre Augenlider fühlten sich schwer wie Blei an. Sie hob die Hand und verspürte einen leicht stechenden Schmerz in der Armbeuge, als sie sich langsam ins Gesicht fasste. Sie stütze sich auf, sie musste unbedingt etwas trinken.

Mit einem Schlag kam die Erinnerung wieder. Sie war in der dunklen Erde gefangen, im Vorhof der Hölle, aber sie konnte ihre Arme benutzen und sich aufsetzen. Die Augen gewöhnten sich langsam an den dunklen Raum, der alles Licht einfach wegzuschlucken schien. Sie erinnerte sich an den Kühlschrank. Das rote Licht hatte ihr oft Angst gemacht, jetzt barg es Hoffnung. Die Hoffnung, dass es dort Wasser gab. Sie bewegte die Beine langsam und stellte fest, dass auch diese frei waren. Langsam rutschte sie vom Stuhl. Qualvoll stellte sie fest, dass das Bohren in ihrem rechten Bein stärker wurde. Sie biss die Zähne zusammen und schwang die Beine zur linken Seite. Sie stand auf und brach sofort zusammen. Ihre Beine fühlten sich an, als wären sie aus Gummi. Sie schrie auf und konnte sich gerade noch mit den Händen abstützen.

Ihr rechter Arm schien schlimmer betroffen zu sein als der linke, denn er knickte ebenso weg wie die Beine. Sie knallte auf den Boden und schlug mit dem Kopf auf. Benommen blieb sie liegen und begann zu weinen. Der Kühlschrank war zum Greifen nah. Sie musste ihn erreichen. Sie hatte schon einmal überlebt. Sie nahm ihren ganzen Mut und ihre ganze Kraft zusammen und robbte zu dem Gerät. Sie öffnete mit letzter Kraft die Tür und konnte es kaum fassen tatsächlich stand dort eine Wasserflasche. Durstig trank sie die halbe Flasche leer und musste sich quasi sofort übergeben. Übel riechendes Erbrochenes breitete sich auf ihrem Hemd aus. Fahrig versuchte sie, es wegzuwischen und sich den Mund abzuputzen. Erde und Blut verteilten sich in ihrem Gesicht und auf dem, was sie trug. Scheinbar hatte sie sich beim Fallen verletzt.

Ihr Blick glitt durch den Raum, der nun durch das Kühlschranklicht schwach erleuchtet war. Sie sah ein kleines Fenster in einer Ecke oben, und dann sah sie einen Zettel, der mit großen Buchstaben beschrieben war. Ihre Augen weiteten sich. Konnte das wirklich wahr sein? Würde sie bald gerettet werden? Würde sie leben dürfen?

Sie kroch, so gut es eben ging, ein wenig von der Lache des Erbrochenen weg, lehnte sich an die Wand und weinte einfach weiter. Diesmal nicht nur vor Schmerz, sondern auch Angst und Erleichterung mischten sich darunter. Sie durfte gehen, sobald die Sonne schien. Wenn sie vorher ging, dann würde Sebastian etwas Schlimmes geschehen, und das würde sie niemals zulassen. Sie würde überleben, wieder einmal. Sie würden beide leben. Sie würde hier einfach sitzen und warten, bis es hell wurde.

Provence – Sonntag, 27. Juli

Mitternacht war vorbei, als Thierry langsam durch Rognonas fuhr. Er kannte das Hotel, dessen Name Hilde aufgeschnappt hatte, schließlich lieferte er dort regelmäßig Croissants für das Frühstück an. Er löschte das Licht, als er in die Straße einfuhr, und parkte ein paar Meter entfernt, die Waffe hatte er auf dem Rücksitz unter seiner Jacke verborgen und einige Patronen in der Hosentasche.

Was er wirklich vorhatte, wusste er noch nicht. Das Jagen hatte er nie gemocht. Einmal hatte sein Großvater ein Kaninchen nicht richtig getroffen, sondern nur angeschossen, und es hatte vor Schmerzen geschrien wie ein kleines Kind. Damals hatte er die Waffe fallen lassen, um sich die Ohren zuzuhalten. Sein Großvater hatte ihn getadelt und ihm verdeutlicht, wie wichtig es war, sauber zu treffen. Er hatte Thierry oft mit zum Schießstand genommen, wo der Junge fleißig geübt und treffsicher geschossen hatte, aber zur Jagd hatte er nicht mehr mitgehen wollen. In den Teenagerjahren war das oft schwierig für ihn gewesen, denn viele seiner Freunde waren am Wochenende mit dem Vater oder einem anderen Familienmitglied zur Jagd gegangen, nur Thierry hatte sich standhaft geweigert, war zu Hause geblieben und hatte lieber Baguette oder Pain aux chocolat gebacken. Schon damals war es seine Leidenschaft gewesen, mit den Händen etwas Leckeres zu erschaffen, deutlich mehr, als damit zu töten.

Nun saß er hier mit einer Waffe und wollte seine große Liebe retten. Er legte seinen Kopf auf das Lenkrad und versuchte, seine Gedanken zu beruhigen. Jetzt galt es erst einmal, die Lage zu sondieren und herauszufinden, was genau hier vor sich ging. Etwas weiter vorn sah er Aimés verbeulte Kiste stehen, und im Hotel waren trotz der späten Stunde noch einige Fenster hell erleuchtet.

Er verzweifelte gerade an sich selbst, denn er hatte keine Ahnung, was er jetzt tun sollte. Wie konnte Margeaux diesen Job nur so sehr lieben? Wie würde sie an seiner Stelle handeln? Ganz sicher würde sie ihn niemals im Stich lassen.

Er schickte sich an, aus dem Wagen auszusteigen, als ein Scheinwerferlicht eines anfahrenden Pkws seine Heckscheibe streifte. Automatisch duckte er sich und ließ den Audi passieren, dann blickte er rasch aus dem Fenster, um einen Blick zu erhaschen. Er erkannte ein deutsches Kennzeichen. Sein Herz begann zu rasen – das konnte kein Zufall sein. Das Mittelklassemodell parkte nahe dem Hoteleingang, und eine gut gekleidete Frau stieg aus. Im Licht der Hotelbeleuchtung konnte er ihr blondes, akkurat geschnittenes Haar sehen. Sie ging um den Wagen herum zur Beifahrerseite, schaute sich aufmerksam um und öffnete dann die Tür. Thierrys Atem setzte aus.

Margeaux stieg schwerfällig aus dem Auto, sie schwankte ein wenig und musste sich an der Tür kurz festhalten. Die Blonde musste die Psychologin sein. Die Tochter des Psychopathen. Er war sich in diesem Augenblick sicher, dass sie genauso krank im Kopf war wie ihr Vater. Er nahm die Jacke vom Rücksitz, zog sie über an und öffnete leise die Tür. Die Waffe verbarg er unter der Jacke und schlich hinter den Frauen her.

Kaltschnäuzig

Er hatte die erwartete Kurznachricht bekommen und sich auf den Weg gemacht. In der schmalen Straße vor dem Hotel parkte ein Haufen Autos. Er suchte eine Lücke und quetschte sich hinein. Nun hieß es abwarten. Er präparierte seine Ausrüstung und ging in Warteposition.

Provence, »Guest House Ginous« – Sonntag, 27. Juli

Thierry schlüpfte hinter den Frauen durch die Tür. Im Haus kannte er sich gut aus. Er ging gleich nach links in den schmalen Gang, der zur Küche führte. Er hörte, wie der Aufzug sein »Pling« von sich gab und die Türen sich öffneten und wieder schlossen. Er wagte einen Blick, um zu sehen, zu welcher Etage er fuhr: Er stoppte gleich auf der ersten.

Langsam schlich er das Treppenhaus hinauf und hörte Margeaux einen kleinen Schrei ausstoßen. Sein Herzschlag beschleunigte sich.

Provence, »Guest House Ginous« – Sonntag, 27. Juli

»Was steht in der anderen Nachricht?«, fragte Frank, nachdem er Aimés Aussage verdaut hatte.

»Eine Zahlenreihe: 170368«, erklärte Matze die andere wiederhergestellte Kurznachricht, »keine Ahnung, was das bedeutet. Liest sich wie ein Geburtsdatum.«

Aimé horchte auf: »Was war das?«

»Wie, was war das?« Matze war verwirrt.

»Nicht du!« Aimé lauschte. »Das Geräusch da draußen. Das hörte sich wie ein leiser Schrei an! Wir machen Schluss, ich bin mir sicher, dass ich gerade eine Frau gehört habe. Wir müssen das überprüfen!«

Frank beendete das Gespräch und schob sein Handy eilig in die Hosentasche. Sie begaben sich vorsichtig zur Tür, Aimé legte das Ohr an das Holz und lauschte: »Da sind Schritte zu hören, und jetzt klackt eine Tür! Schnell!« Er öffnete die Tür behutsam einen Spalt und sah in den Flur. Dieser war leer, also streckte er seinen Kopf mutig ganz heraus und konnte gerade noch erkennen, dass die Tür von Zimmer 17 in Schloss fiel.

»Da ist jemand nebenan reingegangen. Ich bin mir sicher, dass ich eine Frau schreien gehört habe. Was, wenn es Margeaux war?«

In diesem Augenblick brummte Franks Handy erneut. Aimé schloss die Tür erschrocken.

»Mensch, Matze, was soll das?!«, herrschte Frank auch schon ins Telefon.

»Wie seid ihr in euer Zimmer gekommen?«, fragte der Hacker ungerührt.

Frank wollte schon bissig »Durch die Tür!« antworten, besann sich aber eines Besseren. »Nach dem Online-Check-in haben wir einen Zugangsco…«, er schlug sich erkennend gegen die Stirn. »Ein sechsstelliger Code, der mit der Zimmernummer beginnt! Genau so sind wir auch reingekommen. Du bist wirklich ein Genie, Junge!«

Ausweglos

Er hörte den leisen Schrei einer Frau auf dem Flur und fuhr zusammen. Seine Erstarrung schien in den letzten Stunden sein ganzes Sein erreicht zu haben. Nun war es so weit.

Der Code wurde eingetippt, die Tür ging auf, und Margeaux wurde hereingeschoben.

In ihrem Gesicht sah er Benommenheit. Dann vernahm er, als ihr Blick auf ihn fiel, ein entsetztes »Sebastian! Du!?«.

Hinter ihr stand der Teufel in Person.

»Ich … Margeaux … es muss … ich kann nicht anders!«, stammelte er.

»Schluss mit dem Small Talk!« Anna Bauer spuckte die Worte geradezu aus und schubste Margeaux nach vorn, sodass sie beinahe hinfiel. »Es ist so weit, die letzte Phase ist angebrochen. Ich werde solange bleiben, bis ich mir sicher sein kann, dass du den Plan genau umsetzt. Dann kann dein Liebchen gehen!«

Die Tonlage der Psychologin war kalt und feindselig. Ihr Gesicht zeigte dazu passend Ärger, Ekel und Verachtung. Sie würde nicht umzustimmen sein, und er musste es für Aljona tun. Aljona war unschuldig und erlitt seit 17 Tagen schlimmste Qualen. Er war schuld an ihrem Leid, er war schuld, dass ihr altes Trauma wiederbelebt worden war und sie sich nicht mehr erholen würde. Trotzdem hatte sie ein Recht auf Leben. So, wie sie es sich mit ihm vorgestellt hatte. So, wie sie es sich gemeinsam vorgestellt hatten. Ein kleines Haus mit Garten in einer ländlichen Gegend, eine Schaukel, auf der ihr Kind sitzt. Ein weiteres, das im Sandkasten spielt, während sie beide glücklich Arm in Arm zusehen. Sie könnte das Glück mit einem anderen, einem besseren Mann als ihm noch erleben. Einem, der sie verdient hatte. Er hatte sie nicht verdient. Nicht mehr. Er war ein Mörder!

Und nun würde das Schlimmste kommen.

Er würde Margeaux töten müssen, um Aljona zu retten. Er zögerte, denn es schien ihm geradezu unmöglich, seiner ehemaligen Mitstreiterin im Kampf um das Böse nun Leid anzutun.

»Los jetzt!«, befahl Bauer mit harter Stimme.

Er würde sich dem Unvermeidlichen stellen und blickte Margeaux, um Verzeihung bittend, in die Augen.

Seine Hände zitterten, als er sie am Stuhl fixierte. Er band das Bein gekonnt ab und hielt ihr nun das vorbereitete Getränk, das er wohlweislich diesmal mit einem Strohhalm versehen hatte, hin. Er wusste nicht, warum sie es, ohne sich zu widersetzen, trank, aber sie tat es. Bauer musste etwas gegen sie in der Hand haben. Hatte sie noch einen geliebten Menschen in ihrer Gewalt, den sie so quälte wie seine Aljona? Angst und Schmerz verschlugen ihm kurzzeitig den Atem.

»Warum?«, fragte Margeaux, als sie den Becher geleert hatte.

»Du weißt es nicht?« Er war verblüfft. »Sie rächt ihren Vater! Sie ist Angerers Tochter!«

Bauers Augen glitzerten triumphierend.

Margeaux Augen weiteten sich vor Überraschung, dann setzte die Wirkung des S-Ketamins unmittelbar ein, und ihr Blick wurde dumpf. Der Kopf sackte zur Seite weg, und die Psychologin nickte ihm befehlend zu.

Seine Hand zitterte unkontrolliert, als er das Skalpell ansetzte, um die Oberschenkelarterie zu perforieren. Der Plan sah vor, sie leiden zu lassen, und diesmal litt er nicht nur einfach mit seinem Opfer mit, sondern um ein Vielfaches mehr.

Provence, »Guest House Ginous« – Sonntag, 27. Juli

Er erreichte den Flur mit klopfendem Herzen und sah gerade noch eine Tür ins Schloss fallen und den Hinterkopf von Aimé, der hinter der Tür des Nachbarzimmers verschwand. Ein Handy brummte. Dann war es wieder still. Das war vollkommener Wahnsinn, was er hier tat. Er zog sich in eine Ecke zurück und presste die Waffe unter seiner Jacke fest an sich. Er musste nachdenken.

Was sollte er tun, um Margeaux zu retten, ohne sie noch mehr zu gefährden? Er konnte ja schlecht an die Tür klopfen und hoffen, dass ihm geöffnet wurde. Und selbst wenn, was würde er tun?

Blutschuld

Das Blut begann zu strömen. Er hatte den Zugang geschickt gelegt, obwohl seine Hände zitterten und sein Atem nur stoßweise ging. Der rote Lebenssaft floss aus Margeaux heraus, und ihr Gesicht wurde bleich. Das Ketamin war so berechnet, dass sie kurz aufwachen würde, damit sie begreifen konnte, dass sie starb, dann würde der hämorrhagische Schock einsetzen, und sie würde wieder das Bewusstsein verlieren. Bei ungefähr anderthalb Litern Blutverlust würde er das Bein abbinden, und so die Blutung erst einmal stoppen. Schwäche würde sich mit Angst und großem Durst vermischen. Er hatte die ganzen Facetten des Sterbens bei den drei anderen Opfern erleben und ertragen müssen. Ständig war ihm schlecht geworden, und er hatte sich bei jeder Tat mehrfach übergeben. Während seine Opfer ihre Seelen an den Tod verloren hatten, hatte er sich die Seele aus dem Leib gekotzt.

Der Teufel stand mit einem leicht irren Grinsen in der Nähe des Sessels und beobachtete ihn und Margeaux. Er brannte darauf, ihr den Hals umzudrehen und sie büßen zu lassen für all das, was sie ihm und seiner geliebten Aljona angetan hatte. Aber er musste sie verschonen, denn das Leben seiner Freundin lag in ihren Händen. Sie hatte niemanden getötet. Verrückterweise glaubte er ihr, dass sie ihre Geisel freilassen würde, sowie er den Reigen vollendet hatte und das Dutzend Seelen voll war. Er würde sie nicht betrügen oder hinhalten. All das hatte er in den vielen Stunden in seinem schäbigen Zimmer unter dem trägen Deckenventilator ständig durchdacht. Er hatte nach einem Schlupfloch gesucht, aber es war ihm so klar wie dieser verdammten Bauer, dass er alles tun würde, um das Leben von Aljona zu retten. Und nach der ersten vollbrachten Tat hatte es sowieso kein Zurück mehr gegeben.

Margeaux' Blut floss schnell, ihr Organismus schien zu kämpfen, und der Stress beschleunigte die Geschwindigkeit, mit der das Blut durch die Adern gepresst wurde. Der Messbecher war fast voll. Er würde nun die Qual einleiten und mitansehen müssen, wie seine geschätzte Kollegin verendete. Das hatte sie nicht verdient. Und er auch nicht. Sie beide waren Spielbälle einer skrupellosen Psychopathin. Sie war schlimmer als ihr Vater.

Er hob den Kopf, und der diabolische Blick durchbohrte ihn kalt und forderte ihn auf zu handeln. Sie hatte ihm sehr deutlich zu verstehen gegeben, dass Margeaux jetzt leiden und begreifen sollte, wer ihr das alles antat und warum.

Provence, »Guest House Ginous« – Sonntag 27. Juli

»Was machen wir nun?«, flüsterte Aimé. »Wir können doch nicht hier herumstehen und nichts tun. Wer weiß, was da drüben geschieht, und wenn es das ist, was ich vermute, dann zählt jede Sekunde, sonst stirbt Margeaux!« Er ballte seine Hände zu Fäusten, und seine Augenbrauen schoben sich bedenklich zusammen.

»Wir können aber auch nicht einfach in das Zimmer stürmen«, gab Frank zu bedenken, »wer weiß, welche Kurzschlusshandlungen das hervorruft und wie sehr wir letztlich Margeaux damit gefährden! Wir müssen geplant vorgehen, und dazu müssen wir erst mal wissen, was dort drüben genau passiert!« Er ging zum Fenster, schob die Gardine zur Seite, öffnete es und blickte hinaus. »Aimé, hilf mir!«, befahl er dem Flic.

Gemeinsam bugsierten sie den schmalen Beistelltisch unter das geöffnete Fenster. Frank holte sein Taschenmesser aus der Tasche und schnitt die Übergardine ab, teilte sie in Streifen und band diese zügig mit geübter Hand aneinander.

»Was hast du vor?«

Er hörte die Besorgnis in Aimés Stimme. Er befestigte den einen Teil des Gardinenstreifens an der Heizung neben dem Fenster, legte sich den anderen um den Bauch und fixierte das Ganze mit seinem Gürtel, den er rasch aus den Schlaufen seiner Hose gezogen hatte. Dann glitt er lautlos auf den Tisch, blieb mit einem Bein darauf stehen, und der Rest seines Körpers verschwand über den französischen Balkon nach draußen. Aimé sicherte mit angehaltenem Atem das provisorische Seil. Frank klammerte sich am Fensterrahmen fest und suchte mit dem rechten Bein Halt auf dem kleinen Sims, der am Gebäude entlanglief. Irgendwie musste er es schaffen, einen Blick in das Fenster des Nachbarzimmers zu werfen, um ein Gefühl für die Situation dort zu bekommen. Er tastete sich langsam voran und merkte, dass er das linke Bein nicht mehr lange im Raum würde halten können. Andererseits gab es draußen kaum eine Möglichkeit, sich festzuhalten und mit beiden Beinen sicher zu stehen.

Die Grätsche wurde immer breiter, und während seine linke Hand den Fensterrahmen umklammerte, suchte die rechte nach einem Halt. Sein Atem war gepresst, und der kalte Schweiß stand ihm auf der Stirn. Es war zwar nicht sehr hoch, aber wenn er stürzen würde, wäre alles verloren. Er ertastete einen Haken in der Wand. Scheinbar hatte es hier einmal Außenfensterläden gegeben und die Vorrichtungen waren noch vorhanden. Er bewegte den Fuß und fühlte auch dort noch die Aufhängung. Er stellte den Fuß darauf und klammerte sich mit der Hand an dem oberen Haken fest.

Aimé stand kopfschüttelnd am Fenster, sicherte ihn, und sein Gesicht zeigte pure Verzweiflung. Frank schob seinen Körper zentimeterweise die Wand entlang. Sein linkes Bein stand mittlerweile auf dem Balkongeländer, und seine linke Hand krabbelte Halt suchend an der Wand entlang. Auch neben dem eigenen Zimmerfenster musste es eine Halterung geben. Seine Hand fand diese und umklammerte sie. Er spürte Hoffnung und verlagerte sein Gewicht so, dass er den Kopf vor das Zimmer des Nachbarfensters strecken konnte. Die Gardine war zugezogen, doch ein winziger Spalt ließ ihn einen Blick auf die gespenstische Zeremonie in dem Raum erhaschen. Dann rutschte sein rechtes Bein ab, und er drohte in die Tiefe zu stürzen.

Vor dem Hotel

Er langweilte sich im Auto und überlegte, ob er es sich wohl erlauben konnte, auszusteigen und einen Blick auf das Hotel zu werfen. Er schabte sich mit der Hand die Bartstoppeln und fuhr sich nervös durch das Haar. Sein Auftrag war klar. Er sollte im Auto warten, bis der Mann mit dem Rucksack das Haus verließ. Ihn sollte er ablichten und dann den Rest der Geschehnisse. Aber er würde sich ja wohl kurz die Beine vertreten dürfen. Er öffnete die Tür, stieg aus und ging ein paar Schritte, da nahm er an der Fassade des Hotels eine Bewegung wahr. Aus einem Fenster kletterte ein Mann. Ein anderer stand dahinter und sah hinaus. Rasch zerrte er die Kamera vom Beifahrersitz und fotografierte, was das Zeug hielt. Gespannt beobachtete er die Szenerie, und dann kam ihm der Gedanke, dass das, was der Mann dort tat, eventuell im Zusammenhang mit den Geschehnissen, die er zu dokumentieren hatte, stand und dass es den Plan des geheimnisvollen Auftraggebers gefährden könnte.

Seine Story würde einschlagen wie eine Bombe, und er wäre endlich reich. Er konnte seine Schulden bezahlen und damit auch seine Mutter und seine Schwester aus dem Fadenkreuz des Geldhais holen – und alles wäre wieder gut. Er wollte das Projekt auf gar keinen Fall gefährden.

Was sollte er tun? Unschlüssig zückte er das Kontakthandy und wog es in seiner Hand.

Satisfaktion

Er hatte das Bein abgebunden, das Blut staute sich nun und trat nur noch tröpfchenweise aus der Arterie. Die Psychologin hatte ihm ein Fläschchen mit einer selbst hergestellten Ritalin-Lösung gegeben, und er injizierte Margeaux die Flüssigkeit in die Armvene. Er hatte darüber gelesen, dass Ratten schneller aus der Narkose erwacht waren, wenn man ihnen Ritalin gegeben hatte. An Menschen waren Versuche bisher nicht bekannt. Die Impulse, die Margeaux' Körper bekam, waren auf allen Ebenen widersprüchlich: Ketamin zum Betäuben, der rasche hohe Blutverlust und nun das Ritalin.

Ihr Puls begann zu rasen. Er konnte das schwache schnelle Pulsieren an ihrem Hals sehen. Ihre Augenlider flatterten, und sie öffnete sie und verdrehte mehrfach die Augen bis nach ganz oben. Es sah bedrohlich aus. Er machte Platz und zog sich in sein Innerstes zurück. Langsam begab sich Bauer in das Blickfeld der gefesselten, sterbenden Frau auf dem Stuhl.

Sie lächelte und sagte mit sanfter Stimme: »Man kann anderen Menschen nicht einfach etwas wegnehmen, ohne dafür zu bezahlen. Das muss dir doch klar sein! Du hast mir die Chance genommen, meinen Vater in mein Leben zu lassen. Hast ihn umgarnt und eingesperrt, und jetzt wirst du dafür büßen!« Sie hob ihren Arm und strich Margeaux das Haar aus der Stirn: »Schade! Wir beide hätten Freundinnen werden können, aber jetzt werde ich mir wohl eine andere suchen müssen. Du wirst ja dafür nicht mehr zur Verfügung stehen!«

Margeaux blickte sich verwirrt mit weit aufgerissenen Augen um. Ihre Zunge klebte an ihrem Gaumen, und ihr Mund fühlte sich vollkommen ausgedörrt an. Ihre Stimme wollte ihr kaum gehorchen und brach mehrmals, als sie versuchte, ihrem Schrecken Ausdruck zu verleihen: »Was... was... soll... das?« Ihr Blick huschte zu Sebastian, und sie flüsterte Hilfe suchend seinen Namen: »Sebastian ...«

Er wandte seinen Blick ab und schloss die Augen, die Unerträglichkeit der Situation ließ alles, was noch heil in ihm war, in winzige Stücke zerbersten.

Bauers Stimme wurde hart. »Sebastian«, sagte sie schneidend, »wird das Spiel nun zu Ende spielen, und am Ende passt alles, was von dir übrig bleibt, in eine kleine Flasche!« Gebieterisch winkte sie dem Polizisten zu, der nun wieder zum Stuhl ging und das Tourniquet, das er oberhalb der geöffneten Oberschenkelarterie angelegt hatte, lockerte. Das Blut begann wieder zu fließen.

Viel Zeit würde Margeaux nicht mehr bleiben. Er sah sie um Verzeihung bittend an, schlug sich dann die Hände vor die Augen und drehte sich weg.

Provence, »Guest House Ginous« – Sonntag, 27. Juli

Aimé reagierte reflexartig und griff nach Franks Arm. Er spürte das Gewicht des großen Mannes und geriet kurz in Panik, dann hatte sich der deutsche Polizist wieder gefangen und ließ sich von Aimé ins Zimmer zurückziehen. Rasch schoben sie den Tisch beiseite, schlossen das Fenster und zogen die einfache Tagesgardine wieder vor.

»Sie ist dort und wir müssen handeln, sonst stirbt sie!«, stieß er atemlos hervor.

»Was sollen wir machen?« Aimé war besorgt, dass sie durch ihr Eingreifen alles nur noch beschleunigen würden.

»Wir haben den Code! Das wird sie überraschen«, rief Frank atemlos aus.

Er hatte, während er sprach, das Gardinenseil von seinem Körper gelöst und war auf dem Weg zur Tür. Leise öffnete er sie, die Männer schlichen nach draußen und postierten sich vor der Nachbartür. Aimé vergewisserte sich, dass sowohl seine als auch Franks Weste richtig saßen, dann nickte der seinem Partner zu. Frank tippte vorsichtig den Code ein.

Provence – Sonntag, 27. Juli

Matze saß vor seinem Equipment und starrte auf den Bildschirm. Es gab nichts mehr, was er wirklich tun konnte, und doch versuchte er, das Video, das auf der gefundenen Nummer angekommen war, wiederherzustellen. Er konnte nicht tatenlos herumsitzen und warten, dass sich Aimé und Frank meldeten. Sie hatten vereinbart, dass erst einmal Funkstille herrschen sollte, bis die beiden mehr zu berichten hatten.

Hilde rannte permanent durch Küche und Wohnzimmer, und an ihren Fersen klebte nervös der kleine Dackel. Er jaulte und fiepte von Zeit zu Zeit, als schien er zu spüren, dass sein Frauchen in großer Gefahr war.

»Wo ist eigentlich Thierry hin?«, wollte Matze wissen.

»Ich habe keine Ahnung!«, stammelte sie gepresst, und ihr Blick flackerte.

»Hilde«, forderte der junge Hacker sie auf, »das ist doch nicht die Wahrheit! Sag mir, wo er ist!«

Sie senkte den Blick und druckste herum, dann flüsterte sie kaum hörbar: »Ich habe ihm das Hotel genannt … Ich habe es von dir gehört!«

Matze erstarrte. »Wollte er hinfahren?«, fuhr er die verstörte Frau an.

»Ich weiß es nicht!«, gab sie zu.

Matze war geschockt. Was würde Thierry machen? Würde er tatsächlich nach Rognonas fahren? Nicht auszudenken, wenn er den beiden Männern dort in die Quere kam. Das konnte furchtbar enden. Was sollte er nun tun? Konnte er es wagen, die Funkstille zu durchbrechen, um Frank und Aimé zu warnen? Was, wenn er sie dadurch erst recht in Schwierigkeiten brachte?

Verunsichert hielt er sein Handy in der Hand und warf Hilde einen bösen Blick zu. Sie brach in Tränen aus, und der junge Mann spürte, wie ihre Verzweiflung auf ihn übersprang. Das Mobiltelefon in seiner Hand wurde schwerer und schwerer.

Provence, »Guest House Ginous« – Sonntag, 27. Juli

Er bestätigte den Code mit der Raute-Taste, und summend öffnete sich die Tür. Sie sprangen beinahe gleichzeitig in den Raum. Die Szenerie war gespenstisch und schockierend zugleich. Margeaux saß auf einem Stuhl und war fixiert. Ihr Kopf hing leblos herunter, und aus ihrem rechten Bein ragte ein dünner Schlauch, der beständig ihren roten Lebenssaft in einen hohen Messbecher fließen ließ. Die blonde Psychologin stand seitlich daneben und hatte ihren Blick auf die sterbende Margeaux gerichtet. Ein Stück entfernt stand Sebastian Pfeilmann zusammengekrümmt, als hätte er schlimmste Schmerzen, und hielt eine kleine Flasche in der Hand.

Bauer hob ihren Blick zu den Eindringlingen, und mit einem schnellen Handgriff hatte sie den Schlauch, der an einer Kanüle hing, in der Hand. Die beiden Männer erfassten die Situation: Wenn sie die Nadel zog, dann würde das Blut ungehindert aus der verletzten Arterie pulsieren, und Margeaux wäre innerhalb kürzester Zeit tot!

Alle starrten einander an und wägten den nächsten Schritt ab. Aimé trat vor und die Tür hinter ihm bewegte sich langsam in Richtung Schloss.

Provence, »Guest House Ginous« – Sonntag, 27. Juli

Thierry sah, wie sich die Tür des Zimmers langsam in Richtung Schloss bewegte, und mit drei großen Schritten hatte er sie erreicht und klemmte sich in den verbliebenen Spalt. Er traute seinen Augen nicht, als er seine geliebte Margeaux blutend inmitten des Zimmers erkannte. Die blonde Frau, mit der sie aus dem Auto gestiegen war, stand leicht über sie gebeugt und hielt etwas in der Hand. Ihr Gesicht strahlte unnachgiebige Bösartigkeit aus. Die Tür fiel hinter ihm ins Schloss, und vier Augenpaare richteten sich auf ihn. Die Frau hob ihren Kopf und blickte ihn an. Ein Lächeln stahl sich auf ihre Lippen und verzerrte ihre Züge zu einer Grimasse.

Nichts war mehr von ihrer Schönheit übrig, sie schien komplett aus Hass und Mordlust zu bestehen.

»Ihr seid alle zu spät!«, stieß sie höhnisch hervor.

Ihre Stimme hatte einen metallenen Klang und fuhr den Männern im Raum in die Glieder. Sie lockerte versiert mit der anderen Hand das Band, das den Blutfluss noch regulierte, und zog mit einer fließenden Bewegung Schlauch und Klemme aus der offenen Beinwunde. Das Blut sprudelte aus Margeaux' Wunde, und im Raum entstand eine nicht mehr zu bremsende Dynamik.

Aimé stürzte sich auf Anna Bauer und stieß sie von Margeaux weg, sodass die Psychologin stolperte und zu fallen drohte. Frank sprang zu Margeaux und hob das flexible Tourniquet vom Boden auf. Er schlang es um den Oberschenkel seiner verblutenden Kollegin und zog es vehement zu. Dann zerrte er sein Handy aus der Hosentasche, um den Notruf zu wählen und den Beamten in einem Mix aus Französisch und Englisch den Ort zu beschreiben. Sebastian Pfeilmann erwachte aus seiner Starre und warf sich geübt in Richtung Thierry. Der Bäcker war in eine Art Schockstarre gefallen, als er seine Freundin in dieser Situation vorgefunden hatte, und das Blut in dem Messbecher hatte sein Übriges getan. Er sah den Angreifer kommen und wollte sich wegdrehen. Pfeilmann jedoch war schneller und packte den Franzosen am Arm. Beide begannen zu ringen, und Thierry musste nun nicht nur um Margeaux' Leben fürchten, sondern auch um sein eigenes. Während Frank die Wunde abband, war Aimé auf Bauer gesprungen und versuchte, ihre Hände zu fixieren. Leider hatte er seine Handschellen nicht dabei, aber er hatte vorsichtshalber ein paar Kabelbinder eingesteckt. Er nestelte einen aus seiner Hosentasche, während er versuchte, die Frau, die sich wie eine wild gewordene Furie gebärdete, zu bändigen. Gerade hatte er ihren Arm zu fassen bekommen, als ein Schuss fiel und ein gurgelndes Stöhnen den Raum erfüllte. Er drehte sich um.

Anna Bauer nutze die Sekunde der Unaufmerksamkeit und drehte sich unter ihm heraus, nicht ohne ihm einen Stoß gegen die Schulter zu versetzen. Der drahtige Flic konnte den Schlag nicht abfedern, fiel auf die Seite und stieß sich den Kopf an der nahe stehenden Kommode.

Anna Bauer blickte wild im Raum umher und sah, was geschehen war. Frank war sein Handy aus der Hand gerutscht, da der Mann, den die Kugel getroffen hatte, sterbend gegen ihn gefallen war. Blut und Hirnmasse verteilten sich im Zimmer und auf den unmittelbar in der Nähe befindlichen Menschen.

Es war, als wäre die Welt in eine geleeartige Zeitlupe verfallen. Der Tote, dessen Gesicht kaum noch zu erkennen war, fiel und stieß dabei den Messbecher mit dem Blut um. Das Hotelzimmer versank im Chaos, und die Schreie der Männer machten die Situation noch bedrohlicher. Einzig Bauer blieb konzentriert und nutzte die Schrecksekunde, um aus der Tür des Raumes zu schlüpfen.

Kaltblütig und unbefriedigt

Klingt seine Stimme auch freundlich, trau ihm nicht,
denn sieben Gräuel sind in seinem Herzen.

Sprüche 26,25

Sie hatte noch im Flur ihre Schuhe ausgezogen und rannte ins Treppenhaus. Die Schreie aus dem Zimmer waren nun im ganzen Haus zu hören, und sie musste machen, dass sie rauskam. Sie durchquerte das Foyer, und als sie durch die Eingangstür zu ihrem Auto hastete, stieß sie mit einem Mann zusammen. Er hielt eine Kamera in der Hand und sah sie entgeistert an. Sie drängte ihn zur Seite, öffnete ihren Wagen, sprang hinein und fuhr mit quietschenden Rädern die Straße entlang außer Sichtweite.

Der verdutzte Fotograf versuchte noch, ein paar Bilder zu schießen, konnte aber außer den sich entfernenden Rücklichtern nichts mehr einfangen. Er konzentrierte sich wieder auf das Hotel, in dem ein Schuss gefallen war. Von Ferne hörte er, wie sich ein Chor von Martinshörnern näherte.

Provence, »Guest House Ginous« – Sonntag, 27. Juli

Aimé rappelte sich langsam auf und hielt sich den Kopf. Er hatte sich eine klaffende Wunde zugezogen, und das Blut rann ihm ins Auge, während er sich verzweifelt über Margeaux beugte und sein Blick zwischen ihr und dem Toten hin und her irrte.

Thierry hatte sich als Letzter aus dem zähen Fluss der Zeit befreit, seine Arme hingen schlaff an seinem Körper herunter, und er spürte fremde Hautfasern auf seinem Gesicht. Er musste sich übergeben und schaffte es nicht bis zur Toilette. Dann wischte er sich mit dem Ärmel seiner Jacke über den Mund und umklammerte den Arm seiner Freundin, den Frank von den Fesseln befreit hatte. Die Waffe, die Thierry mitgebracht hatte, lag am Boden neben dem Toten. Pfeilmann hatte nicht lange gezögert und Thierry die Waffe aus den Händen gerissen, sie sich in den Mund gesteckt und abgedrückt. Er war tot gewesen, noch bevor er den Boden erreicht hatte.

Die Situation schien unwirklich, beinahe wie in einem Albtraum, den man für die Wirklichkeit hält, aber unterbewusst doch weiß, dass man erwachen kann. Alle Beteiligten schienen hielten einen Moment inne, so, als hätte man die Uhr gestoppt – und dann brach die Realität wie heiße Glut über sie herein.

Die Blaulichter tauchten die Nacht in ein gespenstisches Licht. Aimé war nach unten geeilt, um die Tür zu öffnen und sich notdürftig versorgen zu lassen, denn der stetige Blutfluss aus der Kopfwunde nahm ihm die Sicht und schwächte ihn. Er beobachtete den Tumult, während ein Pfleger ihm ein Klammerpflaster aufklebte. Die Angst um Margeaux machte ihm das Stillsitzen fast unmöglich, und so sprang er auf, bevor der junge Mann damit fertig war, das Blut aus seinem Gesicht zu wischen, und rannte wieder in das Gebäude. Er sah die Gesichter seiner Kollegen und nahm Unglauben, Furcht und auch Verärgerung wahr, aber es war ihm egal. Nur Margeaux zählte.

Im Zimmer war kaum Platz. Thierry wollte nicht von Margeaux' Seite weichen, und der Notarzt musste ihn beinahe mit Gewalt beiseiteschieben. Frank stand ebenfalls wie ein Wächter neben seiner ehemaligen Kollegin und versuchte angestrengt zu verstehen, was gerade vor sich ging.

Aimé warf den beiden Männern einen prüfenden Blick zu. Margeaux' Zustand war außerordentlich kritisch, und dem Arzt stand die Besorgnis ins Gesicht geschrieben. Die Erstversorgung war hektisch abgeschlossen worden, und Margeaux wurde mit der Transportliege nach draußen gebracht. Die drei Männer wollten sich dem Tross anschließen, aber ein Kollege Aimés hielt sie mit erhobener Hand zurück. Thierry straffte sich, schüttelte den Kopf und drängte sich trotz lauter Proteste der Uniformierten an allen vorbei und folgte seiner Freundin. Er würde sich nicht davon abbringen lassen, an ihrer Seite zu sein.

Epilog

Die französische Presse war voll von den Berichten über die Morde in der Provence. Auch in Deutschland überschlugen sich die Medien. Die Taten, die die Erinnerung an den »Schächter« wieder aufleben ließen, führten auch dazu, dass der Schwerverbrecher erneut ins Rampenlicht geriet und die Besuche der Pressevertreter im Gefängnis zunahmen. Angerer hatte tatsächlich nichts von der Existenz seiner Tochter gewusst, und es war keinem klar, ob er sie verabscheute, weil sie Margeaux zu ihrem Opfer auserkoren hatte, oder ob er Stolz empfand, weil sie es beinahe geschafft hatte, das Dutzend Seelen voll zu bekommen.

Aljona Mertesacker tauchte eines Morgens verstört, verschmutzt und ohne konkrete Erinnerung daran, wo sie die letzten Tage verbracht hatte, an einer Bundesstraße nahe Stuttgart auf. Die Tochter des »Schächters« hatte sie in ihrer Gewalt gehabt, und sie hatte überlebt. Den Tod ihres Lebensgefährten und seine Rolle bei den Morden realisierte sie nur langsam. Die Eltern brachten ihre Tochter in einer Spezialklinik für Opfer mit posttraumatischer Belastungsstörung unter und versuchten, sie von der Außenwelt abzuschirmen.

Aimé half seinen Freunden auf deren Feldern bei der anstehenden Ernte und verbrachte viel Zeit mit seiner Familie. Man hatte ihn vom Dienst suspendiert, und er wartete darauf, dass man ihm seinen Alleingang verzieh, denn schließlich hatte er ja dafür gesorgt, dass die Mordserie aufgeklärt wurde.

Frank und Matze kehrten nach Deutschland zurück. Sie hatten sich keiner Straftat schuldig gemacht, und somit hatte man in Frankreich keine Handhabe gehabt, sie am Abreisen zu hindern.

Walter rastete in gewohnter Manier aus und beschimpfte Frank auf jede mögliche Art, aber schließlich hatte der gestandene Polizist in seiner Freizeit gehandelt und keine Gesetze gebrochen, und somit verpuffte der Ärger seines Chefs schnell. Matze verschwand wie immer in den Tiefen der Hackerwelt und machte sein Ding.

Sebastian Pfeilmanns Leiche wurde nach kurzer Zeit von den Franzosen freigegeben, und seine Eltern setzten seine Urne in aller Stille bei.

Der Fotograf Jo Brettschneider schaffte es tatsächlich, einen Teil seines Bildmaterials an die Presse zu verhökern und damit Mutter und Schwester aus der Gefahrenzone zu bringen, aber er wurde rasch durch die Behörden in Deutschland und Frankreich gestoppt und würde sich einem Verfahren stellen müssen. Schlimmstenfalls wegen Beihilfe zum Mehrfachmord, da er gewusst hatte, was vor sich ging.

Zwei Monate später

»Schneide die Schalotten bitte kleiner und gleichmäßiger!« Juliens Stimme klang befehlsgewohnt durch die Küche.

Lachen und Gläserklingen mussten zusätzlich übertönt werden. Thierry riss sich zusammen und befolgte die Anweisungen seines »Schwiegervaters in spe«. Er hob seinen Blick und begegnete Margeaux' Augen. Sie lächelte ihm zu und schnupperte an der Soße, die sie gerade mit geübter Hand zubereitete.

Hilde lehnte entspannt an der Theke und nippte an einem Glas Wasser mit Minzsirup. Aimé stand an seinem gewohnten Platz und parierte geschickt das Lamm. Allen waren das Glück und die Erleichterung anzusehen. Margeaux' Leben hatte einige Tage an einem seidenen Faden gehangen. Einmal wieder stabilisiert hatte sie sich dann aber rasch erholt. Thierry war kaum von ihrer Seite gewichen. Frank war mehrfach zu Besuch gekommen, und sogar Matze war noch einmal angereist, um zu sehen, wie es seiner Lieblingsermittlerin ging.

Julien war einem Nervenzusammenbruch nahe gewesen, denn nach dem Tod seiner Frau hatte es ihn schlicht umgehauen, seine Tochter in diesem Zustand zu sehen. Hilde war es gewesen, die ihn aufgefangen hatte und beinahe über sich hinausgewachsen war. Sie hatte enorme Stärke bewiesen und den Männern Zuversicht gegeben. Aimé war zwar suspendiert worden, schien aber gut damit umgehen zu können, und insgeheim wurde er in der kleinen Gemeinde als Held gefeiert. Hilde war sehr stolz auf ihn.

Zum guter Letzt sah alles nach einem großen Happy End aus. Aber Margeaux konnte nicht vergessen, wie es zu all dem gekommen war.

Sebastian war auch nur Opfer gewesen. Er hatte aus Liebe zu Aljona gehandelt. Martin Angerer war eine Art Auslöser in diesem perfiden Spiel gewesen, obwohl er letztlich für die Taten seiner Tochter in keinster Weise verantwortlich war. Anna Bauer blieb verschwunden. Das war es, was Margeaux am meisten Sorge bereitete, aber sie sprach nicht über diese Angst. Aus ihrer Sicht war das Kapitel noch nicht abgeschlossen, und sie vermutete, dass es für die Tochter des Mehrfachmörders ebenfalls so war.

Margeaux würde aufmerksam bleiben müssen. Sie konnte sich nicht in Sicherheit wiegen, bis die Frau gefasst war, denn deren Hass auf Margeaux hatte sie dazu getrieben zu entführen, zu erpressen und Morde in Auftrag zu geben. Ihre kriminelle Energie war damit tatsächlich noch ausgeprägter als die ihres Vaters!

Ende und Neubeginn

Befreunde dich nicht mit dem Jähzornigen,
verkehre nicht mit einem Hitzkopf,
damit du dich nicht an seine Pfade gewöhnst
und dir eine Schlinge legst für dein Leben.

Sprüche 22, 24–25

Die Sonne schien warm auf ihren Hinterkopf. Sie strich sich das dunkelbraune Pony aus dem Gesicht, richtete sich auf und wischte sich die Hände kurz an der speckigen Jeans ab.

Leer stehende Hotelzimmer wieder auf die kommende Saison vorzubereiten war körperlich anstrengend, aber irgendwie auch befriedigend. Das, was sie verdiente, reichte gerade für das kleine Zimmer, das sie gemietet hatte – und für ihren Lebensunterhalt. Sie arbeitete ohne offizielle Anmeldung für einen Dumpinglohn. Zu Hause hatte sie in einer Stunde mehr für die Maniküre ausgegeben, als sie hier am Tag verdiente. Aber es war gut so, wie es war. Sie war unsichtbar. Sie hatte das Auto auf dem Parkplatz des TGV-Bahnhofs, ein paar Kilometer von Rognonas entfernt, abgestellt und war dann per Anhalter mit dem nächsten Lkw, der angehalten hatte, weitergefahren. So hatte sie sich bis Griechenland durchgeschlagen und war auf Kreta gelandet.

Da sie recht gut Griechisch sprach, waren alle Verhandlungen spielend gelungen, und niemand hatte nach Unterlagen gefragt. Sie nannte sich Katarina, und alle waren zufrieden damit. Hier würde sie nun ausharren, bis ein wenig Gras über die Sache gewachsen war und sie einen neuen Plan geschmiedet hatte. So einfach würde die französische Schlampe nicht davonkommen!

Rezepte aus der Provence

für 4 Personen

Frische Tomaten mit Ziegenkäse

Diese Vorspeise geht immer:

- 500 g Kirsch- oder Snacktomaten (vorzugsweise frisch)
- 4 Scheiben Ziegenfrischkäse
- Sehr gutes Olivenöl
- Fleur de Sel
- Frisch gemahlener Pfeffer
- 1 Handvoll frische Tomatenblätter
- 1 Spritzer Zitronensaft

1. Tomaten waschen, halbieren und auf dem Teller anrichten. Frischkäse zerteilen und locker darauf verteilen.
2. Die Tomaten und den Käse mit einigen Spritzern Olivenöl aromatisieren und mit Salz und Pfeffer bestreuen. Die Menge richtet sich nach dem eigenen Geschmack.
3. Die Tomatenblätter in ein hohes Gefäß geben und pürieren. Dann langsam 100 ml Olivenöl hinzugeben und weiter pürieren, bis eine homogene Masse entsteht.
4. Mit Salz und Pfeffer würzen. 4 erbsengroße Tupfer auf dem Teller verteilen.

Tipp:

Dazu frisches Baguette reichen.

Juliens Zitronenrisotto mit Garnelen

- 1 Zwiebel
- 75 g Butter
- 400 g Risottoreis
- 250 ml Champagner (alternativ trockener Weißwein)
- 1,2 l Wasser
- 2–3 unbehandelte Zitronen
- 4–5 Esslöffel weißer Essig (Aceto bianco)
- 75 g geriebener Parmesan
- 1 Prise Zucker
- 12 küchenfertige Garnelen
- Salz und Pfeffer

1. Die Zwiebel schälen, in feine Würfel schneiden und in 25 g Butter leicht anschwitzen. Wenn sie etwas Farbe bekommen haben, den Reis hinzugeben und rühren, bis ein minimaler Bräunungsgrad erreicht ist. Den Reis mit dem Champagner ablöschen und den Alkohol verkochen lassen.
2. In Ermangelung eines Fonds, mit dem ein Risotto normalerweise gekocht wird, wird das Risotto hier mit Zitronenwasser aromatisiert: dazu das Wasser kochen, einige Zesten von der Zitrone abreißen und beiseitelegen. Die Zitrone halbieren, den Saft der Zitronen auspressen und (ohne Kerne) ins Wasser gegeben. Die ausgepressten Hälften hineingeben und aufkochen lassen.
3. 1–2 Esslöffel des Essigs mit ins Wasser geben. Langsam das warme Zitronenwasser nach und nach zum Reis geben, immer wieder rühren und verkochen lassen. Man darf den Risotto nicht »totrühren«, sondern nur, bis er sämig ist.
4. Den Parmesan in feine Flocken reiben und beiseitestellen.
5. Dann eine Pfanne erhitzen und ein paar Flöckchen der Butter hinzugeben, ebenso etwas Zucker sowie 1–2 Esslöffel Essig. Die Garnelen und die Zitronenzesten hinzugeben und in der Pfanne karamellisieren.

6. Wenn der Reis den richtigen Biss hat, den Rest der Butter zum Risotto geben und den Parmesan unterrühren. Dann mit Salz und Pfeffer abschmecken.
7. Auf jeden Teller eine Portion des Zitronenrisottos geben und mit Garnelen und Zitronenzesten garnieren.

Hildes Flagoleteintopf

- 500 g Flagoletbohnen
- 1 Lammschulter
- 2 l trockener Weißwein
- 1 Stange Lauch
- 4 Möhren
- 1 Bund krause Petersilie
- 1 Gemüsezwiebel
- 1 Knoblauchzehe
- 1 Handvoll frischer Thymian
- 15 schwarze Pfefferkörner
- 2 frische Lorbeerblätter
- 250 g Dijon-Senf
- 1 kleines lebensmittelechtes Stoffsäckchen

Vorbereitung:

1. Die Flagolets am Vortag in Wasser einweichen und 24 Stunden stehen lassen.
2. Die Lammschulter 24 Stunden in Weißwein mit geschältem und klein geschnittenem Lauch, zwei geschälten und klein geschnittenen Möhren und gehackter Petersilie einlegen.

Am Tag selbst:

1. Die anderen beiden Möhren schälen, grob vierteln, die Gemüsezwiebel schälen und würfeln und vier Finger hoch mit Wasser bedeckt in einen Topf geben.
2. Dann eine leicht gequetschte Knoblauchzehe, eine Handvoll

Thymian, zehn bis fünfzehn Pfefferkörner sowie zwei frisch Lorbeerblätter in ein Säckchen geben und ebenfalls in den Topf legen. Einige Zeit simmern lassen, bis der Sud einen kräftigen Geschmack hat.

3. Anschließend die großen Karottenstücke entnehmen und die eingeweichten Bohnen hinzugeben, obenauf legt man die eingelegte Lammschulter, die trocken gerieben und mit etwas Dijon-Senf eingerieben wurde.
4. Das ganze Gericht in einem gusseisernen Topf mit Deckel für mehrere Stunden bei 120 Grad in den Ofen schieben (mindestens 2,5 Stunden – besser 3 bis 4).

Juliens Olivenmarmelade

- 2 unbehandelte Zitronen
- 350 g schwarze Oliven
- 200 ml Wasser
- 200 g Zucker
- 1 Zweig Rosmarin
- Salz nach Geschmack

1. Zitronenzesten abreiben und beiseitestellen. Anschließend die Zitronen halbieren und auspressen. Den Saft auffangen.
2. Die entsteinten Oliven in einem leichten Läuterzucker (Wasser und Zucker mit dem Rosmarinzweig zusammen leicht aufkochen) weich kochen, dann vorsichtig pürieren – vorher den Rosmarinzweig entnehmen! – und mit Zitronensaft und Salz abschmecken.
3. Ganz zum Schluss noch ein paar Zesten hinzufügen.

Tipp:

Die Masse soll eine sämige Konsistenz haben und passt herrlich zu Brioche und Entenleber.

Margeaux' Karamellhühnchen mit Aimés Gemüse und Juliens Sous-vide-Garnelen

- 1 unbehandelte Zitrone
- 1/2 Vanilleschote
- 300 g Zucchini
- 200 g Möhren
- 4 große Garnelen mit Schale
- 150 ml Vin des Pays (trockener Weißwein)
- 300 ml Wasser
- Salz und Pfeffer
- ½ Tonkabohne
- 8–10 Esslöffel Honig aus der Provence
- 2 Esslöffel Mineralwasser
- 4 Maispoularden
- Fleur de Sel

1. Zitrone auspressen und den Saft auffangen. Mark einer Vanilleschote hinzufügen und verrühren.
2. Das Gemüse putzen und in feine Julienne-Streifen schneiden.
3. Garnelen von der Schale befreien und im Zitronensaft einlegen (kann gern auch vakuumiert werden) und kalt stellen.
4. Die Schalen der Garnelen in einer Kasserolle scharf anbraten, mit dem Weißwein ablöschen. Den Wein reduzieren lassen und dann schluckweise das Wasser hinzugeben, sodass die Schalen bedeckt sind und sich der Geschmack entwickeln kann (Hitze hierzu etwas reduzieren, darf leicht simmern). Den Garnelenfond abseihen.
5. Nun das Gemüse in eine Wokpfanne geben, mit dem Garnelenfond übergießen und im Fond bissfest garen. Dann mit Salz, Pfeffer und geriebener Tonkabohne würzen.
6. Den Honig in einem Bräter karamellisieren, dann das Mineralwasser hineingeben und dabei fleißig umrühren. Nun die Maispoulardenbrüste auf der Hautseite im Honigkaramell etwa 7 Minuten anbraten, bis sie Farbe annehmen, dann wen-

den. Wiederum etwa 7 Minuten anbraten. Hierbei immer wieder etwas von dem Honig-Geflügelsud mit einem Löffel über die Poularden schöpfen.

7. Den Bräter bei 200 Grad Umluft mit Grill in den Backofen geben und weitere 7–10 Minuten garen.
8. Vor dem Servieren die Maispoularden erneut mit dem Karamell, der sich nun mit dem Fleischsaft im Bräter vermischt hat, beträufeln. Mit Salz und Pfeffer würzen.
9. Das Gemüse auf den Tellern zurechtlegen und noch ein wenig von dem Sud, in dem es gegart wurde, draufgeben. Ein gebräuntes Geflügelstück halbieren und beide Hälften auf dem Gemüsebett drapieren.
10. Die Garnelen aus dem Sud nehmen, auf einem Küchentuch abtupfen, dann so halbieren, dass sie quasi nur noch vom Schwanz zusammengehalten werden, und auf die Maispoularde drapieren. Mit Fleur de Sel bestreuen und noch etwas Karamellsoße dekorativ darüberträufeln.

Hildes Pissaldiere

- 500 ml Wasser
- 875 Gramm Mehl
- 1 Trockenhefe
- 1 Prise Salz
- 6 große Zwiebeln
- 4 rote Paprika
- 10–15 Sardellen
- 300 Gramm schwarze Oliven entkernt
- 20 Gramm Fenchelsaat
- Gutes Olivenöl
- Ein Bund Petersilie
- 4 frische Knoblauchzehen

1. Einen lockeren Hefeteig aus Wasser, Mehl, Hefe und einer guten Prise Salz zubereiten. Alles gut verkneten, und im Anschluss den Teig eine Stunde gehen lassen. Anschließend 4 Fladen ausrollen.
2. Zwiebeln schälen und zusammen mit den Paprika klein schneiden. Die Fladen mit Zwiebelringen, Paprikastückchen, Sardellen und Oliven belegen, dann zerstoßene Fenchelsaat darüberstreuen und gutes Olivenöl aufträufeln.
3. 20 Minuten auf 220 Grad im vorgeheizten Backofen backen.
4. Nach dem Backen wird auf den noch warmen »Kuchen« eine Mischung aus grob zerhackter Petersilie und geschältem, fein geschnittenem Knoblauch gestreut.

Lavendelblüten-Sorbet

- 10 Gramm getrocknete Lavendelblüten
- 600 ml Wasser
- 500 ml Zucker
- Frischer Zitronensaft
- 200 Gramm Püree vom weißen Pfirsich

1. Lavendelblüten in den 600 ml Wasser aufkochen und 10 Minuten ziehen lassen. Dann das Wasser durch ein Sieb gießen und auffangen.
2. Mit 500 ml des Wassers und dem Zucker einen Läuterzucker kochen. Hierzu das Wasser und den Zucker in einer Pfanne aufkochen und etwa 1 Minute kochen lassen. Nach dem Aufkochen nicht mehr umrühren.
3. Die Pfanne vom Herd nehmen und die Flüssigkeit leicht abkühlen lassen. Im Anschluss das restliche Wasser und den Zitronensaft hinzugegeben, bis die Masse den richtigen Geschmack zwischen süß, sauer und seifig hat. (Bei Lavendel muss man immer vorsichtig und konzentriert arbeiten, sonst kann man alles nur noch zum Händewaschen benutzen ☺.)

4. In die entstandene Flüssigkeit das Pfirsichpüree einrühren, und das Ganze dann in der Eismaschine gefrieren lassen.
5. Alternativ in eine flache Schale geben und ins Eisfach stellen. Alle 30 Minuten gut umrühren, damit nicht zu viele Kristalle entstehen.

Viel Freude beim Nachkochen!

Danksagung

Mit 12 habe ich Margeaux ersten Fall geschrieben, damals hieß sie noch Margot – warum auch immer mir dieser Name gefiel.

Es sollte mehr als fünfunddreißig Jahre dauern, bis die Idee in mir aufkeimte, diese Protagonistin wieder zum Leben zu erwecken und noch weitere fünf, bis ich dann so weit war, auch wirklich in die Tasten zu hauen.

Ich habe alle Ideen, die ich über Jahre an einem großen Whiteboard gesammelt habe, aufgeschrieben, manche waren gut manche, wurden wieder verworfen. Dazu habe ich mich auf die Insel Kreta in den malerischen Ort Agia Pelagia zurückgezogen.

Mein Dank für diesen Krimi – an dem mein Herz so sehr hängt, dass ich mittlerweile fest daran glaube, dass es Margeaux und ihre Freunde wirklich gibt – gilt vor allem meiner Familie die es mir möglich macht, mich aus dem Alltag zurück zu ziehen, um zu schreiben: meinem Mann Marcus der auch schaut, dass meine Rezepte nicht nur in meinem Kopf lecker sind; meinem Sohn Nicolas der die erste Korrektur gelesen hat; meiner Tochter Larissa für das Titelbild des Klosters Saint-Michel de Frigolet und meinem Sohn Alexander für die Versorgung des echten Willi während meiner Abwesenheiten. *Danke* – ich liebe Euch sehr!

Auch die ersten Testleser haben mich inspiriert und motiviert: meine Nachbarin Kerstin Fasel, meine Freundin Christina Kraus, meine Schwiegertochter Sonya Martin, die Foodbloggerin Susanne Heiser und sollte ich jemanden vergessen haben, diese Personen logisch auch! *Danke* Euch allen für Eure Zeit und Euer Feedback!

Familie Christodoulakis gestaltet mein Schreibdomizil zu einem entspannten, kreativen Ort und verwöhnt mich mit leckerem Essen. *Danke* Stelios, Giannis, Litsa und Team!

Und *Danke* an meine Freundinnen für aufbauende Worte in selbstkritischen Augenblicken: Evee (Anke) Heuser, Kirsten Lutz und Tanja Lange.

Danke auch an Dirk Eilert, dass mich seine Mimikresonanz® Methode so inspiriert und mit fundiertem Wissen ausstattet und er Fragen immer prompt beantwortet!

Danke auch an die tolle Textredakteurin Julia Feldbaum, es ist eine Freude mit ihr zusammen zu arbeiten, ich hoffe das machen wir auch bei Band 2 wieder …

Zu guter Letzt möchte ich meiner Lektorin Eliane Wurzer danken – dafür, dass sie sich von meinem Paket mit vier Seelenflaschen angesprochen gefühlt hat und an mich glaubt!

Danke Eliane!

Und nun liegt es an Euch, liebe Leserinnen und Leser, meine Protagonisten in Eure Herzen zu schließen – ich freue mich darauf weitere Geschichten für Euch zu ersinnen! *Danke*!!!